本书受国家社会科学基金项目"美国自白诗跨学科书写研究"（22BWW061）项目经费支持

比较诗学视阈下美国自白诗中国化重构研究

魏磊 著

中国社会科学出版社

图书在版编目（CIP）数据

比较诗学视阈下美国自白诗中国化重构研究／魏磊著．—北京：中国
社会科学出版社，2024.2
ISBN 978 - 7 - 5227 - 3011 - 0

Ⅰ.①比… Ⅱ.①魏… Ⅲ.①诗歌研究—美国 Ⅳ.①I712.072

中国国家版本馆 CIP 数据核字（2024）第 034915 号

出 版 人　赵剑英
责任编辑　刘　芳
责任校对　郭若男
责任印制　李寡寡

出　　　版　中国社会科学出版社
社　　　址　北京鼓楼西大街甲 158 号
邮　　　编　100720
网　　　址　http://www.csspw.cn
发 行 部　010 - 84083685
门 市 部　010 - 84029450
经　　　销　新华书店及其他书店

印　　　刷　北京明恒达印务有限公司
装　　　订　廊坊市广阳区广增装订厂
版　　　次　2024 年 2 月第 1 版
印　　　次　2024 年 2 月第 1 次印刷

开　　　本　710×1000　1/16
印　　　张　17.5
字　　　数　230 千字
定　　　价　89.00 元

目录

绪 论

一 问题的提出及研究意义

（一）问题的提出

从 2008 年至今，笔者一直致力于美国自白诗诗人及其诗歌的探索与研究。在深入探索的过程中，中国 1980 年代诗人中的一个特殊群体，男诗人包括多多、芒克、张曙光、王家新、苏历铭、冯俊等，女诗人包括王小妮、翟永明、陆忆敏、伊蕾、海男、唐亚平等进入笔者的视野，这批诗人可能分属不同的诗歌代际，但他们具有一个共同的特征：那就是在 1980 年代西方流派大量涌入的时刻接触到了美国自白诗并被之深深吸引，而且在其影响下，开始创作兼具美国自白诗歌样貌及中国文化底蕴和诗学特征的自白诗。在这批诗人中，有的写作了大量的自白诗并形成了自己独特的诗学风格，如翟永明、多多、陆忆敏、伊蕾、海男、唐亚平等；有的只是进行了并不系统的自白诗诗歌写作，如芒克、王小妮、张曙光、王家新、苏历铭、冯俊等，但他们诗歌中的自白特征不容忽视。

自 1980 年代末始，中国学界即开始关注美国自白诗在中国的接受及传播，并对中美自白诗进行了多角度的对比分析。笔者在梳理学界的研究时发现以下五个较为突出的问题：一是中国自白诗研究大都和第三代女诗人及女性诗歌纠缠在一起，而受到美国自白诗影响并写作自白诗的朦胧诗人及男性诗人很少出现在美中自白诗对比分析的案例中；二是学界较为关注美国自白派（Confessional School）两位女诗人西尔维亚·普拉斯（Sylvia Plath，1932—1963）① 及安妮·塞克斯顿（Anne Sexton，1928—1974）对中国女性诗人的影响，但罗伯特·洛威尔（Robert Lowell，1917—1977）、约翰·贝里曼（John Berryman，1914—1972）等男性自白派诗人对中国诗歌的影响涉及较少；三是部分评论以普拉斯和塞克斯顿的疯癫、自杀及其凌厉决绝的诗风为背景，对她们的诗歌美学及内容进行多方面的贬抑，并以此为参照，热情讴歌中国女诗人及其诗歌的"成熟""理性""克制""疏远"等优秀品质；四是部分评论以中国自白诗缺少文化和经验为立论点，批判中国自白诗中没有历史、没有文化而只是对美国自白诗的盲目模仿；五是对"自白"本身的艺术性及美学价值的评价在中美两国具有不同的命运走向。一、二两点中朦胧诗人及"男性"诗人的缺失，三、四两点几乎互为矛盾的观点及中国学界对"自白"美学价值始终如一的质疑引起了笔者极大的兴趣。在对美国自白派诗人，

① 美国自白派诗人名及相关作家、学者在论文中第一次出现时在中文译名后标注英文原文，再次出现不再标注；因所涉美国自白诗诗集或诗歌名在中国国内没有较统一的翻译标准或没有中文译名，为防歧义，则一直以中英文名同时出现（括号内注解除外）。诗集或专著以斜体形式标示，单篇诗歌名加注双引号。

及受到美国自白诗影响并写作自白诗的中国诗人的诗歌文本、诗歌批
评、访谈、传记、日记等进行细致的梳理后，笔者形成了本书的研究思
路：本书拟以美国自白派四位代表性人物罗伯特·洛威尔、西尔维亚·
普拉斯、安妮·塞克斯顿及约翰·贝里曼"自白"叙事的代表性文本
为主要"互文本"①，以 1980 年代受到美国自白派影响，并创造出一
批兼具美国自白诗表征和本土诗学特征的中国诗人的"自白式"诗
歌文本为"当前文本"②，以历史、文化语境为背景，以中西比较诗学
为理论基础，以双方各自的诗歌批评为参照系，对美国自白诗在中国的
传播与接受、自白诗在中国土壤上的美学继承及诗学建构、中国自白诗
对美国自白诗的诗学创新及移植变形等方面进行系统考察和研究。

（二）研究意义

综上所述，基于比较诗学视域的中美自白诗研究具有一定的学理
意义和现实意义。

一是美国自白诗一经诞生，即得到了评论家的关注和命名，虽历
经波折，甚至遭到诗人自身的否认和反对，但评论界对美国自白派这
一派别定义及其成员构成基本达成了共识。但它自 1980 年代初进入
中国并与中国诗人结合后却一直是命运多舛：它先是与中国女性诗歌
纠缠在一起被赞扬、被质疑，后又混入第三代诗歌的大潮中，形迹渺
渺，虽有部分学者对其成员构成现状的质疑及诗歌独有特点的评述，
但声音单薄，很快被淹没于女性（主义）诗歌或第三代诗歌的批评

---

① 因西奥多·罗特克（Theodore Roethke, 1908 - 1963）、斯诺德格拉斯（W. D. Snodgrass, 1926 - 2009）及艾伦·金斯堡（Allen Ginsberg, 1926 - 1997）等也被一些评论家如罗伯特·菲利普斯（Robert Philips）等归入美国自白诗人行列，所以在论述过程中，本书也会取用他们的少量诗歌以资参考。

② 需要说明的是，这批诗人如多多、芒克、王小妮、张曙光、王家新、翟永明、陆忆敏、伊蕾、苏历铭、海男、唐亚平、冯俊等的自白诗创作并没有像美国自白派诗人一样结集成册，而是较为分散地出现在 1980—1990 年代初的十几年间。

浪潮中，迄今为止，国内并无关于中美自白诗比较研究或中国自白诗研究的专著出版。所以，对中美自白诗渊源的梳理、对中国自白诗及诗人群体的重新界定、归类具有重要的现实意义。

二是自白诗的核心概念"自白"一词进入中国文化土壤之后，无论作为话语方式、诗歌形式或抒情手段均受到强烈的否定与质疑。那么，从"自白"在文学中的起源及发展流变出发，追踪和分析"自白"批评在中美学界共有的倾向和各自的发展趋势及走向，从诗学理论、诗学批评及诗歌文本中探寻"自白"的真正面目和本质就有了积极的诗学意义及价值。

三是从诗学形态的异同、异域文学传播规律、文化植入的变形、文化与文本关系、诗歌美学的流变等方面出发，既寻求诗歌艺术共同的"诗心"、诗歌美学的"共谋"之处及人类相通的审美之心、美学原则，又从移入国的"文化模子"（叶维廉语），即本民族特有的文化气质、精神风貌出发，对中国自白诗进行综合的考量。也就是说，既寻求中国自白诗与美国自白诗共有的艺术气质及美学表现，又发掘其中国诗学精神及文化精髓的独特诗美体现。这种对外部植入艺术的内化及建构研究具有重要的美学意义和价值。

二 研究现状与文献综述

（一）美国方面

1959 年 9 月，M. L. 罗森瑟尔（Macha. L. Rosenthal）在《民族》（*Nation*）杂志上发表了一篇名为《作为自白的诗》（"Poetry as Confession"）① 的文章，文章对洛威尔相较前期诗歌风格突变的新诗集

---

① Macha L. Rosenthal, "Poetry as Confession", *Nation*, Vol. 189, No. 8, 1959, pp. 154 – 155.

《生活研究》（*Life Studies*）进行了较为细致的分析。正是在此文中，罗森瑟尔率先使用了"自白诗"一词并引起了学界的关注。1973 年罗伯特·菲利普斯在《自白派诗人》（*The Confessional Poets*）① 中以洛威尔为中心，将西奥多·罗特克、斯诺德格拉斯、约翰·贝里曼及 20 世纪 50 年代参加由洛威尔主持的波士顿诗歌研习班，并由此开始写作带有自白风格诗作的女诗人安妮·塞克斯顿、西尔维亚·普拉斯归入自白派的麾下，并在他们诗歌的基础上总结出"自白诗"的十五个基本诗学特征。自此，自白派这一在美国文学史上有着重要影响的诗歌流派正式进入公众的视野，并引发了美国学界经久不衰的研究兴趣。1970 年代至 1990 年代的研究侧重诗歌中自白与自传、死亡与疯癫、女性主义、宗教神学等问题。21 世纪以来，美国自白诗的政治性、社会介入及社会关注性成为美国自白派研究的显学。从 2000 年的《私人细节，公共景观》② 开始，《我们这个时代的恐怖》（2001）③、《回写》（2002）④、《受伤的外科医生》（2005）⑤、《黑暗系统》（2009）⑥、《被迫的自白》（2011）⑦、《理论时代的抒情》（2012）⑧、《约翰·贝里

---

① Robert Philips, *The Confessional Poets*, Carbondale：Southern Illinois University Press, 1973, p. 2.

② Janet Badia, Private Detail, Public Spectacle：Sylvia Plath's and Anne Sexton's Confessional Poetics and the Politics of Reception, Ph. D. dissertation, Ohio State University, 2000.

③ Harriet L. Parmet, *The Terror of Our Days*：*Four American Poets Respond to the Holocaust*, New York：Rosemont Publishing & Printing Corp, 2001.

④ Robin Peel, *Writing Back*：*Sylvia Plath and Cold War Politics*, New Jersey：Fairleigh Dickinson University Press, 2002.

⑤ Adam Kirsch, *The Wounded Surgeon*：*Confession and Transformation in Six American Poets*, New York：W. W. Norton & CompanyInc. , 2005.

⑥ Brendan Cooper, *Dark Airs*：*John Berryman and the Spiritual Politics of Cold War*, Pieterlen and Bern：Peter Lang Publishers, 2009.

⑦ Suzanne Diamond, ed. , *Compelling Confessions*：*The Politics of Personal Disclosure*, Maryland：Fairleigh Dickinson University Press, 2011.

⑧ Laura E. Passin, The Lyric in the Age of Theory：the Politics and Poetics of Confession in Contemporary American Poetry, Ph. D. dissertation, Northwestern University, 2012.

曼的公共视野》（2014）①、《语境中的西尔维亚·普拉斯》（2019）② 等
著作从自白诗中凸显的排犹大屠杀、"二战"、冷战、社会，以及广
岛、长崎原子弹爆炸等多个方面系统研究了自白诗所蕴含的强烈的身
份政治、种族政治、精神政治等社会介入内涵，以有力的证据再次批
驳了自白诗是"赤裸裸的个人化诗"③ 的早期论断。

相对于对自白诗中政治美学的关注，评论界对自白诗中"自白"
的兴趣更持久：从 1959 年起一直延续到今天，这场旷日持久的讨论
激烈异常，但幸运的是，归指已较为明晰。

从 1959 年《哈得逊评论》的编辑约瑟夫·贝尼特（Joseph Bennett）
的《两个美国人，一个婆罗门和资产阶级》④ 起，60 年代的汤姆·岗恩
（Thom Gunn）（1960）、詹姆斯·迪基（James Dicky）（1963）、杰罗姆·
马扎罗（Jerome Mazzaro）（1965）、戴恩·杰夫（Dane Jaffe）（1966），70
年代的斯蒂芬·斯彭德（Stephen Spender）（1970）、查尔斯·高兰
（Charles Gullans）（1970）、塞尔登·罗德曼（Seldon Rodman）（1973）、
查尔斯·莫尔斯沃斯（Charles Molesworth）（1976），再到后来的海伦·
文德勒（Helen Vendler）（1988）、萨克·罗戈（Zack Rogow）（1990）等
均对美国自白诗中的"自白"表现出了极度的不满，并对其美学意义强
烈质疑。

与此同时，另一批评论家却极力肯定自白诗中的"自白"表达，
认为它像其他文学手段一样具有鲜明的文学性和艺术性。这些评论家

---

① Philip Coleman, *John Berryman's Public Vision: Relocating the Scene of Disorder*, Dublin: U-
niversity College Dublin Press, 2014.

② Tracy Brain, *Sylvia Plath in Context*, Cambridge: Cambridge University Press, 2019.

③ Steven G. Axelrod and Helen Deese, *Robert Lowell: A Reference Guide*, Boston: G. K. Hall
& Co. , 1982, p. 91.

④ Joseph Bennett, "Two Americans, a Brahmin and the Bourgeoisie", *Hudson Review*,
Vol. 12, No. 3, 1959, p. 431.

包括杰弗里·哈特曼（Geoffrey Hartman）（1960）、梅·斯文森（May Swenson）（1963）、A. 阿尔瓦雷兹（A. Alvarez）（1963）、詹姆斯·麦利尔（James Mcrrill）（1968）、欧文·埃伦普雷斯（Irvin Ehrenpreis）（1968）、阿兰·威廉逊（Alan Williamson）（1974）等。到了1980 年代以后，"自白"的文学性得以进一步的阐释和发挥，劳伦斯·勒纳（Laurence Lerner）（1987）、米德尔布鲁克（Diane W. Middlebrook）（1991）、罗莉·珍·威廉姆斯（Lori J. Williams）（1995）等开始将目光集中在"自白"及"我"的美学效果及美学意义上。21 世纪以来，关于"自白"是否具有"艺术性"的争议渐熄，而对其作为美学表达形式的研究进一步深化，如菲利普·麦高恩（Philip McGowan）（2004）、琼·吉尔（Jo Gill）（2007）、米兰达·舍温（Miranda Sherwin）（2011）、维克多·阿尔辛多（Victor Alcindor）（2013）等从仪式表征、精神分析、文化政治等方面着手，进一步深化了对"自白"美学意义的挖掘。

（二）中国方面

1980 年代开始，随着国外文学译介的深入，美国自白诗逐渐进入中国学者和诗人的视野。一方面，中国学者开始对美国自白诗进行译介和评介；另一方面，美国自白诗歌本身逐渐在中国大地上生根发芽，并影响了大批 1980 年代的中国诗人，他们开始追随美国自白诗人，创作以第一人称"我"为叙事视角并具有强烈"自白"特征的诗歌文本。

在对美国自白诗的研究与评介方面，张望的《略论西尔维亚·普拉斯的"自白诗"》（《外国文学》1988 年第 3 期）及向飞的《"神圣的痛苦，辉煌的绝望"——介绍美国"自白派"诗歌》（《外国文学研究》1988 年第 2 期）拉开了美国自白诗评介的序幕，随后，对美国自白诗的研究开始在国内逐步展开。张子清的《二十世纪美国诗歌史》（1995）是较早并以较大的篇幅对美国自白诗进行介绍的著作。期刊论文方面，骆晓戈（1996）、鞠玉梅（1996）、潘小松（1998）、林玉鹏（2001）、傅浩（2005）、朱新福（2006、2013）、曾巍（2008、2015、2016、2018、2021）、杨国静（2009、2010、2014）、汪玉枝（2010）、李文萍（2010）、张意（2011）、魏磊（2012、2017、2019、2021、2022）等分别从普拉斯诗歌中的"自白"、生命、自我及生态意识、非私人化诗歌理论、语言特征及意象运用、暗恐及大屠杀描写、文学伦理学、创作心理机制、色彩运用、微政治、自白诗的姊妹艺术等方面对其进行了多方论述；黄宗英（2003）、李佩仑（2012）、彭予（2017）、郑燕虹（2018）、魏磊（2022）等从《梦歌》的诗艺、创作理念、情欲书写、精神政治方面对贝里曼及其诗歌进行了介绍及评论；陈光明（1997）、郭一（2011、2016）、张逸旻（2013、2019、2020、2022）、白利兵（2014）、曾静（2015）、却俊（2016）、李保杰（2020）等从诗歌疗伤、母性书写、主体书写、宗教信仰、跨媒介表现、身体书写等角度对塞克斯顿及其诗歌进行了评介。博士论文方面，2013 年魏丽娜的《普拉斯诗歌意象研究》、曾巍的《西尔维亚·普拉斯诗歌创作心理研究》及 2014 年张逸旻的《"自我"、"自白"与自传：塞克斯顿的"诗性真实"观研究》从普拉斯的诗歌意象、诗歌创作心理及塞克斯顿的"诗性真实"等方面对自白派的两位女诗人及其诗歌进行了具体论述。

值得专门指出的是，从 1990 年的《〈梦歌〉：清醒的呓语》一直到 2017 年的《试论约翰·贝里曼的情欲诗学》，在将近 30 年的时间里，彭予不但对自白派的单个诗人进行了多方论证，还分别从自我、疯狂、死亡、诗歌技巧、精神分析、社会批判等方面对自白诗作出了较为全面的评价和判断。而其出版于 2004 年的《美国自白诗探索》

（社会科学文献出版社）是国内迄今为止第一部也是唯一的一部较为系统地论述美国自白诗的学术专著。

在中美自白诗对比研究方面：国内对美国自白诗在中国的接受及中美自白诗的比较研究始于 1987 年唐晓渡发表在《诗刊》第二期，题为《女性诗歌：从黑夜到白昼》的评论文章。文章对翟永明 1986 年出版的组诗《女人》中的"黑夜"意识进行了评述，并在文章结尾部分简略地谈到了普拉斯对翟永明的影响，以及文化背景在诗歌移植中的作用。但是，因第三代诗人中的翟永明、陆忆敏、伊蕾、唐亚平、海男等人诗歌中突出的自白倾向及其女性诗人身份，美国自白诗对中国的影响及对比研究一开始就较为集中地与女性诗人及女性诗歌纠缠在一起且进展缓慢。自唐晓渡发表《女性诗歌：从黑夜到白昼》之后，直到 1994 年胡兆明才在《现代女性诗歌的诗美取向》中重提美国自白诗派，胡兆明认为，虽然"西方诗中形成了一个自白诗派"，但我们"此处的所谓自白，不尽是在这个意义上讲的，主要是指女性诗中自我陈述那么一种表达方式"①。也就是说，这篇文章对美国自白诗对中国诗人的影响似乎有些回避。1999 年，顾广梅以《焦虑：中美两国自白派女诗人的趋同心态》为题，分析了中美自白诗人因女性身份所产生的"焦虑"心态及其不同的命运归指。21 世纪伊始，李蓉在《中国现代女性诗歌的文体流变及其文化意味》中继续对美国自白派的影响保持淡淡的态度，她认为："（中国）'自白诗'尽管受到美国'自白派'女诗人普拉斯、塞克斯顿的直接影响，但从根本上说，对女性未知世界的探寻是女性在追求自由的过程中迟早必须面对的。"② 2004 年，凌建娥从普拉斯、塞克斯顿及中国 1980 年代女诗人诗歌中的"黑暗意识"出发，将"黑暗意识"归类为中美

---

① 胡兆明：《现代女性诗歌的诗美取向》，《华侨大学学报》1994 年第 2 期。
② 李蓉：《中国现代女性诗歌的文体流变及其文化意味》，《文艺评论》2001 年第 6 期。

女诗人女性意识的觉醒，对男权的解构及女性诗学的建构策略。[①] 2007年，张晓红、连敏的《〈女人〉中的女人：翟永明和普拉斯比较研究》从主题和意象两方面出发，讨论了普拉斯对翟永明的影响。2009年，针对国内美国自白诗对中国诗人影响研究的迟缓发展，周瓒提出了多重问题，"作为译作的美国自白派诗歌如何能对一位或几位中国诗人产生强大的影响，进而形成了另一个诗歌潮流？这种影响论的依据是什么？是风格的模仿，还是经验的契合？抑或是诗歌通过对现代汉语的一种勘探，进而追寻到的一种现实？作为阅读的翻译和作为批评的翻译有何不同？诗人读者和批评家读者的创造性差异何在？性别研究和风格研究的关系怎样？它在跨文化语境中的当今中国有什么特征？"[②]

　　2010年以来，对美国自白诗在中国的接受及比较研究有了一定的起色，2010年张如贵在《美国自白诗在中国的影响和接受》及《并非同质的精神向度——美国自白派诗歌之比较研究》中对美中自白诗之间的渊源和关系给出了自己的判断和介绍。2013年白杰在《中国自白诗派——女性与自白的诗意邂逅》与《中美自白诗派私密话语比较研究》中以"私密话语"与"自白"为切入点，对中美自白诗进行了比较分析。同年，赵林云的博士论文《论女性意识视域下的当代女性诗歌》中就美国自白诗在"女性意识""死亡意识"及"自白"方面对中国诗人的影响作了简略的介绍。2014年，吕周聚将美国自白诗对中国诗人的影响研究扩大到整个第三代诗歌，较为宏观地论证了美国自白派与中国第三代诗歌之间的关系。[③]

　　在中美自白诗比较研究中，有两种几乎对峙的观点值得重点考

---

　　① 凌建娥：《论当代中美女性诗歌兴起时期的黑暗意识》，《广州大学学报》2004年第3期。

　　② 周瓒：《翻译与性别视域中的自白诗》，《当代文坛》2009年第1期。

　　③ 吕周聚：《第三代诗歌与美国自白派关系探源》，《中国现代文学研究丛刊》2014年第12期。

量。一是以九叶派诗人郑敏为代表的一批评论家认为，中国女诗人对自白派的接受并未得其精髓，只是盲目的模仿，"由于本身的知识架构所限，并不能掌握当代西方诗派的精髓，唯有照猫画虎，追逐于自白派、垮掉派甚至语言派之后"①。而另一批年轻的评论家则以美国自白诗凌厉、决绝的诗风为背景参照，凸显中国自白诗的"成熟""理性""克制""疏远"等优秀特质，如赵林云《论女性意识视域下的当代女性诗歌》（2013）、匡籽衡《翟永明诗歌与普拉斯诗歌比较研究》（2013）等。

　　在对"自白"叙事的评价方面，中国评论界的观点出人意料地一致，从开始到晚近一直对其充满质疑和批评。早在 1995 年，在《自白的误区》中，臧棣一方面指出，"在西方，自白是人文话语的一种极其普通的方式，而在中国，自白从来不属于自我认识的传统"；另一方面，他认为，"一个女诗人如果能抵抗住自白话语（并非要全然放弃）的诱惑，那么，显示这种抵抗，才会被认为是最终成熟的标记"②。崔卫平的《我是女性，但不主义》（1998）、罗振亚《解构传统的 80 年代女性主义诗歌》（2003）、《"复调"意象与"交流"诗学：论翟永明的诗》（2006）等均对女诗人诗歌中的"自白"叙事表示出了相似的否定态度。2019 年，刘格等把"自白"与男性写作对立起来，认为"'自白'这一话语形式"是 1980 年代女诗人"抗击男性写作的有力武器"③。

　　需要提出的是，针对目前美国自白诗在中国的接受及传播研究，张晓红、周瓒等学者指出了现有研究中存在的问题。如张晓红对国内学界将"自白"单纯与女性诗人联系在一起质疑并指出，"自白不是

---

　　① 郑敏：《诗歌与哲学是近邻》，北京大学出版社 1999 年版，第 299 页。
　　② 臧棣：《自白的误区》，《诗探索》1995 年第 3 期。
　　③ 刘格、荣光启：《1980 年代女性诗歌的"自白"艺术》，《写作》2019 年第 2 期。

女诗人的专利和特权。不过，男女诗人的自白书写往往带有明显的性别特质。中国批评家不分青红皂白地把自白标签贴在女诗人身上，一方面隐含性别歧视的意味，另一方面遮蔽了男性自白诗的真面目"①。周瓒不但在《翻译与性别视域中的自白诗》中肯定了张晓红对学界的批评，而且一针见血地指出，"一个颇为矛盾的现象是，一方面，批评不断地重复和强化当代女性诗歌是受美国自白派，尤其是普拉斯影响的结果；另一方面，美国自白派究竟是怎样的流派，普拉斯的诗歌面貌究竟怎样，相关的翻译和研究则处于缓滞状态"②。

三　研究思路与创新

综上所述，对美国自白诗进入中国后的研究存在以下几个问题。一是对于受美国自白诗影响的诗歌命名较为随意，虽然"中国自白诗"的称呼较为普遍，但自白诗有什么特征？什么样的诗才是自白诗等未得到较为详细的梳理和论证。二是研究多与第三代女诗人及女性主义纠缠在一起，男诗人及朦胧诗人与美国自白诗的关系未得到足够的关注，虽然张晓红和周瓒等学者意识到了这一问题，但答案仍悬而未决。三是研究多强调美国自白派女诗人对中国诗歌的影响，而自白派男诗人洛威尔及贝里曼等对中国诗歌的影响较少提及。四是与美国自白诗中"自白"的命运不同，评价界对中国诗歌中的"自白"特征几乎是一边倒地提出批评，"自白"是否真的等同于"直白"？"自白"是否是艺术手段？"自白"是内容还是形式？等等，并没有得到深入的追问和探索。五是评论界对女性自白诗中的性别意识关注较

---

① 张晓红：《中美自白诗：一个跨文化互文性个案》，《深圳大学学报》（人文社会科学版）2005 年第 4 期。
② 周瓒：《翻译与性别视域中的自白诗》，《当代文坛》2009 年第 1 期。

多，并将其与美国自白诗中的女权主义相混合，但对自白诗诗歌本身的美学构成及美学呈现关注较少。六是迄今为止，对于美国自白诗在中国的影响和接受研究仍局限于学术论文的形式，并未有专著等的专门研究或讨论。七是虽有对诗歌中黑暗意识、死亡意识或两性关系的比较研究，有批评家对所谓"模仿"的批评，或对中国诗人诗风单方面的赞美，但并未深入到异域诗学、文化植入、文化与文本关系、具体文本表现等方面来综合考量外来诗歌在本土土壤中的重新生成、建构、裂变等问题，所以批评仍局限于较为表层的影响及接受研究。

基于此，形成本书的研究思路：本书拟以学界前辈的研究成果为参照，将中美自白诗置于比较诗学、接受美学、文化政治、文本批评、诗歌美学等的理论框架中，以中美自白诗的渊源关系为研究起点，中美自白诗歌为文本依据，从诗歌创作主体、"自白"话语诗学批评、文本美学、艺术创新等方面对美国自白诗在中国的接受、建构及流变进行较为客观、充分的论述，以期对美国自白诗在中国的传播与接受、自白诗在中国土壤上的美学继承及诗学建构、中国自白诗对美国自白诗的诗学创新及移植变形等方面进行较为系统的考察和揭示。

综合看来，本选题的创新体现为以下四点。

一是从创作主体出发，以自白诗的基本美学特征、诗人访谈、诗歌文本等为依据，重新界定中国自白诗及诗人群体，改变中国自白诗与女性诗歌的胶着状态，以及由此带来的研究视野的限制与遮蔽。

二是从"自白"的文学批评史出发，针对国内对"自白"话语的主流批判，以美国学界半个多世纪以来对"自白"态度的曲折转圜为参照，并根据"自白"自身具体的诗学表现及诗学特征，重新认定中国自白诗中"自白"书写的艺术价值及美学价值。

三是从"诗"本身出发，以诗歌文本为依据，从诗歌的多重戏剧性、丰富的意象表达、多样的节奏及"声音"等方面充分展示中国自白诗可与美国自白诗相媲美的诗技、诗艺及诗美品质，既实现诗人"少谈些性别，多谈些诗"① 的理想，又达到以事实对中国自白诗歌的艺术价值进行肯定和去蔽的论证初衷。

四是从文化与文学关系出发，将中国自白诗中的两性关系叙事、黑暗叙事、死亡叙事等置于美国自白诗同类叙述比照中，这种论述模式使中西异质文化的交融带给文学的强烈、内在的影响得以直观而形象地呈现，中国自白诗在这些主题上迥异于美国自白诗的部分清晰地表征了中国诗人在融会中西诗学之后的明智之选，也体现了中国传统文化的深层结构对诗人潜意识的形塑及由此带来的积极意义。

---

① 翟永明：《面对词语本身》，《诗潮》2006 年第 1 期。

第一章 自白诗：传统与命名

中世纪以来，西方社会一直把坦白作为真相展现的主要仪式之一。"1215 年拉特兰会议颁布的忏悔圣事的管理条例和随后忏悔技术的发展，在刑事审判中诉讼程序的衰落，罪状考验（誓言、决斗和上帝的审判）的取消与调查方法的进步，皇家政府越来越多地介入违法案件的审查以致牺牲了私下和解的做法，以及宗教裁判所的建立等都促进了坦白在世俗权力和宗教权力的秩序中发挥核心作用……从各种考验的仪式，传统权威作出的保证、见证以及观察和演示的程序来看，坦白在西方已经成为最受重视的展现真相的技术之一。从此，西方社会成了一个特殊的坦白社会。"①

---

① Michel Foucault, *The History of Sexuality-Volume* I：*An Introduction*, trans. Robert Hurley, New York：Ramdom House, Inc., 1990, pp. 58 – 59.

第一节　西方文学中的"自白"及
自白诗传统

一　西方文学中的"自白"传统

从词源上来看，拉丁文的 confessional 由 "com" 和 "fateri" 两部分构成，意思分别是"彻底说出"和"向人倾诉"。"自白"（confession）一词本身就作"忏悔""告白"来解，与公元 4 世纪圣奥古斯丁（St. Augustine）的《忏悔录》（*The Confessions*）中的"忏悔"同出一词。奥古斯丁被称为自白文学的奠基人，他对内在精神生活的问题和冲突有着异常敏锐的洞察力。但"自白"在作为希波主教的奥古斯丁处带有浓厚的宗教情结，"自白"或"忏悔"是建立在人与神之间的一种直接联系，目的是向神说出自己的一切，以求得到灵魂的净化或精神的救赎。在随后的英国文学中，"自白"成为宗教忏悔的中心。这一传统在艾德蒙·斯宾赛（Edmund Spenser）的《仙后》（*The Faerie Queene*）中得以延续。但正如约翰·金（John King）所言："尽管忏悔制度仍保持着它在新教祷告仪式中的地位，但它已失去自己在罗马宗教仪式中的神圣身份，通过信仰本身得到的信条代替了天主教以个人忏悔和牧师赦免为基础的忏悔制度。"① 随后，在克里斯托夫·马洛（Christopher Marlowe）《浮士德博士的悲剧》（*Doctor Faustus*）中，"自白"这一表达手法再次以几乎相同的面目出现。《浮士德博士的悲剧》中混乱的仪式表达虽然体现了马洛及其主人公浮士德博士对神学和宗教实践的态度，但是，在恶魔与上帝之间徘徊

---

① John N. King, *Spenser's Poetry and the Reformation Tradition*, Princeton: Princeton University Press, 1990, p. 64.

的浮士德在天使引导下对"后悔、祈祷和悔改"这三个词产生的兴趣却体现了传统神学把忏悔过程分为"'感觉后悔'、'进行忏悔'到'自我满足'"三步骤的精神实质。用"祈祷"代替"忏悔"，用"悔改"代替"自我满足"恰好体现了新教的精髓，也即强调因信生义，忏悔这一行为模式在忏悔者和上帝之间根本不需要任何的中间媒介。① 在莎士比亚（William Shakespeare）的《哈姆雷特》（Hamlet）及十四行诗中，"自白"更是以醒目的方式呈现在世人面前。哈姆雷特因其大胆而热烈的"自白"话语被称为历史上的"自白之父"，布兰德利（Andrew C. Bradley）曾指出，"在公开自身的罪孽方面，在'自白'的历史上没有人比哈姆雷特更无情、更严厉，或者说，没有人比他更愿意接受'自白'这一表征来公开自己的罪行"②。但是，与马洛不同的是，莎士比亚一方面通过《哈姆雷特》（Hamlet）中复杂的自白体系表现天主教以中保为媒介的神圣忏悔模式，向无任何天使或圣徒为媒介的新教模式迁移；另一方面，鬼魂的出现也体现了天主教的传统忏悔模式仍保留着它在剧中的地位。莎士比亚的矛盾映射了天主教与新教教义之间的差异与冲突。随着 1558 年信奉新教的伊丽莎白一世继任英国女王，罗马天主教与新教之间的矛盾彻底激化。"在所有的天主教圣礼中，宗教忏悔本身带有最强烈的矛盾性：一方面，忏悔在有关罪孽和辩护方面的天主教教义中起着关键的作用；另一方面，它还规定了弥撒仪式的排他性。"③ 英国王权担心其交流的私密性特点使它成为最有效的抵制王权的方式，从而开始对它排挤和

---

① Paul D. Stegner, *Confession and Memory in Early Modern English Literature*: *Penitential Remains*, Hampshire: Palgrave Macmillan, 2016, p. 90.

② Andrew. C. Bradley, *Shakespearean Tragedy*: *Lectures on Hamlet*, *Othello*, *King Lear*, *and Macbeth*, New York: St. Martin's, 1981, p. 138.

③ Brain Cummings, *The Literary Culture of the Reformation*: *Grammar and Grace*, Oxford: Oxford University Press, 2002, pp. 347 - 348.

压制。罗伯特·索斯维尔（Robert Southwell）把神圣忏悔仪式有效性的丧失和王室对它的刑事定罪作为英国民族和宗教身份被侵蚀的症候，在其作品中，索斯维尔通过"自白"的方式来唤醒人们对统一天主教传统的记忆，并把对"忏悔"仪式的"定罪"作为精神沦丧的投射，从而实现了他对罗马天主教传统宗教信仰的讴歌和召唤。到了1645年，议会法案更是在《上帝的公共礼拜目录》中删除了私人忏悔和赦免的仪式和制度。直到1662年才在祈祷书中恢复。至此，"忏悔"制度在经过一个世纪的辗转流变及被封杀之后，重新成为一种合法的、有效的宗教仪式。由此可见，在17世纪之前的英国社会和文学中，"自白"（Confession）这个词是和宗教及忏悔制度紧密联系在一起的。但当社会发展到近代，教会在对人类精神的束缚和拯救方面都显得无能为力的时候，人与神之间联系的纽带就逐渐断裂，神学让位给了人学，神性被人性所代替。人是自我的中心，从而开始创造有关自我的神话。但归根结底，现实中的人还是要重新建立与世界的联系，在文学领域亦然。

在让－雅克·卢梭（Jean-Jacques Rousseau）1782年出版的自传《忏悔录》（*Confessions*）中，"忏悔"就失去了其浓郁的宗教意义，该作品成为文学史上最早从单纯的人及人性出发进行自我暴露的作品之一。在这部作品中，卢梭把灵魂真诚地、赤裸地呈现在世人面前，对后世文学产生了巨大的影响。这部作品也因其对个性自由的向往和追求而被称为19世纪浪漫主义文学的先兆。而浪漫主义时期的文学批评家德昆西（Thomas De Quincey）以其亲身经历和感受写就的《一个吸食鸦片者的自白》（*Confessions of an English Opium-Eater*，1821）描写了主人公的心理和潜意识活动，使这部作品成为"自白"文学的又一力作。稍后时期，法国作家缪塞（Alfred de Musset）的《世纪的忏悔》（*The Confession of a Child of the Century*，1836）用极近写实

18

的手法记述了自己的罗曼史并成功地勾勒了欧洲社会发展过程中的一个时代，他的诗歌《十二·月之夜》亦是通过对自己幻影的反复诘问，用"自白"的方式表达了忏悔、迷茫及渴望。浪漫主义文学奠基人之一的夏多布里昂（François-René de Chateaubriand）对大自然的描写和对自身情感的抒发使之成为一代浪漫主义作家的榜样。他首创的"情感浪潮"写作方法成为浪漫主义作家仿效的对象。其《墓畔回忆录》（*Mémoires d'outre-tombe*，1850）真实记录了自己的一生，以自白的方式表达了自己对生活、政治及文学的看法。

二　美国自白诗的渊源

在诗歌方面，关于"自白"诗体，从文学史的视角来看，人们总是把洛威尔的《生活研究》（*Life Studies*）看作"自白"诗体的开端，但在菲利普斯看来，"'自白'一直都在，'自白'诗也一直都在，也可以说，'自白'的艺术一直都在，只是有些艺术家碰巧是诗人而已"①。

"自白"在诗歌中的最早出现可追溯至公元前 7 世纪前后的希腊女诗人萨福（Sappho，公元前 630—公元前 570）及有力地继承了萨福抒情诗传统的罗马诗人卡图卢斯（Catullus，公元前 84—公元前 54）。在"坦白地说出"和"自由的表述"方面，自白诗可追溯至 16 世纪的托马斯·怀厄特（Thomas Wyatt）和 17 世纪的亚历山大·蒲柏（Alexander Pope），蒲柏的哲理诗《与阿布斯诺博士书》（*Epistle to Arbuthnot*，1735）体现了自白诗表达方式的精髓。在浪漫性方面（激烈感情的极度宣泄是自白诗的典型特征），自白诗因袭了浪漫主

---

① Robert Philips, *The Confessional Poets*, Carbondale：Southern Illinois University Press, 1973，p. 2.

义的传统：产生于 18 世纪末，并在 19 世纪上半叶达到繁荣的浪漫主
义文学继承和发扬了文艺复兴时期人本主义的理念，主张个人自由和
独立性。浪漫主义作家们从被压抑的个性、被束缚的个人才能、不得
伸展和实现的个人愿望及抱负等方面描写个人的失望与忧郁，并极力
地颂扬以个人与社会的徒劳对立为形式的反抗，这些传统与形式都在
1950—1960 年代的自白诗中得到充分体现。所以，阿尔蒂里
（Charles Altieri）才会认为，"自白诗是浪漫主义以来最抒情的诗"①。
浪漫主义的中坚人物华兹华斯（William Wordsworth）和柯勒律治
（Samuel Taylor Coleridge）认为，"所有的好诗都是强烈感情的自然流
露"②，华兹华斯的长诗《序曲》（Prelude，1805）用韵文的形式书写
自传式"诗人心灵的成长"，无论在内容还是艺术上都开创了一代新
风。而且，华兹华斯诗歌的主题也多是自白派诗人爱好的，比如生
命、生活、痛苦、不确定性等。而在浪漫的自我检验和自我戏剧化等
方面，自白诗无疑是继承了拜伦（George Gordon Byron）的衣钵。浪
漫主义运动中最后一个诗人济慈（John Keats）的"本我的肃穆"说
（egotistical sublime）也可以说是自白诗的根基或起源。但在抒情性方
面，自白诗显然比浪漫主义走得更远，两者之间的关系可以在吉尔伯
特（Sandra M. Gilbert）的阐释中得到进一步的明确，"我们仰慕浪漫
主义的自我专注（self-absorption），而它（自白诗）就在那自我放纵
（self-indulgence）的边缘处颤抖"③。

另外，提到自白诗的历史，我们不得不提及享有"诗人中的国

---

① Charles Altieri, *The Art of the Twentieth-Century American Poetry*: *Modernism and After*,
Malden: Blackwell Publishing, 2006, p. 189.

② William Wordsworth and Samuel T. Coleridge, *Lyrical Ballads*, New York: Routledge,
1991, p. 251.

③ Sandra M. Gilbert, "Jubilate Anne", in J. D. McClatchy, ed. *Anne Sexton*: *The Artist and
Her Critics*, Bloomington: Indiana University Press, 1978, p. 164.

王，真的上帝"之称的波德莱尔（Charles Pierre Baudelaire）。首先，如果说自传性是自白派的特征之一的话，那波德莱尔就是最先应被提及的；其次，他的诗歌中包含的是对事物及生活的本质或本色的呈现；最后，他的诗歌包括爱情、肉欲、毒品、酒、犯罪、死亡等，这些都是自白派诗人钟爱的主题。而且，他对死亡的看法也与自白派不谋而合，他认为死亡是逃离混乱而无望的"此在"的唯一的，也是最好的途径。波德莱尔的二元矛盾性就在于，他被人类的罪恶所震惊，企图通过宗教忏悔的方式说出罪恶，但现实却是，宗教的忏悔是无力的，所以他将他的悲伤情绪宣泄到诗歌中，并通过这样的方式逃脱詹森主义（Jansenism）①的泥潭。和波德莱尔不同的是，自白派诗人并不追求宗教的拯救，比如，斯诺德格拉斯（W. D. Snodgrass）宣称自己是一个无神论者，而塞克斯顿像波德莱尔一样被宗教所伤，从而弃它而去。

而爱尔兰诗人叶芝（William Butler Yeats）对爱情的痛苦思索，对自己隐秘心灵的坦陈与拷问，包括他的神秘主义倾向都与美国自白派保持着较近的血缘关系。他在《帕内尔的葬礼》（*Parnell's Funeral*）上用自白的语气成功地实现了"移情"并建立了与读者亲密的联系，而那首业已成为世界经典的《当你老了》（"When you are old"）用直白的书写向爱人袒露自己的心迹，这些都使叶芝毫无争议地成为自白派的另一重要先驱。其对自白派诗人的影响从贝里曼"我不想只是像叶芝，我想成为叶芝"②的宣言中得窥一斑。

美国文学方面，美国现代文学的鼻祖、后期浪漫主义的代表性人

①　詹森主义是罗马天主教在 17 世纪的运动，由康内留斯·奥托·詹森（Cornelius O. Jansen）创立。其理论受奥古斯丁的影响，强调原罪、人类的败坏、恩典的必要性及宿命论。

②　James D. Bloom, *The Stock of Available Reality*：*R. P. Blackmur and John Berryman*, Lewisburg：Bucknell University Press, 1984, p. 61.

物惠特曼（Walt Whitman）是美国历史上第一位用毫不避讳的态度在诗歌中直陈自己隐私的诗人。在《过去历程的回顾》中，惠特曼说道："在我的视野和探索积极形成的时候，（我怎样才能最好地表现我自己的特殊的时代和环境、美国、民主呢？）我看到，那个提供答案的主干和中心，必然是一个个性……这个个性，我经过多次考虑和沉思以后，审慎地断定应当是我自己——的确，不能是任何别的一个。"① 所以，如果说洛威尔是自白之父的话，那惠特曼就是自白诗的"父亲之父"了。② 他的《草叶集》（*Leaves of Grass*）被布鲁姆（Harold Bloom）称为"除了作者自己外再无其他主题"③，其中的《自我之歌》（"Song of my self"）对"我"之所想、所感的赤裸裸的表述使他的诗歌毫无疑问地成为自白诗的典范，他对爱情和死亡的歌颂、他的腔调、他的表达方式与20世纪60年代的自白派运动如出一辙。不同之处就在于惠特曼是将自我放置于世界的中心，大声地歌颂自我并用积极的态度去寻求与生活的和解，而60年代的自白派诗人们却以"自我"精神为战马，在"反和解"的道路上策马扬鞭，越走越远。

整体来看，"自白"文学甚至"自白"诗几乎从未缺席过文学发展的历程，虽然以"自白"的方式公开坦陈自己的隐私需要勇气，但在文学发展史上，它或高歌猛进，或灰迹潜行，从未真正地脱离人们的视线。纵观"自白"诗歌的历史，它似乎与宗教式的"忏悔"相去甚远，而更加接近"坦白地说出"这一命题，它并不希求得到宗教式的谅解或宽恕，而是大胆揭露和公布自己所信仰或所坚持的，

---

① 转引自李野光《前言》，载惠特曼《草叶集》，李野光译，北京燕山出版社2003年版，第1页。

② Robert Philips, *The Confessional Poets*, Carbondale：Southern Illinois University Press, 1973, p. 3.

③ ［美］哈罗德·布鲁姆：《西方正典》，江宁康译，译林出版社2011年版，第214页。

并以此表达自我对这个世界的看法及态度。正如舍温所言："自白诗在本质上偏向于精神分析而不是宗教，当罗森瑟尔正确地指出'性罪恶'是自白诗最基本的着眼点时，自白派诗人对这种罪恶仍是不愿悔改的，与之相反，他们把这个当作批判家庭关系错乱或性别角色错置的方式。"①

第二节 美国"自白派"的形成与成员构成

在历史的视域中，自白诗是自萨福以来以"我"为中心的浪漫主义"自白"传统的延续，而从现实的眼光来看，它又是集中营、"二战"、冷战、工业扩张、精神分析、后现代主义等政治、经济、文化的综合产物。"二战"后，特别是 1950—1960 年的十年，美国社会的政治、经济、文化均发生了巨大的变化，个人被迫在迅捷变化的世界和自我之间寻找和确定新的立足点和平衡点。丹尼尔·贝尔（Daniel Bell）对 60 年代文化情绪的描摹颇为形象，"早先对自我的热衷，此时又重归了，尽管是以一种更尖锐、更刺目的形式"②。于是，精神分析、存在主义等在精神领域大行其道，体现在文学领域，特别是诗歌领域里，黑山派（Black Mountain Poerty）、垮掉派（Beat Generation）、纽约派（New York School）、超现实主义（Surrealist Poetics）等众多流派纷纷亮相，形成了诗歌界空前的繁荣景象。这些流派风格各异，旨趣不一，但它们有一个共同的特点，那就是反对独霸文坛将近半个世纪的形式主义及新批评传统，反对艾略特（T. S. Eliot，1888—1965）的精心制作和情

---

① Miranda Sherwin, *"Confessional" Writing and the Twentieth-Century Literary Imagination*, London：Palgrave Macmillan, 2011, pp. 6 – 7.

② ［美］丹尼尔·贝尔：《资本主义文化矛盾》，严蓓雯译，江苏人民出版社 2012 年版，第 127 页。

绪控制原则，努力追求能反映当下经验和"返回"生活的诗歌形式，"个性""个体"成为这一时期的关键词。自白诗和自白派就在这样的大环境下粉墨登场，掀起了轰轰烈烈的"自白"运动。

其实，作为一个在美国文学史上独树一帜的诗歌派别，美国自白派并没有统一的宣言和纲领性文件，自白派和自白诗的概念均由后来的评论家所赋予。罗森瑟尔 1959 年 9 月在《民族》（*Nation*）上发表了一篇名为《作为自白的诗》（"Poetry as Confession"）的文章来评价罗伯特·洛威尔的《生活研究》（*life Studies*），文中率先使用了"自白诗"一词。后来这篇文章被收录在罗森瑟尔编纂的《新诗人》（*The New Poets*，1967）、《诗歌中的生活》（*Our life in Poetry：Selected Essays and Reviews*，1990）及《罗伯特·洛威尔评论》（*The Critical Response to Robert Lowell*，1999）中。1973 年罗伯特·菲利普斯又在《自白派诗人》（*The Confessional Poets*）中以洛威尔为中心，将前期的西奥多·罗特克、斯诺德格拉斯、约翰·伯利曼，以及 20 世纪 50 年代参加由洛威尔主持的波士顿诗歌研习班，并从此开始写作自白诗的安妮·塞克斯顿、西尔维亚·普拉斯归入自白派的麾下，自此，自白派这一在美国文学史上有着重要影响的诗歌流派正式进入公众的视野。

自白诗虽是以洛威尔《生活研究》（*life Studies*）的出版而命名，但其时最早走上自白道路的应该是罗特克。早在 1941 年他就在诗集《敞开的房屋》（*Open House*）的同名诗中称自己就是写作的素材，在晚年对这首诗的评论中，他又说："这首诗是一个笨拙的、幼稚的、绝望的断言。我讲的不是经验主义的自我，肉体捆绑的自我；它只是一个词：我自己，是几个自我的总和。"① 1948 年发表的第二部诗集《迷失之子》（*Lost Son*）已堪称自白诗的典范。但他与洛威尔的不同之处

---

① Theodore Roethke, "On Identity", in Ralph J. Mills, ed. *On the Poet and His Craft：Selected Prose of Theodore Roethke*, Jr. Seattle：The University of Washington Press, 1965, p. 21.

就在于，虽然在普拉斯的《蘑菇》（"Mushrooms"）、《七月的罂粟》（"Poppies in July"）等诗歌中能看到罗特克的些许影子，但《迷失之子》（*Lost Son*）似乎并未对其后的自白派诗人产生太大的影响。

另一个要提及的早期自白派诗人是斯诺德格拉斯，他的《心针》（*Heart's Needle*）与洛威尔的《生活研究》（*life Studies*）于 1959 年同年出版，出版前的书稿曾拿给洛威尔过目。作为洛威尔的学生，评论界在相当长的时期内想当然地认为他受到了洛威尔的影响，但正如洛威尔所说，"他（Snodgrass）在我之前就开始写作自白诗，尽管他比我年轻又是我的学生，尽管人们认为是我影响了他，但实际情况却是我受到了他的影响"[1]。洛威尔还曾直接写信给斯诺德格拉斯说，《心针》（*Heart's Needle*）成了他创作《生活研究》（*life Studies*）的样板之一。[2] 而安妮·塞克斯顿也曾坦言在自白诗写作方面受到了斯诺德格拉斯的直接影响，从这些方面来看，斯诺德格拉斯应该与洛威尔一起成为战后自白派的共同缔造者。

另外，虽然在评介自白诗和自白派作品时，菲利普斯和米德尔布鲁克都有意无意地忽略了艾伦·金斯堡的身影，但实际上，金斯堡对自白派的形成及洛威尔的诗风有着不可忽略的影响。1957 年洛威尔的西海岸之行使他有机会在旧金山聆听到垮掉派以呼吸节奏为诗歌节奏的即兴创作及朗诵，这对洛威尔震动极大，并使他意识到传统韵律对诗歌自由表达的羁绊，为其向自由体诗风格的转变进行了一次强烈的助推。而洛威尔对金斯堡本人也十分推崇，认为《嚎叫》（*Howl and Other Poems*, 1959）像《心针》（*Heart's Needle*）一样在"直接表

---

① Robert Lowell and Frederick Seidel, "Interview with Robert Lowell by Frederick Seidel", in Malcolm Cowley, ed. *Writers at Work: The "Paris Review" Interviews*, ser. 2, New York: Viking Press, 1963, p. 347.

② J. D. McClatchy, *White Paper: On Contemporary American Poetry*, New York: Columbia University Press, 1989, p. 221.

达"方面实现了突破，但他一方面赞赏垮掉派冲破诗歌语言及韵律的"坚冰"行为；另一方面却对垮掉派的"疯狂"做法有所保留，因为他真的忍受不了他们"波希米亚式的狂野"①。

洛威尔曾师承兰色姆（John Crowe Ransom，1888—1974）和塔特（Allen Tate，1899—1979），是艾略特"非个人化"诗歌理论的忠实践行者，后转向威廉斯（William Carlos Williams，1883—1963），勇敢地进行诗歌的改革和实践。可以说，洛威尔的诗歌既是美国清教主义传统与惠特曼诗歌交锋的结果，又是艾略特派和威廉斯派相撞击的产物。在《巴黎评论》的一次访谈中，洛威尔承认《生活研究》（life Studies）是他进行自由无韵式自传体写作的尝试，"我写《生活研究》时，发现没有语言或韵律可以贴切地表现我所见的和回忆的东西。然而，我发现用散文可以表现我想要的那种自传和回忆录的惯用风格。于是我就用从福楼拜那里发现的风格写起自传式诗歌来……我想尽一切办法对付韵律或避开韵律，当我不需要硬把词砸入韵脚或顿数时，我便赤裸裸地依靠节奏了"②。在这种诗学观念的指导下，洛威尔的《生活研究》（life Studies）成为"所有的诙谐、晦涩的对立面，它以直接、易于理解等特点影响了所有现代自白诗及塞克斯顿、普拉斯等诗人，它激起的新旋律至今仍在诗歌的王国里回响"③。

塞克斯顿和普拉斯同是洛威尔波士顿大学诗歌研讨班的学生。对于洛威尔对她施加的影响，塞克斯顿在一次采访中明确表示，"他教我不要信任那些来得容易、悦耳的词语，而要去寻求日常谈话中的真

---

① James E. B. Breslin, *From Modern to Contemporary*：*American Poetry*，*1945 – 1965*，Chicago：The University of Chicago Press，1984，p. 111.

② Robert Lowell，"After Enjoying Six or Seven Essays on Me"，*Salmagundi*，No. 37，1977，p. 112.

③ Robert Philips，*The Confessional Poets*，Carbondale：Southern Illinois University Press，1973，pp. 5 – 6.

实。如果你有足够的自然能量，他能指导你如何去驾驭它。他没有教我写什么，而教会了我不要写什么"①。继洛威尔和斯诺德格拉斯之后，塞克斯顿于 1960 年发表了自己的第一部自白诗集《去精神病院半途而返》（*To Bedlam and Part Way Back*）。其中的《双重像》（"The Double Image"）及 1962 年出版的《我所有可爱的人》（*All My Pretty Ones*）中的《堡垒》（"The Fortress"）等诗篇中多次出现洛威尔《致阵亡的联邦军烈士》（"For the Union Dead"）中诗句的回放。但在"自白"方面，塞克斯顿比洛威尔走得更远。她的名字几乎等同于"自白"这种文体。她的诗歌剥掉了物质的外壳，将生命裸露到最原始的本真状态，她从不回避描写身体隐秘的部位和功能，也从不避讳那些耻于示人的题材，并因描写和揭露那些"赤裸裸的痛苦"② 而受到评论家的非难，但塞克斯顿却认为，基督用它的肉体自白，而她用语言自白，他们都承受了巨大的痛苦。③ 她也因此被称为"自白派的女祭司"。除了洛威尔和斯诺德格拉斯，塞克斯顿还曾受到普拉斯的影响，她诗歌中的一些意象明显受到普拉斯《爱丽尔》（*Ariel*）中一些诗篇如《拉撒路夫人》（"Lady Lazarus"）的影响，在她的《催眠曲》（"Lullaby"）中，"我会忽略床。/我是架子上的亚麻布"④ 显然是对普拉斯"我面目全非，脸是一块精致的/犹太亚麻布"⑤ 的临摹。

虽然贝里曼对自己被归入自白派很不满意，并对此表达过强烈的

---

① Barbara Kevles, "Anne Sexton: An Interview", in George Plimpton, ed. *Poets at Work*: *The Paris Review Interviews*, New York: Viking Penguin, 1989, p. 262.

② James Dickey, *Babel to Byzatium*, New York: The Ecco Press, 1981, p. 133.

③ Barbara Kevles, "Anne Sexton: An Interview", in George Plimpton, ed. *Poets at Work*: *The Paris Review Interviews*, New York: Viking Penguin, 1989, p. 276.

④ Anne Sexton, *The Complete Poems*, Maxine Kumin and Linda Gray Sexton, eds., Boston: Houghton Mifflin Company, 1981, p. 29. （本书中有关塞克斯顿的诗歌文本皆选自这一版本，再次出现的文本引文将不再标注）。

⑤ Sylvia Plath, *The Collected Poems*, Ted Hughes, ed., New York: Harper & Row, 1981, p. 244. （本书中有关普拉斯的诗歌文本皆选自这一版本，再次出现的文本引文将不再标注）。

愤怒，但他仍被评论界定义为自白派中的关键性人物。他的《77 首梦歌》（*77 Dream Songs*）于 1964 年出版，并因此获得当年的普利策诗歌奖。洛威尔曾对这部诗集有过这样的评价："一时间读到这么多的黑暗、混乱和古怪，头痛得都要窒息了，但慢慢地，那些不断重复的场景和喧嚣却越来越让人着迷，尽管即使到现在我也不敢说我能理解其真正含义的二分之一。"[①] 对此，贝里曼有着自己的精确解释，在《梦歌之三六六》（"Song 366"）中，他这样写道："这些诗不是用来被理解的，它们的存在只是为了恐吓或安慰。"[②] 1968 年贝里曼的新诗集《他的玩具、他的梦、他的休息》（*His Toy, His Dream, His Rest*）出版，这部诗集为他赢得了"国家图书奖"。相对《77 首梦歌》（*77 Dream Songs*）来说，这部诗集更加成熟、圆润，也更加令人伤感，诗集中充满了朋友的死亡、自杀，其间又交织着公众人物比如约翰·肯尼迪、罗伯特·肯尼迪、马丁·路德·金、海明威、福克纳等人的死亡意象。1969 年，《77 首梦歌》（*77 Dream Songs*）和《他的玩具、他的梦、他的休息》（*His Toy, His Dream, His Rest*）结集为 385 首《梦歌》（*The Dream Songs*）出版。与其他自白派诗人不同的是，贝里曼的《梦歌》（*The Dream Songs*）通过"亨利"这一人物面具在"经验"与"自我"之间设置了障碍，使"自白诗"的"自白"特征变得不那么明显，正如他在 1969 年的访谈中声称的那样，"亨利像我，我像亨利，但从另一方面说，我不是亨利。你知道，我纳税，而亨利不纳税"[③]。这可能是他拒不承认自己是自白派诗人的

[①] Robert Philips, *The Confessional Poets*, Carbondale：Southern Illinois University Press, 1973, p. 92.

[②] John Berryman, *The Dream Songs*. New York：Farrar, Straus and Giroux, 2007, p. 388.（本书中有关贝里曼的诗歌文本皆选自这一版本，再次出现的文本引文将不再标注）。

[③] John Berryman, "An Interview with John Berryman", *Harvard Advocate*, Vol. 103, No. 1, 1969, p. 5.

重要原因。但无论如何，贝里曼的《梦歌》（*The Dream Songs*）突破了早期学院式的风格而转入对酗酒、吸毒、滥交等个体经验的自白式陈述，这种深入到私人领域的诗歌探索，以及他与洛威尔在诗学领域的竞争使他在自白派中起着关键性的作用。

普拉斯是自白派诗人中最年轻，也是最早以自杀方式结束自己生命的诗人。在其短短31年的生命里，她因"郁悖的女性敏感，海妖般的阴冷，女巫般的感觉经验，把歇斯底里与创造性行为糅为一体，粲然站上自白派所构筑的金字塔的顶端"①。普拉斯在英国广播电台的一次访谈中将自己能够进入特殊的、极端私人的禁忌话题的书写意识归功于洛威尔，把"作为崩溃的年轻母亲的经验写作"禁忌话题的书写归功于塞克斯顿。在打破固有禁忌的同时，她并未止步于对禁忌书写的热衷，而是把父亲的早逝、丈夫的背叛及自己亘古不变的自杀冲动与纳粹对犹太人的屠杀、神风敢死队和广岛、长崎的原子弹爆炸等灭绝性暴行并置，强调当下但常常设置意象的变形。在她最优秀的诗歌成就《爱丽尔》（*Ariel*）中，她从史前年代就开始滋养宗教和哲学思考的生死问题这一精神资源出发，联系历史传统，对人生最本质也是最原始的问题进行了非宗教式的想象性思考。她诗歌中大量的原型意象虽看起来是个性化的，但这些原型如紫杉树、玫瑰、月亮、蜜蜂等却具有普遍的意义。这些意象同样频繁出现在但丁（Dante Alighieri）、莱奥帕尔迪（Giacomo Leopardi）、柯勒律治甚至艾略特等作家的作品中。

自白派之所以能够成为一个影响甚广的流派，是因为自白派诗人们的诗歌自有其相似或相同的特征。在菲利普斯给出自白派诗歌15个特征②将

---

① ［美］罗伯特·洛威尔等：《美国自白派诗选》，赵琼、岛子译，漓江出版社1987年版，第3页。

② Robert Philips, *The Confessional Poets*, Carbondale：Southern Illinois University Press, 1973, pp. 16 – 17.

近半个世纪之后，皮珀斯（Christina Pipos）2012 年在《最早的自白派诗人》（"The First Confessional Poets"）中给自白诗又加上了这样的定义："自白诗之所以被称为自白诗，不只是因为它的内容和语调，涉及家庭、性、酗酒、疯狂或对自我的强调，而是对诸如此类主题的直接面对和直接陈述，自白派作家诗歌中包含了诸多语调，但共同的一点就是其模糊了生活的真实与艺术之间的界限，假装生活的真实或是说裸露生活的真实，'直接'是其关键词。"[1] 这一陈述可以说概括了自白诗最本质的特征。当然，在肯定其普遍性特征的同时，自白派诗人诗歌的"个体性"及诗歌偏重也不应被否定，如"洛威尔为历史学家的自白的'我'，普拉斯为女先知的自白的'我'，贝里曼为殉道者的自白的'我'，罗特克为原始人的自白的'我'"[2]。

第三节　中国"自白"文学及 1980 年代自白诗写作

一　中国文学中的"忏悔"及"自白"叙事

虽然在中国佛教中"忏悔"是非常重要的日常行持法门，但"自白"或"忏悔"在前现代中国文学作品中并不突出，以"文以载道"以及"道法自然"立言的中国儒家和道家诗学传统显然对"自白"这种文学表达方式并不青睐。但细究下来，在中国文学的历史长河中仍能寻到"自白式"表达的涓涓细流。如刘知幾在《史通·序传》中指出，"盖作者自叙，其流出于中古乎？案屈原离骚经，其首

---

① Christina Pipos, "The First Confessional Poets", *Philology and Cultural Studies*, Vol. 5, No. 1, 2012, p. 81.

② Richard Gray, *American Poetry of the Twentieth Century*, New York：Longman Inc. , 1990, p. 247.

章上陈氏族，下列祖考；先述厥生，次显名字。自叙发迹，实基于此。降及司马相如，始以自叙为传"①，其中提及的司马相如的《自叙》曾被钱锺书称为"天下《忏悔录》之开山"②。晚明时期公安派袁中道在《心律》中对自己的过往直言不讳；张岱的《自为墓志铭》、吴伟业的《梅家村藏稿》"自白式"叙事风格凸显，而《红楼梦》更是被胡适称为曹雪芹的"忏悔录"③。到了中国近现代，由于西方文学的引进和影响，文学中的"自白"美学及批判意识更为突出，代表作品包括鲁迅的《狂人日记》、郁达夫的《沉沦》、丁玲的《莎菲女士的日记》、茅盾的《虹》等，但这些作品大多屈从于救国图强的大局，在格局上是一种"大写"的而非真正个人的"自白"。20世纪70年代末80年代初，得名于卢新华描写"文化大革命"时期知青生活的短篇小说《伤痕》，并着重描写"文化大革命"对人的心灵及家庭造成的不幸的伤痕小说，及以艾青为代表的一批"归来的诗人"的伤痕诗歌共同构建了"伤痕文学"的屋宇。而进一步发展和深化伤痕文学，揭露社会和历史悲剧，并呈现及剖析人物命运的反思文学，如茹志鹃的《剪辑错了的故事》、张一弓的《犯人李铜钟》等，同伤痕文学一起体现了时代的"忏悔"意识及对"个体"命运的关注；更值得一提的是，巴金用其人生经历创作的杂文集《随想录》，直面"文化大革命"带来的灾难及自己软弱的人格、不安的灵魂——当大部分人都在竭力证明自己"文化大革命"受难者的身份时，他却开始自我忏悔，偿还心灵的欠债。

　　由舒婷、北岛开创的朦胧诗派，其精神实质上带有诸多"自白"的特征，诗人借助诗歌将特殊时代的创伤转化为当代青年个体的迷

---

① 刘知幾：《史通通释》，浦起龙释，上海古籍出版社1978年版，第256页。
② 钱锺书：《管锥编》（第一册），中华书局1979年版，第358页。
③ 胡适：《〈红楼梦〉研究论述全编》，上海古籍出版社1988年版，第99页。

茫、困惑与求索，注重内心世界的关照，高扬个人精神的抒写。虽然舒婷、北岛所秉承的"我"仍带有英雄主义的色彩，但在北岛的《结局或开始》中，"必须承认/在死亡白色的寒光中/我，战栗了"却凸显了浓重的个人情绪和自白倾向。相对而言，朦胧诗阵营中的另三位诗人——多多①、芒克和王小妮的作品更具有"个人化"色彩。20 世纪 80 年代稍后时期的第三代诗人，包括张曙光、王家新、翟永明、伊蕾、苏历铭、李亚伟、唐亚平、陆忆敏、冯俊等，在特定的历史背景和文学语境中，通过各种官方、非官方渠道与美国自白派接触并被其深深吸引，开始围绕个体的经验、生活、心理等展开全面的诗歌探索，中国自白诗才真正在诗坛发出自己响亮的声音。

二　中国自白诗写作及诗人群体

"中国自白诗"最初是与"女性诗歌""女性主义诗歌"纠缠在一起进入公众视野的。

"女性诗歌"的称谓应该是源自 1986 年唐晓渡发表在《诗刊》上一篇题为《女性诗歌：从黑夜到白昼》的翟永明诗歌评论文章，

---

① 多多（栗世征）的朦胧诗人身份最早来自 1988 年徐敬亚等编著的《中国现代主义诗群大观　1986—1988》（同济大学出版社）。但对于学界以这种"后设"方式赋予自己的朦胧诗人身份，多多是强烈反对的。在 2004 年的访谈中，他不无负气地指出："作为年龄我们属于一代人，但我决不是（朦胧诗人），不是能够自我界定的。在当时出的各种朦胧诗选里没有我的一首诗，今天为什么又把我归为朦胧诗人，谁负这个责任，没人负这个责任。"（凌越：《我的大学就是田野——多多访谈录》，《多多诗选》，花城出版社 2005 年版，第 283 页）对此，有学者指出，因多多的作品对历史和现实的观察角度及处理方式游离于朦胧诗主流话语的边界之外，"在 1985 年以前，多多并未被看作朦胧诗人"（奚密：《狂风暴雨灵魂的独白：多多早期的诗与诗学》，《文艺争鸣》2014 年第 10 期）。但近年来随着多多的声名日盛，在诗歌界的影响也越来越大，评论界倾向于把他与诗歌主流派别挂钩。如洪子诚和程光炜合编的《朦胧诗新编》（长江文艺出版社 2004 年版），唐晓渡的论文《多多：是诗行，就得再次炸开水坝》，（《当代作家评论》2004 年第 6 期）等均承袭徐敬亚等的分法，将他归入为"朦胧诗人"之列。为便于叙述，本书将搁置争议，采用新近学界的说法，将多多归类为朦胧诗人。

自此后，"女性诗歌"作为一种批评话语逐渐被学界采用。但这样一种时间模糊、概念广泛外延的文学概念也在评论界引起了程度不同的分歧，谢冕、罗振亚、吕进、崔卫平、周瓒、李小雨等一批评论家和诗人，包括翟永明自己都对"女性诗歌"和"女性主义"诗歌提出了观点和论断，但有关这方面的争论本书姑且搁置不论。这里要讨论的重点是一些评论家对女性诗歌及诗人的划分，如黄子建等认为，"在八十年代中国现代主义诗潮中，有一批青年女性以其特有的声音和姿态步入诗坛引起了人们的关注。伊蕾、小君、张真、陆忆敏、阎月君、嘉嘉、唐亚平、翟永明等是其中较突出的几位"①。谢冕在《20世纪中国新诗：1978—1989》中，除了翟永明、伊蕾、唐亚平，还列举了"陆忆敏、张真、海男、张烨、小君、林雪、虹影、赵琼、林河、童蔚等一个长长的名单"②。到了21世纪，在对女性诗歌诗人群体的划分中，程光炜认为，"这一时期，女性诗歌的主要作者是翟永明、伊蕾、张烨、唐亚平、海男、林雪、张真、陆忆敏等"③。而洪子诚、刘登翰将之缩短为5个诗人，并将王小妮纳入其中，"'女性诗歌'通常与翟永明、陆忆敏、王小妮、唐亚平、伊蕾这些名字联系在一起"④。但在严家炎主编的《二十世纪中国文学史》中，女性诗歌的主要代表者中就只剩下了陆忆敏、翟永明、伊蕾、唐亚平。⑤ 但在这几份名单中，我们可以发现一个重要的现象。那就是，虽各有取舍和侧重，但它们有着明显的交集，即《二十世纪中国文学史》中

① 黄子建、佘德银、周晓风：《中国当代新诗发展史》，成都科技大学出版社1993年版，第424页。
② 谢冕：《20世纪中国新诗：1978—1989》，《诗探索》1995年第2期。
③ 程光炜：《中国当代诗歌史》，中国人民大学出版社2003年版，第316页。
④ 洪子诚、刘登翰：《中国当代新诗史》（修订版），北京大学出版社2005年版，第229页。
⑤ 严家炎主编：《二十世纪中国文学史》，高等教育出版社2010年版，第223页。

的陆忆敏、翟永明、伊蕾、唐亚平四位诗人。

在回忆 1980 年代诗歌写作和"四川五君"① 的文章中，钟鸣称翟永明的诗歌"基本上是记录个人生活的"②，而"自白式"书写与翟永明、伊蕾、陆忆敏、唐亚平等女诗人的关联研究始于张颐武 1989 年发表在《诗刊》第 3 期上的《伊蕾：诗的蜕变》。1990 年代伊始，陈旭光在《女性诗歌与黑暗意识》（1991）中具体分析了翟永明、唐亚平、伊蕾、海男等诗人诗歌中"自白话语"的运用及特点。随后，胡兆明在《现代女性诗歌的诗美取向》（1994）中认为，现代女性诗歌的叙述和表达方式即"从歌吟走向自白"③。汪剑钊在《女性自白诗歌："黑夜意识"的预感》（1995）中提及西方女权主义对中国当代女诗人的影响，首次提出"女性自白派"这一概念，并指出"其代表性人物为伊蕾、翟永明、唐亚平、海男等诗人"④。随着 1995 年臧棣《自白的误区》的发表，"自白"与女性主义诗歌的关系更加密不可分。21 世纪伊始，女性诗歌与"自白"的关系继续沿着既定的思路稳步前行，在李蓉看来，在女性诗歌历时性的抒情方式"歌吟式、物化式、自白式"⑤ 中，"自白"成为女性诗歌抒情的主导方式。2010 年是承前启后的一年，这一年对女性主义与"自白"关系的思考既沿着以往的路线和概念发展，如董秀丽在其博士论文《20 世纪 90 年代女性诗歌研究》中认为自白方式是女性主义最本质的书写方式；又出现了新的批评视野，如张如贵在《美国自白诗在中国的影响和接受》及《并非同质的精神向度——美国自白派诗歌之比较研

---

① 原为包括欧阳江河、柏桦、翟永明、钟鸣、张枣、廖希、孙文波的"四川七君"，后缩编为除后两位之外的"五君"。

② 钟鸣：《钟鸣：旁观者之后》，《诗歌月刊》2011 年第 2 期。

③ 胡兆明：《现代女性诗歌的诗美取向》，《华侨大学学报》1994 年第 2 期。

④ 汪剑钊：《女性自白诗歌："黑夜意识"的预感》，《诗探索》1995 年第 1 期。

⑤ 李蓉：《中国现代女性诗歌的文体流变及其文化意味》，《文艺评论》2001 年第 6 期。

究》中再次以"中国自白诗人"来定义 1980 年代中后期的女性主义诗歌创作主体。2013 年白杰在《中国自白诗派——女性与自白的诗意邂逅》与《中美自白诗派私密话语比较研究》中同样以"中国自白诗派"来定义这一批有着相似诗歌主题和形式的女性诗人。在《中美自白诗派私密话语比较研究》中，白杰这样定义"中国自白诗派"："以翟永明、陆忆敏、伊蕾、海男等为代表的一批女性诗人。她们在'自白'书写的启悟下，激活此前并未完全复苏的个体意识与女性意识，对八十年代初期狂热的政治激情与文化理想做出反思批判，及时从由男权话语把持的公共空间返归至由个体生命经验填充的私密空间，大胆探寻女性的身体、欲望和灵魂隐秘，显现出鲜明的'自白'品质。中国自白诗派，一个与美国自白诗派有着密切亲缘关系的诗歌群落由此诞生。"① 同年，赵林云的博士论文《论女性意识视域下的当代女性诗歌》中也以"中国自白派"来命名 1980 年代第三代中后期的女性主义诗歌。

1980 年代中后期女性主义诗歌以"我"为中心的"自白"特征的凸显，激发学界将批评视野聚焦于两者之间的唇齿相依及胶着状态，这本无可厚非。但是，将同样受美国自白派影响的男性诗人及其自白诗歌长期置于被忽视甚至屏蔽的状态，对"自白"与性别意识关系的单方面强调，及由此而来的对自白诗狭隘视野的批评却是对 1980 年代这一特殊文学现象的不完整叙述。其实，早在 2005 年，学者张晓红就曾指出，"中国批评界单单把'自白'标签贴在女诗人身上的做法有失妥当"②。2009 年，诗人评论家周瓒再次表达了同样的观点，"在翻译和不断的阐释之中，自白诗在汉语中确立起一个小传统，以女性诗歌为代表作为对诗歌写作的可能性的开

---

① 白杰：《中美自白诗派私密话语比较研究》，《长沙理工大学学报》2013 年第 3 期。
② 张晓红：《中美自白诗：一个跨文化互文性个案》，《深圳大学学报》2005 年第 4 期。

掘，又不仅是女诗人写过并仍在写着自白诗，男诗人同样也尝试着自白风格"①。

可以这样说，美国自白诗自 20 世纪 80 年代进入中国，就与中国诗人（并非只是第三代诗人或女诗人）结下不解之缘，并对他们的创作产生了重要影响。

彼时沉寂，近几年声名鹊起的多多就曾高调宣称自己"也是带有自白特征的"②。唐晓渡在评价多多的作品时也说过，"《教诲——颓废的纪念》和《鳄鱼市场》，在我看来绝对是当代罕见的、较严格意义上的'自白诗'的先声"③。唐晓渡还认为朦胧诗的另一代表性人物芒克的诗"具有空谷足音般的独白语气"。并且，唐晓渡把写诗"又早又好"的芒克和多多未能在国内获得像其他"朦胧诗人"那样广泛的影响和关注归因于他们当时诗歌的"更个人化"④。另外，批评家程光炜认为当代诗人张曙光、王家新等也受到过自白派诗人的影响，并写作了具有自白性的佳作。⑤ 张曙光自己在《罗伯特·洛厄尔与自白派诗歌》中也坦言："洛厄尔也是我最喜爱的美国诗人。"⑥

在第三代诗人中，苏历铭被称为男性自白派的代表性人物。1986年，他与包临轩、李梦三人以"男性独白"诗派的身份参加了《深圳青年报》举办的中国现代主义诗歌流派大展，虽然"男性独白"

---

① 周瓒：《翻译与性别视域中的自白诗》，《当代文坛》2009 年第 1 期。
② 凌越：《我的大学就是田野：多多访谈录》，载多多《多多诗选》，花城出版社 2005 年版，第 293 页。
③ 唐晓渡：《多多：是诗行，就得再次炸开水坝》，《当代作家评论》2004 年第 6 期。
④ 唐晓渡：《芒克：一个人和他的诗》，《诗探索》1995 年第 3 期。
⑤ 程光炜：《不知所终的旅行》，载程光炜编选《岁月的遗照》，社会科学文献出版社 1998 年版，第 5—10 页。
⑥ 张曙光：《罗伯特·洛厄尔与自白派诗歌》，《北方文学》2006 年第 11 期；此处的"罗伯特·洛厄尔"即 Robert Lowell，因是引用，所以保持引文原样。此人名在本书他处翻译为罗伯特·洛威尔。

诗派当时的命名是"临时拼凑"①的，但苏历铭对于美国自白派的诗歌传承却有据可依："那时他特别欣赏艾伦·金斯伯格②的作品，对金斯伯格冲破'二战'以后艾略特们的学院派藩篱，把诗歌带入一个新的境界，更是由衷推崇。金斯伯格提出'一切都可以入诗'，又在潜移默化地影响着苏历铭的诗歌创作。1988 年前后创作的《田野之死》《工厂区》《堕落》《午夜看西三环北路》《音乐厅里》等一系列作品，大都是这种创作思想的践行和延伸。"③虽然"莽汉"诗人李亚伟否定了其与金斯堡及美国自白派的渊源关系，④但他的《中文系》与"撒娇派"诗人冯俊的《京特先生》堪称自白诗的佳作，并与约翰·贝里曼的《梦歌》（*The Dream Songs*）具有精神气质上的相似性。《中文系》不仅以作者本人的名字"亚伟"直接入诗，而且诗中的"胡玉""万夏"等还是"莽汉主义"的诗友，而冯俊的笔名正是京特（后改为京不特）。《中文系》和《京特先生》以生活经验入诗，真实地再现了当代人略显荒诞并兼具黑色幽默的个体生活及精神状态。

所以，在 1980 年代的诗人写作群中，同美国自白诗一样，中国自白诗并不具有性别上的特殊性，大批的男性诗人也参与到了自白诗的写作中。虽然在对"自白"式诗歌美学的执着追求上，在对"自白"艺术的深层挖掘上，中国女诗人可能比此一时期的男性诗人有着

---

①　朱凌波、苏历铭：《最后一个时代——朱凌波、苏历铭关于诗与生命的访谈》，《诗探索》2014 年第 3 期。

②　此处的"艾伦·金斯伯格"即 Allen Gensinberg，因是引用，所以保持引文原样。此人名在本书他处翻译为艾伦·金斯堡。

③　包临轩：《苏历铭的诗事》，《诗刊》2006 年第 6 期（上半月刊）。

④　李亚伟的《中文系》写于 1984 年。而据李亚伟介绍，他接触到金斯堡的《嚎叫》是在 1985 年的夏天。据此推论，"'洋莽汉'的'影响'并没有先行存在"［李亚伟：《英雄与泼皮》，载谢冕、杨匡汉、吴思敬主编《诗探索》（1996 年第 2 辑），中国社会科学出版社 1996 年版，第 128 页］。

更高的热情和激情，但若因此遮蔽男诗人及其自白诗歌，并把"自白"归类为女性气质的一部分甚至"女权宣言"的工具，似有武断之嫌。需要说明的是，如同美国自白派诗人一样，所谓的自白诗人写作的并不都是自白诗，而是限定于其一定时期的作品或作品集，中国自白诗人特别是第三代自白诗人在 1980 年代末集体转向或搁笔，所以，中国自白诗在狭义上来说结束于 1989 年（部分诗人如多多、王家新、王小妮、张曙光等的自白作品延续到 1990 年代）。

三 中国自白诗的界定

虽然上文对中国自白诗及诗人群体进行了较为细致的梳理，但"中国自白诗"并不是一个不言自明的概念，而写作"自白诗"的诗人也并未得到学界充分的接受和认可。一是写作自白诗的女性因其身份被称为"女性主义诗人"，而她们的诗歌也相应被称为"女性主义诗歌"。二是除了多多、芒克、王小妮、王家新等属于朦胧诗派①外，其他写作自白诗的诗人被一起统一到"第三代诗人"群中，这一定义虽能体现出他们的代际特征，但很难体现出诗歌自身的美学原则及诗性追求。另外，学界还有论者将他们与其他诗人一起定义为先锋派诗人，但因先锋一词本身就充满了无数的争议，这一说法很显然更难服众。除此之外，他们也曾被归入后朦胧派诗人、新生代诗人中。而因第三代诗人特别是第三代中的女诗人颇受美国自白派的影响，所以以诗评家臧棣为代表的一批评论家直接用中国自白诗、中国自白诗人来指称她们的诗歌及诗人自身。在这样众说纷纭的情况下，对这批具有明显共性特征的诗人群体的重新界定，就具有了现实及学理上的价

---

① 多多、芒克、王小妮和王家新的朦胧诗人身份在学界也存在一定的争议，本书暂且搁置此类争议，不作深入探讨。

值和意义。

首先，如同美国自白派一样，中国1980年代写作自白诗的女诗人如翟永明、伊蕾、唐亚平、陆忆敏、海男等，并没有以诗歌运动的方式去成立社团、创办刊物、大张旗鼓地宣扬诗派主张，她们彼此独立地展开写作，只是在价值观念、精神向度、艺术风格上有着诸多相似。而写作自白诗的男诗人在写作自白诗的同时，也并没有放弃其他类型诗歌的创作，并且，他们同时还分属不同的流派，如多多和芒克属于朦胧诗派，苏历铭属于男性独白派等。但这些诗人有一个共同的特点，那就是不约而同地将美国自白诗派作为自己重要的精神资源和艺术范本，在访谈或诗歌中直陈自己受到的影响和激励，而他们诗歌的"自白"特征也得到评论界的充分关注。如诗人评论家臧棣，他虽对"自白"风格颇有微词，对中国式"自白"的前景颇为担忧，但是他对1980年代优秀女诗人的"自白诗"却是肯定的："考察80年代以来的女性诗歌写作，我们会发现一种类似规则的现象，即女性意识的诞生和扩充实际上成为女性写作的根本动力。最优秀的女诗人差不多都把发掘女性意识看成最本质的写作动机。所以，当代中国最好的女性诗歌都是自白诗。也不妨说，今日女诗人的写作成就是建立在一种自白风格之上的。"[1] 因此，可以说，"自白"就是这批诗人的共性特征。

其次，在当代中国诗歌批评史上，许多批评概念诗学内涵的界定是不充分的，有时具有含糊不清的特点。著名诗人兼评论家唐晓渡对此有着自己的看法，他认为，"费神重新考察或重新审定"这些概念究竟是否名实相符已没有多大意义。[2] 在一定程度上来说他

---

① 臧棣：《自白的误区》，《诗探索》1995年第3期。
② 唐晓渡：《编选者序：心的变换："朦胧诗"的使命》，载谢冕、唐晓渡主编《在黎明的铜镜中——"朦胧诗"卷》，北京师范大学出版社1993年版，第1页。

是对的，因为"诗人在创作中总是追求创作的主体性和个性，追求不可重复的艺术创造"，流派意识会人为地导致诗歌真实样态的简单化及模式化。但不可否认的是，文学活动中相同或相似的审美情趣和审美理想能为人们总结文学的经验、规律提供较有效的途径。所以，批评家和文学史家倾向于"寻找共性：从许许多多的个性里找寻共性，从活生生的具体现象归纳和抽象，否则就无法进行逻辑和科学的分析，也就从根本上取消了文学批评与研究存在之可能与必要"①。写作自白诗但不承认自己属于任何流派的唐亚平在一次访谈中也曾说过："在文学史或诗歌史上，流派还是人们分析一个时代诗人群体的重要手段，便于读者更清晰地了解一个时代的诗歌群体。"② 对于此，洪子诚认为："文学史上的一些概念很多都是约定俗成的……用哪一种概念都是可以改换的……问题是赋予这个概念什么样的意义。"③ 鉴于此，为了更明确、更具体地勾画 1980 年代这一批与美国自白派有着相近血缘关系的诗人和诗歌，对中国自白诗及诗人群体的重新界定无论从诗学还是文学史方面来说都应该是有意义的。

既然 1980 年代的这批中国诗人与美国自白派诗人有着较为深厚的渊源，且诗歌具有明显的"自白"特征，那么，让我们先来回顾一下菲利普斯总结的美国自白诗的 15 个诗学特征：

1. 高度主观化；

2. 是一种个性的表达，而不是个性的逃避；

---

① 蓝棣之：《新版自序》，载蓝棣之《现代诗的情感与形式》，人民文学出版社 2002 年版，第 6 页。

② 唐亚平：《黑色沙漠里盛开的玫瑰》，《江南时报》2013 年第 7 期。

③ 洪子诚：《诗歌的边缘化》，《东方丛刊》2007 年第 2 期。

3. 具有治疗或净化作用；

4. 情感内容是个人化的而非客观的；

5. 通常是叙事性的；

6. 刻画了精神错乱或异化的主人公；

7. 用反讽或保守的陈述来加强陌生化效果；

8. 用"自我"作为诗歌意象来营造关于自我的神话；

9. 没有主题的限制；

10. 诗歌运用的是日常话语的开放式语言形式；

11. 开放的形式；

12. 体现了道德上的勇气；

13. 在内容上是反建构的，异化是其普通的主题；

14. 个体的失败及精神疾病是另外的两个主题；

15. 诗人努力追求个性化而不是普遍化（如果是成功的个性化表达，那么他们的表达就会非常让人熟悉，以至于我们可以轻松地识别和领会）。①

除了第六条和第十四条中的"精神错乱""精神疾病"不太符合其时中国自白诗歌的主题呈现之外，翟永明、陆忆敏、伊蕾、唐亚平、海男、李亚伟、冯俊等诗人 1980 年代中后期的部分诗歌，多多、芒克、王小妮、张曙光、王家新、苏历铭等诗人 1980 年代中后期至 1990 年代早期的部分诗歌，其美学特征、话语建构、叙事方式及诗歌形式均符合菲利普斯给出的"自白诗"的诗学特征。虽然"精神错乱"与"精神疾病"不在中国自白诗的特征之列，但正如皮珀斯所言："自白诗之所以被称为自白诗，不是因为它的内容涉及家庭、

① Robert Philips, *The Confessional Poets*, Carbondale：Southern Illinois University Press, 1973, pp. 16 – 17.

性、酗酒、疯狂或对自我的强调，而是对诸如此类主题的直接面对和直接陈述；自白诗中包含了诸多语调和内容，但共同的一点就是其模糊了生活的真实与艺术之间的界限，'直接'是其关键词。"① 所以，"直接面对和直接陈述""模糊了生活的真实与艺术之间的界限"这些最基本的特征（而非诗人性别）成为我们判断一首诗是否"自白诗"的重要依据。从这点来看，用"中国自白派"来定义这些用"自白"方式写作的中国 1980 年代诗人有着学理上的充分依据。具体来说，其一，这些诗人的诗歌作品以"自白"为特征，从第一人称出发，围绕着个人的生活、心理活动和经验展开，公开地书写隐秘的体验和情感，具有高度的主体性并体现了道德上的勇气。其二，这些诗歌用叙事性的陈述、反讽及意义并置的方式营造自我的神话。其三，这些诗歌用开放的语言、开放的形式达到了去形式化的目的。

需要说明的是，重新定义中国自白诗并不是为了简单地把它们归入到美国自白派的大系统中。恰恰相反，重新定义的目的正是要鉴别自白诗在由西向东旅行过程中保持不变的和重新建构的诗学形态及美学精神。正如赛义德（Edward Said）所说："相似的人和批评流派、观念和理论从这个人向那个人，从一情境向另一情境，从此时向彼时旅行。文化和智识生活经常从这种观念流通中得到养分，而且往往因此得以维系。……然而这样说还不够，应该进一步具体说明那些可能发生的运动类别，以便弄清一个观念或一种理论从此时向彼时彼地的运动是加强了还是削弱了自身的力量，一定历史时期和民族文化的理论放在另一时期或环境里，是否会变得面目全非。"② 所以，重新定

---

① Christina Pipos, "The First Confessional Poets", *Philology and Cultural Studies*, Vol. 5, No. 1, 2012, p. 81.

② ［美］爱德华·赛义德：《赛义德自选集》，谢少波、韩刚等译，中国社会科学出版社 1999 年版，第 138 页。

义这批拥有相似诗学特征的诗歌的目的即"你今天在用的时候赋予了它什么含义"①。既然中国自白诗与美国自白派渊源深厚，并具有美国自白诗绝大部分的外部特征和美学规范，那么，以中西比较诗学为理论依据，以双方各自的诗歌批评为参照系，重回 1980 年代诗歌现场，从写作主体、诗学接受、文本美学、文化对文本的干涉等方面对美国自白诗在中国的传播与接受，自白诗在中国土壤上的美学继承及重构，中国自白诗对美国自白诗的诗学创新及移植变形等方面进行系统的考察和研究，并以"症候"解读的方式发现和发掘中国自白诗的诗学、美学品质及其丰富的中国传统文化因子内涵，就成为本书论述的重点，也是其成文的价值和意义。

---

① 洪子诚:《诗歌的边缘化》,《东方丛刊》2007 年第 2 期。

第二章

中国1980年代诗人对美国

自白诗的接受

异域文学现象的传播固然有其偶然的因素，如翻译、推介等。但土壤、气候的适宜性才是其能够生根、发芽，并成长、壮大的必然因素。美国自白诗一经引进便在中国引起轩然大波，受到众多1980年代诗人的青睐，并形成了以第三代诗歌为主阵地的轰轰烈烈的自白诗运动，这与中国其时的诗学语境有着必然的关联，也与中国1980年代诗人自身的诗学气质和美学追求息息相关。

第一节　美国自白诗在中国接受与传播的诗学语境

一　诗学语境之一："崇高"的退隐

在我国漫长的诗歌史长河中，诗歌为某些中心话语"立言""代言"的特征异常突出。发展到现代，从"五四"的呐喊到革命战争年代的激情洋溢，无不充斥着卓越的崇高与伟大的理想，而"文化大革命"诗歌假大空的政治色彩更是使诗歌具有了"口号"般整齐划一的"威严"。对这一时期诗歌的反动在美学上的体现即"说真话"原则，艾青认为，在"文化大革命"时期，"政治上的堕落带来了艺术上的堕落，政治成了标签，艺术就成了卖淫妇脸上的脂粉，文艺变成篡党夺权者的吹鼓手，出现的不外是既空洞而又虚假的豪言壮语"，因此，"诗人必须说出自己心里的话，写诗应该通过自己的心写，应该受到自己良心的检查"①。

发端于"十年动乱"废墟和伤痕之中的"朦胧诗"处于"文化大革命"诗歌与第三代诗歌的过渡阶段。它复兴了"五四"以来的新诗传统，确立了人本主义的诗歌美学。但朦胧诗人在特殊年代的遭际、已成型的人生观以及家国意识的根深蒂固，使他们的诗歌充满了人性、人道的启蒙主题、伟大的英雄主义色彩和强烈的历史责任意识，所以朦胧诗中仍然洋溢着崇高的理想主义色彩及强烈的政治使命感，诗歌书写中仍无法摆脱政治意识形态的魅影。"历史决定了朦胧的批判意识和英雄主义倾向，这无疑是含有贵族气味儿的。"② 但此时的"崇高"已退却了"文化大革命"时"公式化"的"庄严"和"肃穆"，而倾向于对理想的坚守及对信念的讴歌。

1980 年代中后期开始在诗歌界崭露头角的第三代诗人们虽然没有亲身经历过朦胧诗人们所经受的苦难，但他们以旁观者身份经历了"拨乱反正""思想解放""反精神污染"等一系列政治和文化事件，所以他们一登场就开始自觉地疏离政治意识形态与主流话语规范。而

---

① 艾青：《艾青全集》（第 3 卷），花山文艺出版社 1991 年版，第 409 页。
② 徐敬亚：《历史将收割一切》，载徐敬亚等编《中国现代主义诗群大观 1986—1988》，同济大学出版社 1988 年版，第 2 页。

且，1980 年代中后期的诗人所面对的已不是政治意识形态等若干"重大"问题，而是在悄然兴起的商业文化氛围中如何处理自身当下的生存、欲望、精神等现实问题。他们真切地意识到："诗歌精神已经不在那些英雄式的传奇冒险、史诗般的人生阅历、流血争斗之中，诗歌已经到达那片隐藏在普通人平淡无奇的日常生活底下的个人心灵的大海。"① 没有了悲壮的英雄情怀，也就没有了悲剧的崇高；没有了伟大而卓越的理想，也就没有了思想的肃穆和庄严。因此，第三代诗歌在不自觉中走向"对人类大事失去关怀，对崇高彻底唾弃"② 的诗学实践，这种理念在以尚仲敏为代表的大学生诗派的诗学宣言中得以具体展现："a. 反崇高。它着眼于人的奴性意识，它把凡人——那些流落街头、卖苦力、被勒令退学、无所作为的小人物一股脑儿地用一杆笔抓住，狠狠地抹在纸上，唱他们的赞歌或打击他们……"③ 而这一诗学原则应用到诗歌书写中即大量的平凡甚至庸俗被引入诗歌中，世俗的、琐屑的腔调和声音替代了新诗潮的崇高严峻。如韩东的《有关大雁塔》，"有关大雁塔/我们又能知道些什么//我们爬上去/看看四周的风景/然后再下来"，以及于坚的《尚义街六号》，"尚义街六号/法国式的黄房子/老吴的裤子晾在二楼/喊一声　胯下就钻出戴眼镜的脑袋/隔壁的大厕所/天天清早排着长队……"调侃生活、消解意义成为诗歌的主旋律。

二　诗学语境之二：经验入诗

于坚认为，"五四"之后，朦胧诗之前的诗歌具有"呐喊"精

---

① 陈旭光编：《快餐馆里的冷风景——诗歌诗论选》，北京大学出版社 1994 年版，第 260 页。
② 郑敏：《中国新诗八十年反思》，《文学评论》2002 年第 5 期。
③ 尚仲敏：《大学生诗派宣言》，载徐敬亚等编《中国现代主义诗群大观　1986—1988》，同济大学出版社 1988 年版，第 185 页。

神，"呐喊，作为那个时代的主调，作为一种狂飙突进的，青春朝气的，号角般的，英勇悲壮的，爱憎分明与中国政治生活相濡以沫的浪漫主义，造就了许多杰出的歌手和黄钟大吕之作。它最终声嘶力竭成为单纯时代精神的传声筒，在 70 年代走到终极。作为自己时代的逆子，北岛们是那时代最后一批诗人"①。但当诗歌彻底从崇高和庄严的神坛回归日常生活之后，从朦胧诗的象征体验、呐喊精神转向世俗世界的日常时，作为想象与情感产物的诗歌就转而向日常经验及个体感受等领域寻找创作的源泉和灵感。当然，从严格意义上来说，朦胧诗在这一过程中起到了承上启下的作用，朦胧诗人的早期诗歌重想象、情感，如舒婷的诗，但晚期诗歌却已然具有了较明显的主观经验、个体感受等因素，如北岛、顾城等的诗歌。

到了第三代诗人这里，个体的感受及体验成为诗歌抒情的主要资源，抒情重点转向了日常生活叙事并直抵生命体验本身。"他们"诗派认为："……我们关心的是作为个人深入到这个世界中去的感受、体会和经验，是流淌在他（诗人）血液中的命运的力量。我们是在完全无依靠的情况下面对世界和诗歌的，虽然在我们身上投射着各种各样的观念的光辉。但是我们不想，也不可能用这些观念去代替我们和世界（包括诗歌）的关系。世界就在我们面前，伸手可及。我们不会因为某种理论的认可而自信起来，认为这个世界就是真实的世界。如果这个世界不在我们的手中，即使有了千万条理由，我们也不会相信它。相反，如果这个世界已经在我们的手中，又有什么理由让我们认为这是不真实的呢？"②

---

① 于坚：《诗歌精神的重建——一份提纲》，载于坚《拒绝隐喻》，云南人民出版社 2004 年版，第 101 页。
② 韩东：《艺术自释》，载徐敬亚等编《中国现代主义诗群大观 1986—1988》，同济大学出版社 1988 年版，第 52 页。

自此，诗歌摒弃了对形而上生活的刻画，不再主观地虚构着抽象的世界和人生，而是开始用凡俗的日常生活经验客观地还原着生活的真实和生命的低微或平凡。

三　诗学语境之三：小"我"的凸显

在"文化大革命""假大空"主流意识形态诗歌话语的夹缝中，潜藏中一股暗流，那就是以黄翔和食指（郭路生）等为代表的一批"朦胧诗的先行者"①，及他们与"集体抒情"截然不同的诗歌美学样态的隐形存在。早在1962年，黄翔就发出了"我是谁"（《独唱》）的追问，并从"我"的视角切入对这个"可憎年代"（《野兽》，1968）的理性思考及质疑。而食指更是在《疯狗》（1974）中就"文化大革命"对个人的践踏提出了严厉的抗议，"受够无情的戏弄之后，我不再把自己当成人看"。沿着他们的脚步，朦胧诗人从容登场，开启了轰轰烈烈的"新诗潮"时代。"在没有英雄的时代/我只想做一个人"的呼喊（北岛：《宣告——献给遇罗克》）体现了个人开始挣脱隐匿于集体中的命运，并努力发出自己的声音。顾城对这一时期的诗歌有着清醒的认识，"我觉得，这种新诗之所以新，是因为它出现了'自我'，出现了具有现代青年特点的'自我'。……我们过去的文艺、诗，一直在宣传另一种非我的'我'，即自我取消、自我毁灭的'我'。……一新的'自我'正是在这一片瓦砾上诞生的。他打碎了迫使他异化的模壳，在并没有多少花香的风中伸展着自己的躯体。他相信自己的伤疤，相信自己的大脑和神经，相信自己应作为自己的主人走来走去"②。

---

① 柯雷：《瘸子跑马拉松》，《诗探索》1994年第4期。
② 顾城：《请听听我们的声音》，载老木编《青年诗人谈诗》，北京大学五四文学社1985年版，第30页。

　　从朦胧诗开始，集体的喧嚣逐渐被个体的言说所代替。"人"，而不是"主义""理想"，成为诗歌的中心并向人的内心、精神等领域延伸，饱含着作者强烈主观色彩的抒情方式开始赋予"个人"以完整的灵魂和突出的地位。刘登翰认为："把诗歌表现的核心从描写无数英雄创造的历史，转向描写创造历史的无数英雄——普通的人，这个变化有着深长的意义。它反映了经过十年浩劫之后我们的人民和作家的觉醒；反映了在批判长久以来僵化我们思想的极'左'思潮以后，对人的价值观念的重新评价在我们诗歌中激起的回响。"①　对于此种变化，孙绍振认为，这"表面上是一种美学原则的分歧，实质上是人的价值标准的分歧，在年轻的革新者看来，个人应该有一种更高的地位，既然是人创造了社会，就不应该以社会的利益否定个人的利益"②。但是，朦胧诗中的"自我"虽与之前政治抒情中的大"我""我们"有了本质的区别，但对宏大人生命题的关注使他们笔下的"我"仍然具有一种普世的情怀、担当和英雄色彩，个人内心的潜意识仍然没有得到充分的发掘及表现。梁小斌的《中国，我的钥匙丢了》突出地表现了这种诗学现实：

　　　　这美好的一切都无法办到，/中国，我的钥匙丢了。……太阳啊，/你看见我的钥匙了吗？/愿你的光芒/为它热烈地照耀。//我在这广大的田野上行走，/我沿着心灵的足迹寻找，/那一切丢失了的，/我都在认真思考。

　　第三代诗人继承了朦胧诗的诗歌传统和艺术美学，并在此基础上

_____

① 刘登翰：《一股不可遏制的新诗潮——从舒婷的创作和争论谈起》，载谢冕、唐晓渡主编《磁场与魔方——新潮诗论卷》，北京师范大学出版社 1993 年版，第 10 页。
② 孙绍振：《新的美学原则在崛起》，《诗刊》1981 年第 3 期。

开始了自己对它的反叛与超越。超越的一大亮点即"从类的主体意识"的书写转变为"个体主体性"的张扬。他们摒弃国家、民族等宏大叙事，将诗歌的触角伸向当下，热衷于从日常生活出发，描写个人的日常琐事、七情六欲，并借此揭示个体生命的存在状态及存在本质。他们认为，"诗歌的美感完全是由个人的生命灌注给它的，又是由另一具体生命感受到的"①。因此，他们在诗歌中致力于对个体生命生活本真的书写，致力于对人性、精神的挖掘，从而开启了以高扬个体人格、凸显个体体验为特征的诗歌美学时代。

四　诗学语境之四：西方现代主义、后现代主义思潮的引进与传播

反崇高、经验书写、个人的发现与挖掘，这些"文化大革命"后逐一兴起的诗学规范均与美国自白诗的诗学取向具有同质的精神向度，这就是美国自白诗一经引入，就吸引了中国 1980 年代诗人目光的自身诗学环境因素。除此之外，西方现代主义、后现代主义文化思潮的引进与传播也对美国自白诗在中国的接受起到了助推作用。

西方现代主义思潮自"五四"起便开始在中国传播，并引起了文化、思想、文学等领域一系列的连锁反应，后因中国自身的政治原因而归于沉寂。1970 年代末，随着主流意识形态的改变和文艺思想的"拨乱反正"，中国又掀起了新一轮的现代主义与后现代主义思潮的引进与学习热。如重视人、人性、人道主义、人文精神的人本主义；以"存在先于本质"立论并强调个体的主观能动性、自主创造性的存在主义哲学；弗洛伊德（Sigmund Freud）关于人"本

---

① 李新宇：《中国当代诗歌潮流》，山东大学出版社 1993 年版，第 944 页。

我、自我、超我"的三重人格结构；尼采（Friedrich W. Nietzsche）"上帝死了"对传统价值信仰的解构等均对 20 世纪 80 年代的中国文学艺术产生了不同程度的影响。正如 1985 年《大学生诗报》上的一段宣言所言："我们是第三代人，经历过文化的大革命末期，有历史的觉醒感。引进西方，增加了觉醒之后的认识，纵横复杂的思想结构了这一代人的心理素质，观点不像现代派那样有重压后的偏激，也不像传统派那样。"① 尹国均也曾指出，"80 年代中国的艺术或文学，尤其是绘画和诗歌的先锋性，其实是从对'西方先锋意识'的发现开始的"②。这里的西方先锋意识，其实就是各种现代主义和后现代主义的文化、哲学及文学思潮，这中间就包括美国自白派的身影。它大胆独白的言说方式、以个体日常经验入诗的美学话语、抵制新批评及形式主义诗学传统的决绝姿态猛烈地激荡着这些年轻诗人的内心，并引起了强烈的共鸣，美国自白诗的诗学主张与他们渴望在主题、语言、诗歌技巧等方面进行创新的思路一拍即合，欣赏、认同、接受并以中国文学的潜意识及传统美学观念对之进行有效改造，最终形成了以翟永明等为旗手的轰轰烈烈的中国自白诗运动。

第二节　美国自白诗对 1980 年代中国诗人的影响及文本互文

互文性理论有两个走向，一个是广义互文性（早期的互文性理论），另一个是狭义互文性（后来的互文性理论）。所谓广义互文性，

---

① 于坚：《穿越汉语的诗歌之光（代序）》，载杨克主编《1998 中国新诗年鉴》，花城出版社 1999 年版，第 3 页。
② 尹国均：《先锋实验》，东方出版社 1998 年版，第 38 页。

就是用互文性来定义文学或文学性，即把互文性当作一切（文学）文本的基本特征和普遍原则，又由于某些理论家对"文本"一词的广义使用，因此广义互文性一般是指文学作品和社会历史（文本）的互动作用（文学文本是对社会文本的阅读和重写）。所谓狭义互文性，是用互文性来指称一个具体文本与其他具体文本之间的关系，尤其是一些有本可依的引用、套用、影射、抄袭、重写等关系。法国学者萨莫约（Tiphaine Samoyault）在《互文性，文学记忆》中把被研究或被阅读的那个具体文本叫做"文本""主文本""中心文本"或"当前文本"，把当前文本所征引、召唤、暗示、仿效、改造、重写的其他文本叫做"互文本"。两者关系可以在文本的写作过程中通过明引、暗引、拼贴、模仿、重写、戏拟、改编、套用等互文写作手法来建立。而此处所要阐述的中美自白诗的文本互文正是从狭义的互文性理论出发，以中国自白诗人的诗歌文本为"当前文本"，以美国自白诗人的诗歌文本为"互文本"，通过探究"当前文本"对"互文本"的明引、暗引、模仿、套用、改编等来阐释中美自白诗的互文关系。

1981 年第 6 期的《诗刊》刊登了洛威尔的两首诗：《为联邦而死难者》（"For the Union Dead"）和《黄鼠狼的时刻》（"Skunk Hour"）①，这应该是国内对美国自白诗最早的公开译介。随后，在诗人钟鸣 1982 年前后编选的《外国现代诗选》中，出现了普拉斯的身影；1985 年第 9 期和 1986 年第 5 期的《诗刊》又分别刊发了塞克斯顿的《男人和妻子》（"Man and Wife"）和普拉斯的《晨歌》（"Morning Song"）、《十一月的信》（"Letter in November"）等；随后的 1987 年，《国际诗坛》（漓江出版社）刊出了陈迈平翻译的一组

---

① 此两首诗译者为袁可嘉先生。"For the Union Dead"在国内较通用的翻译为《致阵亡的联邦军烈士》，"Skunk Hour"为《臭鼬的时刻》，此处为表达对初始译者的敬意，故采用其本来的译文。

美国自白派诗歌作品，同年该出版社又出版了赵琼、岛子翻译的《美国自白派诗选》，1992 年他们二人翻译的普拉斯的《燃烧的女巫》在香港出版。这些诗集和诗歌在中国的译介和传播，使"诗的语言，在这个世界上循环不已"①，而且，美国自白诗貌似私人化的"自白"特征为中国诗人内心的个人化叙事及"自白"躁动提供了喷薄而出的依据和动力。对此，徐敬亚有过如此表述："这几年诗坛上外国文化的影响已由'欧洲精神'转向'美洲精神'。精确地说是当代美国诗歌的精神。被《嚎叫》唤醒的'莽汉主义'在四川，被'黑色幽默'感染的'他们'在南京，实际地奉行着类似美国'自白派'的原则。"② 九叶派诗人兼评论家郑敏也认为："第三代"诗歌的"美国典型"就是"充满反叛精神的垮掉派艾伦·金丝伯格③和以袒露自己的黑暗意识为创作动力的自白派如塞·普拉斯。"④ 不过，从两位学者的话语中可以看出，他们关注的焦点均是美国自白诗对第三代诗人的影响。在学界的视野中，第三代诗人如翟永明、陆忆敏、伊蕾、唐亚平、海男等受美国自白诗影响较为明显，所以，对她们与美国自白诗之间关系的研究也着墨较多。但从诗歌史的现实来看，一些朦胧诗人如多多、芒克、王小妮等在 1980 年代应该也接受过美国自白诗的洗礼，并在其照拂下写作了一些自白诗的佳作。虽然相对第三代诗人来说，在自白诗的写作上，朦胧诗人在写作主体及其自白诗的写作数量上略显单薄，但从文学史的意义上来说，他们的"自白"式书写也是中国自白诗写作不可忽略

---

① 翟永明：《首届中坤国际诗歌奖受奖词》，载翟永明《最委婉的词》，东方出版社 2008 年版，第 206 页。

② 徐敬亚：《圭臬之死》（下），《鸭绿江》1988 年第 8 期。

③ 此处的艾伦·金丝伯格格即艾伦·金斯堡。

④ 郑敏：《郑敏文集：文论卷》（中），北京师范大学出版社 2012 年版，第 416 页。（此处的塞·普拉斯即西尔维亚·普拉斯）

的组成部分。

一　美国自白诗与中国朦胧诗人及其诗歌

在国外多次获奖，并陆续出版了英语、日语、意大利语、西班牙语等多语种诗集的多多在 1988 年 2 月 11 日普拉斯自杀 25 周年之际，专门写了两首诗来纪念普拉斯。而且，在访谈中，多多毫不避讳地坦陈自己对美国自白派诸诗人的印象及他们对自己的影响：

　　普拉斯是我热爱的，我个人评价特别高，在一开始 80 年代初刚接触的时候我接受不了，现在觉得她是神圣的，真的是特别高的东西，塔特·休斯仍然是一种高度智慧的，感受性没有任何问题，但不是神圣的。——包括安妮·塞克斯顿我也觉得非常好，那种奇异的意象。罗伯特·洛威尔他中期的东西非常好，但到自白派时期他敌不过这几个。他是一个大的诗人，可以写各种东西，有点像美国的奥顿，雄健，非常厉害。他本人三次进精神病院，这和他倒向自白也有关系，也是一种治疗嘛。美国自白派还是很重要很重要——对于我，因为我也是带有自白特征的。①

而多多诗歌中的个体体验、个人化倾向从 1988 年"今天诗歌奖"的颁奖词中得窥一斑，"他通过对于痛苦的认知，对于个体生命的内省，展示了人类生存的困境；他以近乎疯狂的对文化和语言的挑战，丰富了中国当代诗歌的内涵和表现力"。谈及美国自白诗对多多的影

_____

　　① 凌越：《我的大学就是田野——多多访谈录》，载多多《多多诗选》，花城出版社 2005 年版，第 293 页。

响，唐晓渡认为，"多多、杨炼在一段时间内则更多受到普拉斯、狄兰·托马斯、桑戈尔等诗人的影响"[1]。但不得不说的是，如上面访谈中多多所说，他接触到自白派应该是在 1980 年代初，但多多早期诗歌如 1972 年的《当人民从干酪上站起》中对历史荒诞性的书写、反讽手法的运用、诸多诗歌中死亡意象的反复出现等已经与美国自白诗的特质和书写方式具有了某种相似性。而且，多多捕捉暂时、当下经验的诗歌形式，返回生活本身的语言特征，将私人事件与公共领域赫然并置的叙事策略，将政治叙事纳入个人情感抒发的诗歌叙述方式等，使他的诗歌在文化政治的介入方面比第三代诗歌的"自白"诗写作更加接近美国自白诗的内在气韵。而他写于 1976 年的《教诲——颓废的纪念》及 1982 年的《鳄鱼市场》，更是被唐晓渡看作"当代罕见的、较严格意义上的'自白诗'的先声"[2]。因此，可以说，在接受美国自白诗之前，多多本身的诗学表现已具有"自白诗"的某种特质，而与美国自白派的邂逅，更是激发了多多内在的"自白"美学潜质，使其诗情诗意能够得以尽兴地施展和发挥。1993 年，在普拉斯去世 30 年之际，多多再次以《它们》为题赋诗一首，表达对普拉斯的敬意及惺惺相惜之情，其中，"裸露，是它们的阴影/像鸟的呼吸//它们在这个世界之外/在海底，像牡蛎//吐露，然后自行闭合/留下孤独"既是写普拉斯，又是诗人自己的立体肖像，及其孤独而执着的美学抱负的隐喻性表达。

与多多同岁的芒克和多多相识于他们 13 岁时的 1964 年。1969 年年初，芒克和多多"同乘一辆马车来到白洋淀"插队。1973 年，芒克和多多相约每年年底，他们要像交换决斗的手枪一样，交换一册诗

---

[1]　唐晓渡、张清华：《对话当代先锋诗：薪火和沧桑（代序）》，载唐晓渡、张清华选编《当代先锋诗三十年：谱系与典藏》，江苏文艺出版社 2012 年版，第 2 页。

[2]　唐晓渡：《多多：是诗行，就得再次炸开水坝》，《当代作家评论》2004 年第 6 期。

集。相同的年龄、相似的经历、共享的诗歌，这也许是芒克和多多诗歌中具有较强共性的原因之一。在多多的眼里，芒克是一个"靠心来歌唱"的人，而且，"他诗中的'我'是从不穿衣服的、肉感的、野性的"①。而芒克诗歌的抒情方式也颇具美国自白诗的气度。写于1987年的长诗《没有时间的时间》中对死亡的思考、"自我"的分裂等均应和了美国自白诗的主题，而第十篇"火"的意象及"我感觉我在这里/全身渐渐变得洁白/我发现我已不再是我/我一点儿都不肮脏"的诗句与普拉斯《高烧103度》（"Fever 103°"）中"对于你或任何人，我都太纯洁"具有极为相近的同质性。

　　而朦胧诗人中"硬碰硬的心灵书写者"② 王小妮似乎也曾受到过美国自白诗的影响。虽然在一次访谈中她曾说过，在写作上"没有直接影响我的人物。影响在细碎，断续，瞬间里，不具体但是密密的，像'临行密密缝'"③。她1985年后的作品也许正是受到了美国自白诗"细碎，断续"的影响，因为从1988年《半个我正在疼痛》中分裂的"自我"与普拉斯《石膏》（"In Plaster"）中的"两个我"、贝里曼作品中分裂的"我"、塞克斯顿《双重像》（"The Double Image"）中母亲和女儿既重叠又分裂的"双重形象"具有精神气质上的相似性。而且，这种自我的分裂主题具有延续性，如《青绿色的脉》（1995）、《我没有说我要醒来》（1996）、《在冬天的下午遇到死神的使者》（2004）、《打杨桃》（2005）等。而她写于1988年的《注视伤口到极大》与普拉斯的《割伤》（"Cut"）不但具有相似的倾诉语气（普拉斯的这首诗是献给苏珊·奥尼尔·罗伊的，王小妮的诗

---

　　① 多多：《北京地下诗歌》，载多多《多多诗选》，花城出版社2005年版，第246页。
　　② 沈浩波：《呈现一种可能的真相——"中国桂冠诗丛"第一辑出版后记》，载王小妮《扑朔如雪的翅膀》，浙江文艺出版社2016年版，第151页。
　　③ 燕窝、王小妮：《质朴如刀——王小妮访谈》，《文学界》2009年第3期。

中虽没有指明言说对象，但"我信上说手指流血"却明确地预设了一个收信人、一个听众）；而且，如"红丝绒"（《割伤》）和"红翅膀"（《注视伤口到极大》）般喷流而出的鲜血，后又"变黑、变暗"（《割伤》）像"黑色音箱"（《注视伤口到极大》）的血的凝结、变色过程彰显了两首诗歌意象惊人的"不谋而合"。

二　美国自白诗与中国第三代诗人及其诗歌

相对朦胧诗人来说，中国部分第三代诗人对美国自白诗人及诗歌的接受更直接，也更彻底。他们自1980年代初接触到美国自白诗后就被其深深吸引，并在多种场合表达了对美国自白诗人的敬意及对其诗歌的热爱之情，他们的诗歌的形、神、气等也颇具美国自白诗的风貌及气度。

（一）向美国自白派诗人致敬

普拉斯对翟永明的影响是深远的，无论是评论界还是她本人对此都供认不讳。据翟永明回忆，她是在1980年代初从朋友那里接触到普拉斯的作品并被深深吸引，从此走向诗歌的"自白"之路的。她在一次访谈中曾说过：

> 我在80年代中期的写作曾深受美国自白诗歌的影响，尤其是西尔维亚·普拉斯和罗伯特·洛威尔。我当时正处于社会和个人的矛盾中，心中遭遇的重创使我对一切感到绝望。当我读到普拉斯"你的身体伤害我，就像世界伤害着上帝"以及洛威尔"我自己就是地狱"的句子时，我感到从头到脚的震动，那时我受伤的心脏的跳动与他们诗句韵律的跳动合拍，在那以后的写作中我始终没有摆脱自白派诗歌对我产生的深刻影响，直至《死亡图案》这组诗彻底清洗了我个人生活中的死亡气息和诗歌中的绝

望语调。①

在《女人·沉默》一诗中，翟永明再一次提到普拉斯 20 岁那年自杀未遂的事实和她那以"黑罂粟"为饰物的英国多佛故居，并在诗歌的结尾表达了对这位美国诗人的敬意，"她怎样学会这门艺术？她死/但不留痕迹，像十月愉快的一瞥"②。

陆忆敏被崔卫平称作"文明的女儿"③，钟鸣更是对她赞誉有加，认为"整个 80 年代的诗歌未曾降低水准，她是需要仰仗的一位"④。她诗歌中强烈的女性主体意识、分裂的自我、达观的死亡叙事体现了她对中西诗学的兼收并蓄，虽然她的"自白性抒写基本上属于自己对自己心灵的述说"⑤，但美国自白诗人的影响在陆忆敏的身上还是留下了较为清晰的烙印。普拉斯的自杀及死亡描写震撼着她的灵魂，她专门以《Sylvia Plath》为题写过一首诗，表达了对这位伟大诗人的敬意。

旅美作家沈睿也曾在 20 世纪 80 年代写过一首《致安·塞克斯顿》，表达了对塞克斯顿的仰慕与赞美之情：

> 那天我尾随你在你身后，在去精神病院的路上，/你半路折回，燃着烟，重坐大打字机前，/把我抛在树林中，我不得不为自己做饭。//从那天起我就吃你的诗，我在你的衣兜里/找到一

---

① 翟永明：《完成之后又怎样？》，载翟永明《纸上建筑》，东方出版中心 1997 年版，第 252—253 页。
② 翟永明：《翟永明的诗》，人民文学出版社 2012 年版，第 22—23 页（下面选自该诗集的诗将不再标注）。
③ 崔卫平：《文明的女儿》，《当代作家评论》1998 年第 6 期。
④ 钟鸣：《旁观者》，海南出版社 1998 年版，第 920 页。
⑤ 李振声：《女性诗歌：人物与风景》，载陆忆敏《出梅入夏：陆忆敏诗集（1981—2010）》，北岳文艺出版社 2015 年版，第 139 页。

把钥匙，我把它藏在岩石下，/我围着它又跳又唱，它使我拥有了你//你干吗把心一咬两半，我无法缝合它们/我有针，有线，一枚顶针，我日复一日/干了又干，直到双眼再也看不见/你浇花，给女儿们洗澡，去开家长会/你开着汽车，不理睬我要搭车的手势，/你一个人在房间中，没我的帮忙，就做了那事//我想你，恨你，把你钉在我的十字架上，/我们背靠背，彼此互相安慰，哈，/我们真是一类，我们打趣地嘲弄对方，可真是一类。

在这首诗里，沈睿不但将塞克斯顿的诗集名《去精神病院半途而返》（*To Bedlam and Part Way Back*）纳入其中，还将该诗集中的名篇——《她那一类》（"Her Kind"）——中的诗句"我就是她那一类"①（I have been her kind）及普拉斯诗歌《爹地》（"Daddy"）中"将我美丽的红心一咬两半"（Bit my pretty red heart in two）铺陈其间，实现了中国女诗人与美国自白派女诗人跨越时空的对话与精神交流。王家新曾在论及诗歌传承的散文诗《词语》中再次谈及塞克斯顿对沈睿的影响，"我的妻子从安妮·塞克斯顿的口袋里发现了一串钥匙，并赶紧把它藏在了岩石之下。对此我保证不加声张"②。

不只是为了迎合沈睿的诗情诗意，王家新自己对自白派诗人也钟爱有加。1993 年，在与陈东东和黄灿然的访谈中，他就表达了对普拉斯之死的惋惜和敬意。1995 年，在《蒙霜十二月》里，他又写道：

---

①　截至目前，除了《西尔维亚·普拉斯诗全集》（*Sylvia Plath：Collected Poems*）2013 年由冯冬翻译，上海译文出版社出版之外，本书所涉及的美国自白派其他诗人的诗集并没有中文版的翻译全集，有的只是部分选诗的中文译文。又因译作者的不同理解及不同的翻译风格，同一首诗歌会因此呈现出不同的面貌。所以本书中所引用的中文译文是在参照已有译文基础上的笔者自译，在此特向袁可嘉、赵毅衡、张芬龄、赵琼、岛子、彭予、冯冬、张逸旻等众多学界前辈致敬并表示由衷的感谢。下面译文皆不再标注。而其他未被国内译介过的作品皆为自译，不到之处，恳请学界同仁批评指正。

②　王家新：《词语》，《上海文学》1994 年第 1 期。

"有的时候，我们真不知道自己活在一个什么时代。我们在普拉斯或别的什么人的诗中呼吸着另外一种气息，我们一直和那些并不存在的人为伴；直到在时光的震颤中绊倒，这才意识到有一辆车永远被冻结在 1962 年的冬天……普拉斯清澈的朗诵又在室内响彻起来，在这北京的蒙霜的冬天。这个唯一的女人仍生气勃勃地活着……"① 在这个"蒙霜"的冬天，王家新想起了 32 年前严寒的伦敦及在如此严寒中遭遇背叛，"心灵暗哑无比"（普拉斯：《过冬》）的普拉斯，诗人的心此时应该是相通相惜的。王家新对美国自白诗人的迷恋并不止于此，在 1997 年写给沈睿的长诗《回答》中，他再次将塞克斯顿的诗集《去精神病院半途而返》（*To Bedlam and Part Way Back*）和普拉斯的煤气自杀事件融进自己的情绪中。"我不再争辩。如果我同你争辩，亲爱的，/我们仍是在去精神病院的路上；/我们知道伟大的生命在为我们准备着什么，/它为我们同时准备了砍头的利斧或桂冠，/准备了古老的敌意，疯狂，懊悔，或一只/用来拧开煤气开关的绝望的手"。

而"海上派"诗人刘漫流在《整个下午都谈到死》中抒发了如何被一位"谈死"的女诗人感动的情绪：

> 整个下午都谈到死/整个下午都在念一首诗/一些很朴素的句子/都谈到死/以及如何去死//并非阳光暗淡/是一个女人的毁灭/感动了我//在音乐纷纷化作往事的瞬间/一片纸记载着生平/关于这个世界/你只留下一个字/——死//乌黑的羽毛之下/深藏着另一个字也还是死。/它们分外光洁/如同你的牙齿/这是命定的感伤时刻/天空碧透，老鹰/一只只飞过/将你啄食干净/心是只孤独的鸟儿/日日夜夜等你回来/扔下破衣烂衫/坐在一起把脏话说够/

---

① 王家新：《王家新的诗》，人民文学出版社 2001 年版，第 163 页。

想喝就一仰脖子/就是想跳进蓝天/沉向大海/还我的裸尸清白/再把细长的瓷瓶//一个个地切开/看一看里面究竟会流出些/什么样的血//我们随时都有可能/在窗前挂一只/刺穿玻璃的手/有一个下午就已经足够

　　虽然诗人未指明所读为何人之诗，但据诗中"一些很朴素的句子/都谈到死/以及如何去死""一个女人的毁灭"等句子，考虑到 1980 年代中后期美国自白诗对刘漫流、陆忆敏等"海上派"诗人的影响，再结合普拉斯《拉撒路夫人》（"Lady Lazarus"）中"第一次发生在十岁⋯⋯//第二次我存心一干到底⋯⋯""死在地下室里多容易，/用绞索勒紧脖子也不难。/死是戏剧性"等全篇对死及如何去死的勾勒和谋划，可推测《整个下午都谈到死》是刘漫流对普拉斯死亡书写的致敬。①

　　（二）诗歌语言的模仿、套用及改写

　　正如塞克斯顿在 1974 年写给埃里卡·容（Erica Jong）的一封信（这封信鼓励埃里卡不要太在乎评论界的批评并要对自己充满信心）中所说："我一直觉得，没有一首诗是由我们中间的哪一个人写成的——一本书或其他类似的东西也一样。我们作家的全部生命，我的意思是说我们生命中创作出的全部产品，都是一首长诗——是集体努力的结晶。"② 塞克斯顿在这里强调的即文本之间的互文及纠缠。在第三代诗人的自白诗中同样不乏其引领者的身影和姿态。

　　翟永明的组诗《女人》和《静安庄》中存在对普拉斯诗歌明显

────────────

　　①　学者张晓红也曾在《中美自白诗：一个跨文化互文性个案》，（《深圳大学学报》2005 年第 4 期）中对这首诗作出过相似的推测。

　　②　Anne Sexton, *Anne Sexton：A Self-Portrait in Letters*, Linda Gray Sexton and Lois Ames, eds., New York：Houghton Mifflin, 1977, p. 414.

的仿写、改写，如"海浪拍打我/好像产婆在拍打我的脊背"（翟永明：《女人·世界》）与"助产士拍打你的脚底"（普拉斯：《晨歌》）；"我是最温柔最懂事的女人"（翟永明：《女人·独白》）与"我是一个笑容可掬的女人"（普拉斯：《拉撒路女士》）；"有毒的声音"（翟永明：《静安庄·第九月》）与"有害的声音"（普拉斯：《榆树》）；"我十九，一无所知"（翟永明：《静安庄·第九月》）与"我七岁，一无所知"（普拉斯：《小赋格曲》）等均具有遣词用句上的相似性，第三辑中的《边缘》更是与普拉斯绝笔之作《边缘》（"Edge"）同题，并讲述了与普拉斯其时同样宁静而坦然的心情，"我不快乐也不悲哀"。

陆忆敏诗歌的扛鼎之作《温柔地死在本城》《美国妇女杂志》能明显地看到普拉斯《拉撒路夫人》（"Lady Lazarus"）的身影。如"我的皮肤在晨光下丰满耀眼"（《温柔地死在本城》）与"我的皮肤/明亮如纳粹灯罩"（《拉撒路夫人》）意象及表达中明显的血脉传承，"人们争看我睡梦似的眼睛和手臂"（《温柔地死在本城》）与"人们嚼着花生/挤进来看/他们扒开我的手脚——好一场脱衣舞"（《拉撒路夫人》）的神似。而在《美国妇女杂志》中，陆忆敏把死亡这个词"剪贴""刺绣"，并且"他们夸我们干得好，勇敢，镇定"的语气及表达与普拉斯《拉撒路夫人》（"Lady Lazarus"）中"死亡/是一种艺术，像其他一切事物。/我做得很好"形神兼似。

出生于 1951 年的伊蕾在第三代诗人中是较为年长的一位。其实，早在 1970 年代初她已开始诗歌创作，70 年代中期开始发表诗歌。早期作品带有浓重的人本主义色彩及典型的浪漫主义风格。1980 年代中期，伊蕾的诗风大变，《独身女人的卧室》《被围困者》《流浪的恒星》《叛逆的手》等一系列以"自白"为典型特征，叙写独特的个体体验、揭示生存和生命本质的长诗的出现，使伊蕾引起诗坛的关注，并一跃成为 1980 年代的重要诗人之一。伊蕾的《迎春花》与普拉斯的《高烧103度》（"Fever 103°"）具有极为相似的意象和表达：《高烧103度》（"Fever 103°"）开篇即出现了守卫地狱的三头冥府之犬的意象，"地狱之舌/呆滞，呆滞/如呆滞而肥硕的冥府之犬的/三重厚舌"，而《迎春花》中犬的意象同样与"黑暗""呆滞"相关，"我的黑头发，掩住我青春的年龄/像掩住一只小狗/在黑暗中垂着麻木的舌头"。而且，"迎春花，你纯洁鲜美/犹如我的肉体/陈旧的手触动你如亵渎上帝"更是《高烧103度》（"Fever 103°"）中"你的身体伤害我/就像世界伤害着上帝"的移植和改写。

　　伊蕾不只受到普拉斯的影响，其《情舞》组诗中的《我就是水》启用了塞克斯顿《裸泳》（"The Nude Swim"）中意大利"卡普里岛"的意象。而且，两首诗的抒情声调及主旨也极为相似，手法大胆，抒情细腻，表达了男欢女爱的快感及爱情的甜蜜。

　　作为电视编导的唐亚平现在已远离诗歌现场，但她 1985 年创作的《黑色沙漠》组诗曾被评论界看作女性诗歌的代表作之一。作为川大哲学系的毕业生，并与翟永明交往甚密的唐亚平，同样对普拉斯钟爱有加。普拉斯《高烧103度》（"Fever 103°"）中"我的头是日本纸做的，皮肤是打薄的金片"的奇特比喻在唐亚平《自白》中再次以"我的皮肤是纸的皮肤"的面目出现。而"在没有诗人的天空飞，我只想做一个浑身是肉的女人，带着一身傲气一身恶气血口喷人"俨然是普拉斯《拉撒路夫人》（"Lady Lazarus"）中"我披着一头红发/从灰烬中升起/像呼吸空气一样吞食男人"① 的姊妹篇。

---

　　① 此节的英文为"Out of the ash/ I rise with my red hair/ And I eat men like air"。其中"men"的翻译在国内颇有争议：在赵琼、岛子的译本中为"活人"，在彭予及冯冬 2013 年的最新译本中均为"人"。笔者于 2016 年 6 月在美国北卡教堂山分校专门就此事请教了该校英语与比较文学系美国文学研究的专家 Eliza Richards 博士，她认为根据普拉斯的写作风格、主题及该诗歌文本的指向，此处的"men"翻译为"男人"较为妥帖。

（三）抒情风格和精神气质的贴近与契合

王家新曾在一次访谈中指出："诗歌就是这么一个精神感应，同气相求，不仅是技艺更是内在灵魂在决定一切的领域。"[①] 这一论断较为精确地界定了美国自白诗与中国 1980 年代诗人之间内在的关系。

对于翟永明而言，正如荒林所说："在翟永明的诗歌中，我们可以看到美国自白派女诗人塞尔维亚·普拉斯[②]自白语言、语调以及以女人为中心展开意象群等诗歌表现特点的明显痕迹。"[③] 翟永明《女人》组诗第一篇《预感》开篇即"穿黑衣的女人夤夜而来，她秘密的一瞥使我精疲力竭"与普拉斯绝笔之作《边缘》（"Edge"）中"黑色的长裙缓缓拖曳，沙沙作响"极为神似。而在随后的句子中，"那些巨大的鸟从空中向我俯视/带着人类的眼神/在一种秘而不宣的野蛮空气中/冬天起伏着残酷的雄性意识"与"我记得 一只面目可怖的庞大天鹅//它白色 冰冷的巨大翅膀//从空中 向我砸来/如一座城堡"（普拉斯：《三个女人》）更是具有意境和言说对象上的移植性。在神似方面，《女人》组诗第二辑最后一篇《噩梦》颇有普拉斯的诗风，其中"被毁坏的器官""被遗弃的沉默的脸""海无动于衷，你的躯体无动于衷"等意象和表达与普拉斯的表现手法十分贴近。而最后一节"你整个是充满堕落颜色的梦/你在早上出现，使天空生了锈/使大地在你脚下卑微地转动"与"我独自成为一株巨大的山茶、发着光，来了去了、红潮迭起"（普拉斯：《高烧 103 度》）拥有相似的诗意与诗情。如此看来，普拉斯诗歌在翟永明身上激起的种种强烈情感体验恐怕与翟第一次看到弗里达·卡洛（Frida Kahlo）画册时的情

---

① 王家新：《回答四十个问题（节选）》，载王家新《夜莺在它自己的时代》，东方出版中心 1997 年版，第 38 页。

② 此处的塞尔维亚·普拉斯即西尔维亚·普拉斯。

③ 荒林：《女性诗歌神话：翟永明诗歌及其意义》，《诗探索》1995 年第 1 期。

景有些相似，"她的那些浓烈凄厉的颜色与我的诗中那些充满迷惑和阴郁的颜色相近，她的笔述说的内心隐秘与我的有着血缘般的关系"①。

　　虽然翟永明很少提及塞克斯顿，但从创作动机及诗歌文本来看，翟永明的诗歌创作美学与塞克斯顿颇有相通之处。在创作动因上，塞克斯顿与从小就热爱写作的普拉斯不同，她于 1956 年，也即 28 岁"患上精神病并企图自杀"② 时才在心理医生的建议下开始诗歌创作，目的是发泄情绪，辅助治疗。而翟永明也公开声称她写作《女人》组诗的目的"第一是发泄，第二是治疗"③。在"母亲"形象的刻画上，与其说翟永明的《母亲》《死亡图案》等诗歌中的"母亲"形象与普拉斯《晨歌》（"Morning Song"）、《边缘》（"Edge"）中的"母亲"亲近，不如说这些诗歌与塞克斯顿的《双重像》（"The Double Image"）具有更亲厚的关系。对于《双重像》（"The Double Image"）中的母女关系，塞克斯顿曾有过如此论述："母亲——女儿的关系要比罗密欧和朱丽叶更令人心碎，正如《俄狄浦斯王》总是更吸引人一样。"④ 纠结复杂的母女关系书写及主题的相似性是翟永明与塞克斯顿的共同之处：第一，两者都强调了"遗弃"主题。在《双重像》（"The Double Image"）中，塞克斯顿陈述了母亲对"她"的遗弃："我的母亲病了。/她对我感到厌恶，好像死亡正抓着她，/就好像死亡转移了/好像我的死亡已经吞噬了她"，及"她"对女儿的遗弃：

---

　　① 翟永明：《一个墨西哥女人》，载翟永明《纸上建筑》，东方出版中心 1997 年版，第 65 页。

　　② Barbara Kevles and Anne Sexton, "The Art of Poetry: Anne Sexton", in J. D. McClatchy, ed. *Anne Sexton: The Artist and Her Critics*, Bloomington: Indiana University Press, 1978, p. 4.

　　③ 吴波：《翟永明：单翼飞行的"诗妖"》，《广州日报》2007 年 9 月 2 日。

　　④ Diane W. Middlebrook, *Anne Sexton: A Biography*, New York: Houghton Mifflin, 1991, p. 87.

"从前你没有住在这儿的那三个秋天，/他们说我再也不会把你接回来。"而"为何我宁愿死也不去爱"既指向因自己患病三年对女儿的遗弃，又指向母亲对自己的遗弃。相对塞克斯顿，翟永明的遗弃主题更加明了直接：在《女人·母亲》中，"我被遗弃在世上"，在《死亡的图案》中，更是明确指出了遗弃自己的对象，"被你遗弃，我躺在天地之间"。第二，两者都刻画了母亲对女儿独立人格的控制和伤害。在这一点上，塞克斯顿启用给孩子取名这一隐喻来暗指女儿一出生就遭遇到的无法反抗的控制，"我想起我们给你取名乔伊斯/这样我便可叫你乔伊"。而翟永明以对母亲的质问来揭示操控的事实："呵，母亲，当我终于变得沉默，你是否为之欣喜。"（《女人·母亲》）第三，两者都涉及母亲带给女儿的负重及负罪感。在塞克斯顿的笔下，有"不原谅"带给叙述人的凄惶，"我不能原谅你的自杀，我母亲说"。也有自责带来的负罪感，"九月的第一天她看着我/说是我把癌症给了她"。翟永明的负重体现在对母亲苦难的承担上，"你毕生的苦恼落在我的心上"（《死亡的图案·第五夜》）。第四，母女互为镜像的"复影"描画是塞克斯顿《双重像》（"The Double Image"）和翟永明《女人》组诗的突出特征。塞克斯顿不但用母女二人的画像来影射两者的互为一体却又森然对峙，"这就是那镜子的洞穴，/那注视着她自己的/双重女人"，而且还借用了"面具"意象突出母女的互融互生关系，"你长得像我，不熟悉我的脸，你却戴着它。而你终究/是我的"。在《女人·母亲》母女互为镜像的叙述中，翟永明想表达的也并非单纯的"我的心只像你"，"你是我的母亲，我甚至是你的血液在黎明流出的/血泊中使你惊讶地看到你自己，你使我醒来"的"复影"关系，而是包括了对母女二人及整体女性地位、命运的思考，"来自你的一部分，我的眼睛像两个伤口痛苦地望着你"。"伤口"及"痛苦"不只体现了"分裂"，而且表现了

"岁月把我放在磨子里，让我亲眼看见自己被碾碎"的女性命运的实体特征。

不只是在《女人》组诗和《死亡的图案》里能发现翟永明与塞克斯顿的共鸣，这种共鸣在《静安庄》里也能一窥端倪。初到"静安庄"的"翟永明"，虽然"赶上漆黑的日子"（《静安庄·第一月》），与塞克斯顿闪烁着"十一颗星星"的《星夜》（"The Starry Night"）的氛围似乎有所不同，但在这看似不同的背景中，塞克斯顿的夜"在动"，而翟永明的夜也是"抖动不已"。而且，夜色中同样耸立着令人惊惧不安的"黑树"，看似"寂静"实则"喧嚣不已"的两个小镇的描画更是神似。

陆忆敏与普拉斯风格的相似体现在她的《静音》《生日》等诗歌中。《静音》中"忙碌地劳作的时候/心灵无比空萎和哑寂"的"我"，与普拉斯《过冬》（"Wintering"）中虽摆脱男人控制但仍"在西班牙胡桃木的摇篮旁""静静地织着毛线"，劳作不休的"女人"实现了情感上的共鸣，因为这个"女人"的身体"是寒冷中的球茎，喑哑，无法思考"，心灵的"哑寂"与身体上的"喑哑"相辅相成，共同讲述和构筑了女性只能"写作背景音乐"（《静音》）的生存实质。在表现爱情的时过境迁方面，陆忆敏的《生日》与普拉斯的《生日礼物》（"A Birthday Present"）惺惺相惜。普拉斯在《生日礼物》（"A Birthday Present"）中用平静克制的口吻述说男主人公移情别恋的事实，并坦言对这一残酷事实的理性接受："不要吝啬，我已准备好接受更大的。"陆忆敏在《生日》中也用同样舒缓节制的语气道出"生日的餐桌铺上白布/在大家的围观下/已端出了丰盛的佳肴/那被抚慰的已不是我了"这一物是人非、爱情神话破灭的残酷事实和难言的伤痛。陆忆敏的诗歌除受到普拉斯的影响外，在诗歌叙事、情节转换及样貌呈现上也兼具塞克斯顿和贝里曼的风格。《美国妇女杂志》与塞克斯顿《赞美我的子宫》（"In Celebration of My Uterus"）拥有精神向度上的一致性：在《赞美我的子宫》（"In Celebration of My Uterus"）中，塞克斯顿列举了 12 个来自"任何地方的妇女"，她们尽管"语言不同"，但都是"作为女人的我"；在《美国妇女杂志》中，陆忆敏同样描画了一群形态各异的女士，并在各节中发出了"谁曾经是我"的连续追问。在陆忆敏《你醒在清晨》中第二人称"你"与言说者之间的关系，与贝里曼《梦歌》（*The Dream Songs*）中"亨利"与"说话人"之间的关系相似。而在"自我"的分裂方面，陆忆敏同样继承了美国自白诗的衣钵，她的《路遇》《内观》《凯·雷德菲尔德·杰米森》等诗歌中充满了"内视"的力量，并对"内执有几个我/内行有几次重复"这一同样贯穿美国自白诗始末的"异化"哲学命题进行了深入的求索与探寻。

除了在《黑头发》中用"黑头发/黑色的柔软的旗帜/一个女性最后的骄傲/在三月的风中/千疮百孔"来呼应普拉斯"多年来我一直吃着尘土，/用我浓密的黑发洗净餐盘"（《蜂蜇》）的悲凉与无奈之外，伊蕾在宣扬女性主体意识方面颇具塞克斯顿的精神气度。《独身女人的卧室》的自我赞美主题、跳跃的语感、大量排比形成的节奏与音乐感与塞克斯顿《赞美我的子宫》（"In Celebration of My Uterus"）异曲同工。其《被围困者》呼应了塞克斯顿《上帝》（"Gods"）的"寻找"主题，塞克斯顿寻找的是"神"，是"手持蓝树枝的颀长的白衣天使"，而伊蕾的《被围困者》将塞克斯顿的抽象寻找具体化为"我要到哪里去""我从哪里来""我为什么要来"的追问与求索。在女性欲望书写方面，伊蕾比同时代的女诗人也大胆许多，与塞克斯顿也更为亲近。在《山顶夜歌》《情舞》《独身女人的卧室》《流浪的恒星》《我的肉体》中，伊蕾运用塞克斯顿《真理唯逝者知道》（"The Truth the Dead Know"）、《孤独的手淫者之歌》（"The Ballad of

the lonely Masturbator")、《抚摸》（"The Touch"）、《我们》（"Us"）
等诗歌中相似的语调及表现内容，在情爱书写、女性身体欲望表达等
方面打破了书写禁忌，也为 1990 年代的身体写作、下半身写作准备
了开启大门的钥匙。

　　在诗歌的言说方式及风格方面，唐亚平的《死亡表演》与普拉斯
《拉撒路夫人》（"Lady Lazarus"）的"死亡表演"极为相近，而其
《分居》中"在同一间房子里分居/在同一张床上分居/在同一躯体里
分居……"的叙述具有塞克斯顿《男人和妻子》（"Man and Wife"）
中"如今他们在一起/像双排位活动厕所里的陌生人"的叙事策略及
主旨特征，只是相对来说，唐亚平的措辞更为轻松，情绪较和缓
一些。

　　对于王家新的代际划分，他曾表达过这样的观点，"如果说起
'代'，用欧阳江河的话来说，我也只能属于'二点五代'。更确切地
讲，我什么'派'或'代'都不是"①。也可以这样说，王家新略早
于第三代诗人，但确在第三代诗歌浪潮中扮演着不可或缺的角色。
1985 年起即被借调到《诗刊》工作的经历，使他对这一时期的诗歌、
诗艺及诗歌冲动与精神诉求的认同、对抗及妥协有着比常人更清醒的
意识和更独到的见解。在他的诗歌创作中，艾略特、叶芝、里尔克对
他有着较大的影响。而叶芝对爱情的痛苦思索，对自己隐秘心灵的坦
陈与拷问也是 1960 年代的美国自白派所能汲取的精神营养的重要源
泉。对于文学的传承，王家新有着自己的见解，他认为："大师是一
种音调，有时是一种'屈尊微笑'的姿态，出现在我们的文学里。
但在有人那里，大师隐藏得更深。"② 他的诗歌实践也正是基于这一
原则，正如程光炜所说，王家新的诗歌"拙于复杂的技巧，但长于令

① 王家新：《我的 80 年代》，《文学界》（专辑版）2012 年第 2 期。
② 王家新：《词语》，《上海文学》1994 年第 1 期。

人惊醒的独白，有的诗作，甚至可以说是通过一连串的独白完成的"①。而他"在叶芝的日记里我遇上面具：他总在他不在的地方"（《纪念》）中的"面具"说，他的"终于能按照自己的内心写作了/却不能按一个人的内心生活"（《帕斯捷尔纳克》）的叹息，他"为了生，你要求自己去死，彻底地死"（《帕斯捷尔纳克》）的死亡隐喻使他与美国自白诗建立了某种不可言说的亲密关系。

即使到了 21 世纪，当众多作家都急于撇清与美国自白诗人的关系时，张曙光却毫不避讳对他们的喜爱之情，他曾郑重宣布，"洛厄尔也是我最喜爱的美国诗人"②。他在 1993 年创作的《岁月的遗照》里提及对艾略特、叶芝、洛威尔、阿什贝利等诗人的追寻。而他的诗歌因对"个人情感"和"个人生活"的偏重及对这类题材"独白"式的处理手段③，其在题材选择和抒情方式上与美国自白诗更为亲近。不仅如此，张曙光还在《北方文学》2006 年第 11 期、第 12 期连续发文，探讨洛威尔与自白诗写作。在文章中，他强调了洛威尔诗歌中的反讽运用及个人情感的普遍化意义，而这些观点其实已内化在他自己的诗歌创作中。当洛威尔在《臭鼬的时光》（"Skunk Hour"）中发出"我染病的灵魂在每个细胞里哭泣，/就像我的手掐住了它的咽喉……/我自己就是地狱"④的哀鸣时，张曙光同样发出了"我们的恐惧来自我们自己，最终我们将从情人回到妻子"（《尤利西斯》）的沉

---

① 程光炜：《导言：不知所终的旅行》，载程光炜编选《岁月的遗照》，社会科学文献出版社 1998 年版，第 10 页。

② 张曙光：《罗伯特·洛厄尔与自白派诗歌》，《北方文学》2006 年第 11 期。（此处的"洛厄尔"指洛威尔）

③ 程光炜：《不知所终的旅行》，载张曙光《岁月的遗照》，社会科学文献出版社 1998 年版，第 5 页。

④ Robert Lowell, *Collected Poems*, eds. Frank Bidart and David Gewanter, New York：Farrar, Straus and Giroux, 2003, p. 192.（本书中有关洛威尔的诗歌文本皆选自这一版本，再次出现的文本引文将不再标注）。

重叹息。在写作中，张曙光不只表现出对洛威尔的兴趣，在《西游记》中，"他""我们""你""我"等人称的不断跳换与思维的跳跃性发展，"饱经沧桑"的知识分子和"愤怒的青年"两个面具之间的自如转换与贝里曼《梦歌》（*The Dream Songs*）的创作思路如出一辙。而在"'写作就是做梦。'他说，'从一个梦/进入另一个梦。'……//或者如同从梦中醒来。'"的诗句中，张曙光、贝里曼、叙述者几乎以"三位一体"的面目显现于读者面前。

李亚伟与美国自白派的关系有些特殊。1986年当李亚伟第一次读到金斯堡的《嚎叫》（*Howl and Other Poems*）时，他的吃惊的"嚎叫"："他妈的，原来美国还有一个老莽汉"①，一方面证明了李亚伟是在"莽汉"成立两年之后才接触到金斯堡；另一方面，从李亚伟的惊叹可看出"莽汉"诗与美国自白派精神气质的相似性。而冯俊《京特先生》的抒情主体在空想家、凶手、癌症病人、夜游症患者、京特先生之间的不断变换，同贝里曼在黑人亨利、白人亨利、小猫亨利、博恩斯先生等几个角色扮演一个人，或一个人戴着不同面具之间的变幻游移异曲同工，戏谑式地彰显了个体生命多侧面和多角度的生活状态及精神实质。

综上所述，中国1980年代诗人确实受到美国自白诗的影响，并创作了一批具有自白诗学特征的诗歌文本。但一个值得重视的现实是：因为译介所限，中国1980年代诗人对美国自白诗的仿效、改写、亲近、共鸣等集中体现在如普拉斯的《拉撒路夫人》（"Lady Laza-rus"）、《高烧103度》（"Fever 103°"）、塞克斯顿的《她那一类》（"Her Kind"）、《双重像》（"The Double Image"）等在中国流传较广的几首诗歌作品上，对洛威尔及贝里曼则更多的是诗风、叙述视角及

---

①　柏桦：《左边——毛泽东时代的抒情诗人》，牛津大学出版社2001年版，第154—155页。

自白式言说方式的接受。总体看来，中国 1980 年代写作自白诗的诗人对美国自白派的了解和掌握并不十分深入透彻，就连专业的译者，如赵琼、岛子等在《美国自白派诗选》译者前言中也弄错了普拉斯的生平，"她把自杀看成一门艺术，在她三十六岁时，撇下三个可爱的孩子……"① 这可以说明两个问题，一是中国自白诗人对美国自白诗的模仿只是停留于外在气质上而无法融入骨髓中；二是单凭模仿无法成就中国自白诗的如此诗名。即中国自白诗并非对美国自白诗盲目的模仿，它是也只能是在接触、接受及产生共鸣基础上对美国自白诗的重新建构，自有其自身的诗学特点及美学规律，这些才应该是我们关注的焦点问题。正如周瓒所说："一个原文背景薄弱的译文文本，最终是被诗人（而非译者）'创造性地置换'成汉语诗歌，而我们需关注的，恰是汉语诗人的创造性，可以说，没有汉语诗人创造性的写作，外语中的诗歌很可能只存在于一种文献式的信息库中，不成为焕发写作的动力源。"②

---

① ［美］罗伯特·洛威尔等：《美国自白派诗选》，赵琼、岛子译，漓江出版社 1987 年版，第 3 页。（实际上，普拉斯出生于 1932 年 10 月 27 日，育有两个子女。女儿弗里达（Frieda Rebecca）出生于 1960 年 4 月 1 日，儿子尼古拉斯（Nicholas Farrar）出生于 1962 年 1 月 17 日，而普拉斯自杀身亡于 1963 年 2 月 11 日，卒年 31 岁。）

② 周瓒：《翻译与性别视域中的自白诗》，《当代文坛》2009 年第 1 期。

第三章

『自白』论：隐私的裸露或美学形式？

美国自白诗于 1959 年经罗森瑟尔在《作为自白的诗》中提出至今，已超过半个多世纪的时间，它于 1980 年代初传入中国，并在中国诗坛掀起"自白"诗歌的热浪也已超过 40 年的时间。在美国方面，直至今天，"自白"这一文学术语在美国的接受和批评仍是热议不断，近几年的评议尤为热烈，且归旨有日趋明了之势。而在中国方面，"自白"的性质及功用似乎已在 1980 年代末随着大部分写作自白诗诗人的息笔或风格转型而盖棺论定。同样轰轰烈烈的"自白"诗运动在中美迥异的命运值得关注，而半个多世纪以来"自白"本身的性质和意义在评论界的观念流变更值得梳理和考证。

第一节　"自白"在美国的反应及批评

如第一章所述，自白诗命名一经提出，就与

罗特克、洛威尔、斯诺德格拉斯、贝里曼、塞克斯顿、普拉斯甚至金斯堡①等发生了联系。它强烈的情绪宣泄式表达、叙述性的语言结构使之成为对专注于形式主义的"新批评"的挑战和猛烈冲击，在读者中造成了强烈的反响并获得了巨大的成功。1969 年 7 月 21 日，美国阿波罗 11 号登月成功，在这个重要时刻，美国著名的《时尚芭莎》(*Harper's Bazaar*) 杂志向社会各界名流提出这样一个问题：应该把什么最能代表美国时代特征的东西装入时间盒里埋在月球上？在问及小说家乔伊斯·卡罗尔·奥茨 (Joyce Carol Oates) 时，他的答案是"安妮·塞克斯顿、西尔维亚·普拉斯、罗伯特·洛威尔和 W. D. 斯诺德格拉斯的自白诗"②。这个回答足以证明自白诗在美国社会的巨大影响力。

《生活研究》(*Life Studies*) 使洛威尔诗名大噪，成为当时"美国诗坛的冰淇淋皇帝"③，而且，它也标志着"20 世纪诗歌史转折"的自白风格的诞生。从 1960 年到 1967 年的 8 年间，洛威尔 (1960)、斯诺德格拉斯 (1960)、贝里曼 (1965) 及塞克斯顿 (1967) 均因其自白诗的代表作荣获普利策诗歌奖（贝里曼和洛威尔还分别于 1968 年和 1974 年获得美国国家图书奖）。因为早逝，普拉斯未在生前获此殊荣，但在其去世将近 20 年之久的 1982 年，她终因《西尔维亚·普拉斯诗全集》(*Sylvia Plath：The Collected Poems*) 将普利策奖收入囊中。但是，随着他们作品的热销，当读者越来越被他们的诗风所吸引

---

① 爱伦·金斯堡在战后的美国诗坛颇有争议，他是"垮掉派"的代表性人物；他的即兴朗诵及口语诗使他成为"投射诗"不可或缺的中坚力量；而罗森瑟尔在《新诗人》(*The New Poets*, 1967) 中因其《嚎叫》中把个人危机同公众危机的并置又把他归类于"自白派"的行列。

② Diane W. Middlebrook, "What was Confessional Poetry?" in Jay Parini, ed. *The Columbia History of American Poetry*, New York：Columbia University Press, 1993, p. 632.

③ Steven G. Axelrod and Helen Deese, eds., *Robert Lowell：Essays on the Poetry*, Cambridge：Cambridge University Press, 1986, p. 70.

时，当"自白""自传"这些字眼越来越多地与他们联系在一起时，评论家也开始了对其作品的质疑和否定。就连自白诗的命名者罗森瑟尔也把自白诗看作"不洁的诗"①，因为自白总是和自传相因相生，而自传又和粗俗、刺激人们的低级欲望并产生巨大的商业效益有千丝万缕的联系。这一定论似乎从一开始就在评论界形成了一定的共识，以至于从 20 世纪 60 年代开始，自白诗遭受的非议就一直此消彼长，左右着许多的评论者。

一 否定和肯定的交锋——"自白"的文学性之争

（一）评论界对"自白"的轻蔑

从美国自白诗诞生之日起，在一些评论家的眼里，"自白"就是一个令人轻蔑的字眼。在他们看来，"自白"标志着诗歌形式的丧失，并成为自传式事实的哗众取宠。塞尔登·罗德曼在 1973 年评论贝里曼、塞克斯顿等人的诗歌时毫不留情："从来没有哪个时刻比现在更热衷于读诗和写诗，从来没有哪个时代会在印刷诗集上花费这么多的金钱，而这些行为几乎置诗歌质量而不顾。"② 后来的评论家更是从美学、艺术等方面对自白诗进行了严厉的批评，如：自白诗是"私人痛苦和疾病的直接记录，没有技巧或美学呈现"③，"这种赤裸裸的个人化诗，就像裸体表演，对没有经过训练的感情太富于挑逗性了"④，"自白诗只

---

① Diane W. Middlebrook，"What was Confessional Poetry?" in Jay Parini，ed. *The Columbia History of American Poetry*，New York：Columbia University Press，1993，p. 636.

② Seldon Rodman，"'Petrified by Gorgon Egos'. Review of *Delusions*，Etc.，by John Berryman，*Braving the Elements* by James Merrill，*The Book of Folly* by Anne Sexton，and Other Books"，*New Leaders*，Vol. 56，No. 1，1973，p. 20.

③ Charles Molesworth，"'With Your Own Face On'：The Origins and Consequences of Confessional Poetry"，*Twentieth Century Literature*，Vol. 22，No. 2，1976，p. 174.

④ Steven G. Axelrod and Helen Deese，*Robert Lowell：A Reference Guide*，Boston：G. K. Hall & Co.，1982，p. 91.

是日记写作或个人叙事的单一形式……作者企图从他们的私人生活中捞取越来越多的令人震惊的奇闻轶事"①，等等，这些评论曾一度成为美国自白诗批评的主流话语模式。

　　具体到单个作者，情况也不容乐观。在《生活研究》（*Life Studies*）出版的 1959 年，《哈得逊评论》的编辑约瑟夫·贝尼特即撰文对其进行批评，认为它"懒散，轶事化"，只配作"势利鬼社会杂志的附录"②。随后的 1960 年，汤姆·岗恩在《耶鲁评论》上发表了相似的观点，他认为《生活研究》（*Life Studies*）琐碎的自传性细节具有散乱、平淡的倾向。杰罗姆·马扎罗更是认为洛威尔自白诗明显的缺点就是"无力从简朴的语言风格和意象上升到对生活的评论"③。而迈克尔·霍夫曼（Michael Hofmann）一面进行《贝里曼诗选集》（*John Berryman*：*Poems Selected by Michael Hofmann*）的编辑、出版工作，一面在其前言中表达了对贝里曼的极度不满，称其诗歌为"赤裸裸的不幸"的描绘，并把贝里曼本人看作"极端主义""自我毁灭""失控"④ 的诗人。

　　相对于洛威尔和贝里曼，普拉斯和塞克斯顿的自白诗除了遭受到与男性诗人相同的诟病，又因其女性身份受到更多的批评和责难。根据苏珊·罗德鲍姆（Susan B. Rosenbaum）的观点，20 世纪六七十年代的美国文学界，尽管女性已取得一定的地位和进步，但"男性还是主导着编辑、发表、出版等几乎一切领域"⑤。而且，"女性在私人领

---

① Zack Rogow, "The Poetry of self-Discovery and Its Limits", *Poets and Writers Magazine*, Vol. 18, No. 1, 1990, pp. 21 – 22.

② Joseph Bennett, "Two Americans, a Brahmin and the Bourgeoisie", *Hudson Review*, Vol. 12, No. 3, 1959, p. 431.

③ Jerome Mazzaro, *Poetic Themes of Robert Lowell*, Ann Arbor: The University of Michigan Press, 1965, p. 113.

④ Michael Hofmann, "Introduction", in Michael Hofmann, ed. *John Berryman*：*Poems Selected by Michael Hofman*, London: Faber and Faber, 2004, pp. viii, ix, xi.

⑤ Susan B. Rosenbaum, *Professing Sincerity*：*Modern Lyric Poetry, Commercial Culture, and the Crisis in Reading*, Charlottesville: University of Virginia Press, 2007, p. 133.

域的探索比起男性来说也更具争议性，因为读者更倾向于把她描绘的性经验看作发生在她个人身上的真实"①。因此，同为自白派诗人，女性诗人的自白诗遭遇到更多的诟病。

1966 年，普拉斯的《爱丽尔》（*Ariel*）在美国出版。1966 年 6 月《新闻周刊》就快速作出如下反应："这本诗集就是死亡和消解的交响乐，充满鲜血和脑浆等恐怖性语言，并且，这些语言似乎要将个人生活中的痛苦和血浆喷射到读者的身上。"② 同年 10 月，针对普拉斯的自杀、死后的声名鹊起及诗歌中强烈的"自白"倾向，戴恩·杰夫的态度是："我希望我们所有人都为这个天才作家的早亡深感痛惜，但我们需要思考的是她的诗歌是否配得上它们所赢得的声名，反正对我来说，我不相信它们能配得上。"③ 稍后时期，斯蒂芬·斯彭德认为，从审美的角度来看，普拉斯的诗缺乏"形式"，没有开头和结尾，只是一些"碎片"，是歇斯底里的扩展和继续。④ 相对普拉斯的遭遇，塞克斯顿因其更大胆的"自白"遭受更多的非议。1960 年代初，詹姆斯·迪基就开始展开对塞克斯顿的批评，他认为塞克斯顿的诗歌至多是一本正经且直言不讳的"肥皂剧"，"写的都是她所受到的凌辱"⑤。直到 1980 年代，詹姆斯·迪基仍然不能忍受塞克斯顿的

---

① Lori Saint-Martin, "Sexuality and Textuality Entwined: Sexual Proclamations in Woman's Confessional Fiction in Quebec", in Irene Gammel, ed. *Women's Sexual Self-Representation in Life Writing and Popular Media*, Illinois: Southern Illinois University Press, 1999, pp. 27 – 28.

② "'Russian Roulette', Review of *Ariel*, by Sylvia Plath", *Newsweek*, June 20, 1966, p. 110.

③ Dane Jaffe, "'An All-American Muse', Review of *Ariel*", *Saturday Review*, October 15, 1966, p. 29.

④ Stephen Spender, "Warnings from the Grave", in Charles Newman, ed. *The Art of Sylvia Plath*, Bloomington: Indiana University Press, 1970, p. 202.

⑤ James Dicky, "Dialogues with Themselves", in Steven E. Colburn, ed. *Anne Sexton: Telling the Tale*, Anne Arbor: university of Michigan Press, 1988, p. 106.

诗中有那么多"赤裸裸的痛苦"①。查尔斯·高兰也认为塞克斯顿写的"就不是诗"并且感觉"（我）成了她与自己的精神病医生之间的第三方，很痛苦、很尴尬也很恼火"②。而海伦·文德勒从形式和结构方面对塞克斯顿的诗歌进行了批判："它们看上去更像是包含着出色短语的仓促的日记。即便是那些形式最规整的诗篇，在齐整的外表下，也无真正的结构可言。"③

（二）评论界对"自白"美学价值的肯定及认同

尽管美国自白诗一面世就因其"自白"特征而横遭非议，但与其异质的观点和判断却也一直存在，不容忽视。

1. 自白诗人在秉持"自白"式书写方面的坚决态度

首先，尽管遭受了无数的责难和批评，自白诗人自身在秉持"自白"式书写方面颇为坚决。斯诺德格拉斯认为，诗人就应该写他真正所想的东西，一个人唯一能够了解的真实就是不可逃避的自我。贝里曼关于"自白"与自传之间区别的论述也在一定程度上反击了那些把自白诗看作无审美自传的评论："第一人称选择的可能性对艺术家来说不可避免地打开了艺术家本人和他的第一人称说话人之间的大门。也就是说许多诗与作者本人'十分贴近'。第一人称说话人望着对面的作者，然后开始了自己的工作。"④ 对于艾略特的非个人化理论，贝里曼坚决反对，对他来说，"诗出自个人性"。与贝里曼相似，洛威尔对于其"自传"叙事的诟病如此回应：即使在最富于自我揭

---

① James Dickey, *Babel to Byzantium*, New York：The Ecco Press, 1981, p. 133.

② Charles Gullans, "Poetry and Subject Matter：From Hart Crane to Tumer Cassity", *The Southern Review*, Spring 1970, p. 497.

③ Helen Vendler, *The Music of What Happens*, Cambridge：Harvard University Press, 1988, p. 306.

④ John Berryman, "Despondency and Madness", in Thomas Parkinson, ed. *Robert Lowell：A Collection of Critical Essays*, Englewood Cliffs：Prentice-Hall. Inc. , 1968, p. 124.

露的诗歌中也有许多虚构的事实，诗人并没有被要求写真实的东西，他只要能让读者相信"这是真的"就行了。① 而洛威尔对于个人经验入诗的看法是，诗歌是经验的一种语言表达，诗的位置在经验之中。② 这些写作理论在沃尔夫冈·伊瑟尔（Wolfgang Iser）1991 年的著作中再次得以证明。在伊瑟尔看来，"虚构性行为充当了现实与想象之间的纽带"，它"将已知世界编码，把未知世界变为想象之物"③。作为女诗人的塞克斯顿对自己的"自白"风格供认不讳："我不介意我的作品被叫作'自白派'。"④ 而且，她相信在个性表述中能发现普遍的共性，"最初它是个人的。／然后它不只是我自己；／它是你，或你的房子，／或你的厨房。"（塞克斯顿，《给约翰，他求我别再深究了》）但她的"个人"也并非就是诗人本人，她在一次采访中说，"诗性真实并不非得是自传性的。它是超越直接自我的真实……我不总是拘泥于真正的事实，当需要的时候我虚构事实，具体的例子给人一种真实感。我想让读者感到，'是的，是的，就是那样。'我想让他们感到在触摸我。为了诗本身我愿改换任何一个词、态度、意象或面具"⑤。对于其诗歌中"真实"的具体操作与实现，塞克斯顿也能毫不遮掩地公布她的创作经验：

　　许多次我以伪装的面貌呈现；……有时候我成了另外的人，

---

① Frederick Seidel, "Robert Lowell", in George Plimpton, ed. *Poets at Work*：*The Paris Review Interviews*, New York：Viking Penguin, 1989, p. 114.

② Frederick Seidel, "Robert Lowell", in George Plimpton, ed. *Poets at Work*：*The Paris Review Interviews*, New York：Viking Penguin, 1989, p. 105.

③ ［德］沃尔夫冈·伊瑟尔：《虚构与想象：文学人类学疆界》，陈定家、汪正龙译，吉林人民出版社 2003 年版，第 16 页。

④ Anne Sexton, *Anne Sexton*：*A Self-Portrait in Letters*, Linda G. Sexton and Lois Ames, eds. , New York：Houghton Mifflin Company, 2004, p. 421.

⑤ Barbara Kevles, "Anne Sexton：An Interview", in George Plimpton, ed. *Poets at Work*：*The Paris Review Interview*, New York：Viking Penguin, 1989, p. 273.

我相信就算那时我没在写诗，我也是那个另外的人。我写农民的妻子时，我感到自己就生活在伊利诺伊州；我有了一个私生子时，我就喂养他——在我的脑海里——然后把它还回去，再交换别的人生。我将情人还给他妻子时，在脑海里，我悲恸不已，发现自己过去是多么轻飘空灵，微不足道。我变成基督时，我就是基督。我的手臂受伤疼痛，我绝望地想要把它们从十字架上收拢起来。我被人家从十字架上取下来活埋，这时我便寻求答案，希望那就是基督的答案。①

2. 评论界对自白美学价值的认同

不知是否出自对女性诗人的偏见，虽然斯蒂芬·斯彭德对普拉斯的自白诗颇有微词，但他对洛威尔的"个人经验"在诗歌中的表达却赞赏有加："《生活研究》显示了一种人本主义诗歌的可能性，这种诗歌中全异的经验来自一个充满同情心的诗人的情感。"而对于罗威尔诗歌中的"真实"，他也表达了较为客观的立场，洛威尔"取来了许多事实，所观察到的和所回忆的事实……他从这些事实中提取他的真实"②。同样，杰弗里·哈特曼也对塞克斯顿将自我经验诗歌化的写作方式表达了赞赏之情，并认为它"纯粹、感人，具有普遍的意义……更像是关于人类境遇的一幅力作"③。对于塞克斯顿的诗歌真实，梅·斯文森认为："塞克斯顿并非故意渲染恐怖气氛，而是这些

---

① Barbara Kevles, "Anne Sexton: An Interview", in George Plimpton, ed. *Poets at Work*: *The Paris Review Interview*, New York: Viking Penguin, 1989, pp. 22 – 23.

② Stephen Spender, "Robert Lowell's Family Album", *New Republic*, Vol. 140, No. 23, 1959, p. 17.

③ Geoffrey Hartman, "Les Belles Dames Sans Merci", *Kenyon Review*, Vol. 22, No. 4, Autumn 1960, p. 696.

真实可怕的诗歌潜在地映照出我们当下生活的状态。"① 就连对塞克斯顿"无法忍受"的詹姆斯·迪基也不得不承认，塞克斯顿"令人厌恶地、骇人听闻地贴合我们这个时代"②。阿尔瓦雷兹把这一现象学理化，称"自白"风格是利用形式的"极端主义艺术"，并认为"极端主义"不是要放松艺术控制，而是把情感的非常状态同秩序的非常状态调和在一起。③ 1968 年评论界对自白诗美学价值的讨论较为热烈，不但阿尔瓦雷兹继续撰文称这种艺术（自白艺术）使人们通过诗歌看清实际的人，④ 而且，詹姆斯·麦利尔也就"真叙事"和"假自白"的问题提出自己的看法。他认为，自白诗像任何其他文学一样，问题是要让人听起来像真的，诗人是否表现的是他真实的经验无关紧要，重要的是他必须制造"真自白的假象"⑤。在这里，"像任何其他文学一样"突出了"自白"的文学性和艺术性。同时，欧文·埃伦普雷斯就自白诗"个人性"的普遍意义提出了自己的观点。他指出，洛威尔"不仅把自己当成历史的一部分，也把历史当成自己的一部分，他的生活历程成了他那个时代的生活类比。诗人的苦难成了所有阶级和民族苦难的一面镜子"⑥。从 1970 年代开始，"自白"艺术的美学意义得以进一步呈现：阿兰·威廉逊在 1974 年就注意到了"自白""距离"美学的生成。他认为从某些方面来看，《生活研究》其实是一部防御性作品，尽管它叙述了强烈的个体经验，但与痛

---

① May Swenson, "Poetry of Three Women", *The Nation*, Vol. 196, No. 8, February 1963, p. 166.

② James Dickey, "Five First Books", in J. D. McClatchy, ed. *Anne Sexton：The Artist and Her Critics*, Bloomington：Indiana University Press, 1978, p. 117.

③ A. Alvarez, "Sylvia Plath", *Review*, 9 October 1963, p. 20.

④ A. Alvarez, *Beyond All This Fiddle*, London：Allen Lane, 1968, p. 11.

⑤ Donald Sheehan, "An Interview with James Mcrrill", *Contemporary Literature*, Winter 1968, p. 1.

⑥ Irvin Ehrenpreis, "The Age of Lowell", in Thomas Parkinson, ed. *Robert Lowell：A Collection of Critical Essays*, Englewood Cliffs：Prentice-Hall, Inc. , 1968, p. 89.

苦的"自我"保持着冷静客观距离的叙述策略却泄露了作者"同经
验的混乱保持一定距离"① 的态度。1980 年代，劳伦斯·勒纳对"自
白"的"低俗性"一说进行了批驳，他认为："真正的自白文学是对
流行的价值、流行的道德观念和流行的形式的反动，所以它拒绝低
俗，更不存在哗众取宠的嫌疑。"② 到了 1990 年代，米德尔布鲁克于
1991 年就第一人称"我"在 20 世纪中期美国文学中地位的上升，以
及将词语"我"等同于"个人"所达成的美学效果提出了自己的
看法：

> 　　1958 年，诗歌中自传性"我"的市场价值正在上升。此前，
> 文学批评界已经提出"角色"的概念来强调诗歌作者与诗歌叙事
> 者之间的区分，而艾略特和庞德的作品又加强了这种观念：即伟
> 大的诗歌是非个人化，或普适性的对等物。斯诺德格拉斯和洛威
> 尔的诗歌使上述论调产生裂痕。自传性的或"自白"的模式——
> 看着似乎少了点文学性，但其实一点没少——这是一种邀请读者
> 将词语"我"等同于个人的叙事策略。③

而罗莉·珍·威廉姆斯更是认为："'自白'话语本身就是有意
义的，它是诗歌美学形式与内容的高度统一。"④ 随着历史的沉淀和
研究的深入，21 世纪对"自白"的美学研究有进一步深化的趋势。

---

① Alan Williamson, *Pity the Monsters: the Political Vision of Robert Lowell*, New Haven: Yale University Press, 1974, p. 60.

② Laurence Lerner, "What is Confessional Poetry?" *Critical Quarterly*, Volume 29, No. 2, 1987, p. 66.

③ Diane W. Middlebrook, *Anne Sexton: A Biography*, New York: Houghton Mifflin, 1991, p. 83.

④ Lori J. Williams, American Confessional Poetry: Autobiographical Fictions and Poetic. Form in Plath, Lowell, Sexton, and Berryman, Ph. D. dissertation, Indiana University, 1995, p. 2.

2004 年，菲利普·麦高恩撰文称："塞克斯顿诗歌流进流出的那条缝隙，既连接语言与现实，连接语言与意识，连接语言与一切用语言无法再现之物，也同样将它们一一分离。"① 2007 年，琼·吉尔进一步把自白诗中的"自白"解读为"一种仪式"②。2011 年米兰达·舍温指出，自白诗之所以存在那么多的争议，主要在于人们对"自传真实"的意义、性质和创作机制存在着误解，她从精神分析、文化政治入手，将关于自白的探讨"从自我表征化的自恋倾向引向与之相对应的精神分析学领域，从个人原罪引向更广阔的文化批评"③。而维克多·阿尔辛多更是用"自白是允许我们进入一场关于人类境况的对话的美学，而这个对话需要通过对'自我'及诗歌技艺的用心处理才能达成"④ 的高调陈述表达了对自白艺术的肯定。

二 读者接受——"自白"式阅读的是非之争

（一）对读者"自白"式阅读的担心

自白诗在评论界遭受的非议繁多且绵长，而对于读者特别是女性读者对自白诗"自白"或"自传"式阅读的担心更是形成了主流和绵延不断的批评话语模式。这些批评在女诗人普拉斯和塞克斯顿的诗歌阅读方面表现得尤为明显（从对女诗人的轻蔑到对女性读者的轻蔑，这个世界对女性文学及女性阅读的傲慢与偏见仍然根深蒂固）。

在姚斯（Hans R. Jauss）看来，读者被分为两类：通俗文学的读

---

① Philip McGowan, *Anne Sexton and Middle Generation Poetry：The Geography of Grief*, Santa Barbara：Greenwood Publishing Group, 2004, p. xii.

② Jo Gill, *Anne Sexton's Confessional Poetics*, Florida：University Press of Florida, 2007, p. 9.

③ Miranda Sherwin, *"Confessional" Writing and the Twentieth-Century Literary Imagination*, London：Palgrave Macmillan, 2011, p. 17.

④ Victor Alcindor, Stand Mute：A Book of Poetry, Ph. D. dissertation, Drew University, 2013, pp. 3 – 4.

者和理想的读者。而批评界的担心也正是对所谓的"通俗文学读者"的担心：即将"神圣"的诗歌作为通俗文学来阅读的担心。这一点可以从苏珊·伍德（Susan Wood）评价塞克斯顿死后出版的《给 Y 医生的信》（*Words for Dr. Y*, 1978）时的说法得以印证："谁会买这本书？从诗歌阅读和诗歌研讨会上的情况来看，主要是那些因为各种错误的原因喜欢塞克斯顿的年轻女孩和女人，这些人使塞克斯顿成为艺术和女权的殉道者；而且，出于自身的需要，这些人把塞克斯顿病态的自我憎恨浪漫化为英雄主义的行为，这和诗歌无关，这对诗歌和塞克斯顿都没有任何好处。"① 而《牛津美国文学百科全书》也认为，塞克斯顿吸引了许多从来不读诗的人，为美国诗歌扩充了大量的读者。②

在普拉斯方面，评论界对其读者"自白式"阅读的担心颇能代表部分论者对整体"自白式"阅读的态度。首先，从读者接受来看，普拉斯的早期作品如《巨像及其他》（*The Colossus and other Poems*）、小说《钟形罩》（*The Bell Jar*）虽然在她在世时并未受到重视，但当《爱丽尔》（*Ariel*）1965 年、1966 年分别在英国和美国出版时，却收获了巨大的成功。根据《时代》（*Time*）的报道，"在 10 个月的时间里，这本诗集已卖出了 5 万册，几乎和卖得最好的小说一样多"③。而普拉斯的传记作者保罗·亚历山大（Paul Alexander）"诗集还在以不可预测的上升速度热卖中…"④ 的说法更加证实了这一事实。

---

① Susan Wood, "Review of Words for Dr. Y: Uncollected Poems by Anne Sexton", *Washington Post Book World*, October 15, 1978, E3.

② Jay Parini, ed., *The Oxford Encyclopedia of American Literature* (*Volume 4*), Oxford: Oxford University Press, 2004, p. 1.

③ "'The Blood Jet is Poetry', Review of *Ariel*", *Time*, June 10, 1966, p. 118.

④ Paul Alexander, *Rough Magic: A Biography of Sylvia Plath*, New York: Penguin, 1992, pp. 343 – 344.

　　和诗集的热销形成鲜明对比的是，在文学批评方面，大概从朱迪斯·克劳尔（Judith Kroll）《神话的章节》开始，评论界就开始了对"自白"式阅读的担心："在今天的文学批评类别中，因为作品中明显的自传因素和多首诗歌的可亲可近性，普拉斯总是被归入'自白'诗人一列。在这些诗歌中，自白的表象具有极大的诱惑性，它们吸引了读者过多的目光从而使他们忽略了诗歌本身的深层意义。阅读普拉斯诗作的过程如同围观犯罪现场的血迹的心理体验……如果在阅读的过程中能够考虑诗歌中更多的非个人因素的话，这种场景所带来的惊悚情绪就可以减轻许多，但是她作品中自白的因素太过强大以至于其他的思考方式很难克服它的阻力。"① 在克劳尔看来，读者不应该沉溺于普拉斯作品的自白书写中，而应该"把作品按照它本来应该是的样子来阅读，也就是说，把作品看作'文学'来阅读"②。克劳尔似乎为普拉斯的诗歌欣赏和阅读方法确立了一个范例，从《神话的章节》开始，经加里·莱恩（Gary Lane）、乔恩·罗森布拉特（Jon Rosenblatt）、玛丽·林恩·布罗（Mary Lynn Broe）、哈罗德·布鲁姆，一直延续到21世纪的辛西娅·奥兹克（Cynthia Ozick）、卡罗尔·奥兹（Carol Oates）、克里斯蒂娜·布里茨左勒克斯（Christina Britzolakis）、安东尼·库达（Anthony Cuda）、芭芭拉·霍弗（Barbara Hoffert）、佐伊·海勒（Zoe Heller）、李·厄普顿（Lee Upton）等，均不同程度地遵从这一原则。在加里·莱恩编辑的《西尔维亚·普拉斯：诗歌批评新视野》（*Sylvia Plath*：*New Views on the Poetry*，1979）中，他总结了普拉斯研究的"气候"特征："这些新的评论通过将普

---

　　① Judith Kroll, *Chapters in a Mythology*：*The Poetry of Sylvia Plath*, New York：Harper and Row, 1976, pp. 1 – 2.

　　② Judith Kroll, *Chapters in a Mythology*：*The Poetry of Sylvia Plath*, New York：Harper and Row, 1976, pp. 1 – 2.

拉斯作为献祭者的形象转化为诗人的形象，从而扩大了普拉斯研究的视野⋯⋯无论他们以前对普拉斯的看法如何，认真的读者都会发现他们的观点受到了挑战，发生了变化或者加深。"① 乔恩·罗森布拉特同年发表的《西尔维亚·普拉斯：启蒙诗学》（Sylvia Plath：The Poetry of Initiation）把意思表达得更为明显，他认为，自己的评论"纠正了读者对普拉斯作品非文学因素的关注，并且使他们回到了对作品本身的关注中去"②。至于"非文学因素"的定义，玛丽·林恩·布罗在《多变的诗学：西尔维亚·普拉斯诗歌》（Protean Poetic：The poetry of Sylvia Plath，1980）中有详细的阐释，即"普拉斯生活中可怕的生活细节""对普拉斯个性的着迷降低了对其诗歌的批评评估"③。到了 1989 年，哈罗德·布鲁姆更是对"自白"这一标签提出了严肃的质疑："普拉斯通常被定义为自白派诗人⋯⋯她混乱的生活事件⋯⋯已经遮蔽了她诗歌的光芒，使其诗歌欣赏成为仅仅是对自传的阅读。"④ 随着 1998 年普拉斯丈夫泰特·休斯（Ted Hughes）的去世及《生日信札》（Birthday Letters）、2000 年《普拉斯日记（未删节版），1950—1962》（The Unabridged Journals of Sylvia Plath，1950—1962），2004 年《爱丽儿：还原版》（Ariel：The Restored Edition）的出版，对普拉斯的研究相应地向纵深发展，但对其作品的"自白"式阅读将会消减其美学价值的说法仍不绝于耳。如卡罗尔·奥兹在新书面世之际将普拉斯的读者分类，分为"不具有批判力的追随者"和"其他

---

① Gary Lane, *Sylvia Plath*：*New Views on the Poetry*, Baltimore：Johns Hopkins University Press, 1979, jacket copy.

② Jon Rosenblatt, *Sylvia Plath*：*The Poetry of Imitation*, Chapel Hill：University of North Carolina Press, 1979, jacket copy.

③ Mary L. Broe, *Protean Poetic*：*The Poetry of Sylvia Plath*, Columbia：University of Missouri Press, 1980, jacket copy.

④ Harold Bloom, ed., *Modern Critical Views*：*Sylvia Plath*. New York：Chelsea House, 1989, jacket copy.

读者"，"普拉斯那些没有批判力的追随者将（在这些新书里）发现更有意思的事情"，而其他读者（即那些鉴赏水平高一些的读者）"也许同样能发现一些更精彩的营养"①。而 2001 年辛西娅·奥兹克还是继续哀叹普拉斯成了"自白、误解、错误的客体"，她认为读者渴望阅读普拉斯未删节前的完整日记还是为了"寻找她的痛苦或欢乐"，并"从普拉斯的自杀出发来阅读其日记，以求为她的自杀寻找一些蛛丝马迹"②。

虽然海勒和厄普顿针对这些"还原版"新书的观点与其他人有些不同，但不同之处并不是新的价值能不能在新版的书里被发现的问题，而是这些新书是强化了还是进一步弱化了那些非批判性的阅读实践"不具有批判性的读者"这一观点并未有实质上的改变。

从以上针对普拉斯诗歌阅读的批评可以看出，虽然自白诗诗名远扬，但在部分评论家眼里，读者的"自白"式阅读行为却是"无批判力的"和"非文学性的"，是"反审美阅读"。所以，无论是对"自白"还是"自白"式阅读，评论界都抱有极大的成见甚至敌意。"自白"似乎真的和自传、哗众取宠、自我裸露息息相关，而站到了文学性、审美、艺术等的反面。

（二）"证伪"——对"自白"式阅读消解作品文学性的批驳

以上以塞克斯顿和普拉斯读者阅读为例，探讨了评论界"公认"的自白诗阅读的"误区"，即如果把自白诗作为自白文学来看待，就对其作品产生了"误读"，而这一"误读"消解了作品的文学性，所以只有关注文本本身的阅读才是正确的阅读方法。如此说来，"自白派诗人"这一称谓是和"非文学性阅读"紧密联系在一起的，至于

---

① Joyce C. Oates, "Raising Lady Lazarus", *New York Times Book Review*, Vol. 150, No. 51563, 2000, p. 10.

② Cynthia Ozick, "Smoke and Fire", *Yale Review*, Vol. 89, No. 4, 2001, pp. 99 – 100.

"非文学性"因素，布罗在 1980 年提出过一些，如"普拉斯的生活细节""对普拉斯个性的着迷"等，但所谓的文学性是哪些，评论家们并没有言明，如果指的是诗歌的形式和韵律，那就有些令人费解，因为自白诗正是在反形式主义和保守严格的韵律基础上兴起的，"它坚决地参与到反对把'非人格化'作为诗歌重要价值的行列中来，并通过竭力恢复第一人称书写方式在文本中的呈现来对抗形式主义所带来的巨大压力"①。这就产生了反形式主义与形式的重要性之间的悖论陈述，也即"形式的丑闻"②。况且，自白诗人虽然反形式主义，但并没有完全放弃韵律、节奏等，而是不再拘泥于形式，既可以突破，也可以占有。贝里曼的 385 首《梦歌》（*Dream Songs*）中，除了少数几首外，大部分诗歌采用的是严格的 18 行、每六行为一个诗节的典型形式。所以，正如姚斯所言，"文学的历史性并不在于一种事后建立的'文学事实'的编组，而在于读者对文学作品的先在经验"③。实际上，这种批评模式即作为读者的批评家对"自白诗"阅读的一种"先在"的概念和认知。所以，针对克劳尔等对读者阅读行为的批评，珍妮特·巴蒂亚（Janet Badia）提出了自己的疑问："伤害何来？是影响了作品卖出的数量？作品获得的奖项？评论成果的多寡？诗集的入选率或课堂的推介率？"④ 从普拉斯作品的接受程度来看，这些都没有发生，而评论家们也没有给出具体的事实或数字

---

① Diane W. Middlebrook, "What was Confessional Poetry?" in Jay Parini, ed. *The Columbia History of American Poetry*, New York: Columbia University Press, 1993, p. 635.

② Donald Wesling, "Rewriting the History of Poetic Form (Since Wordsworth)", in Tak-Wai Wong and M. A. Abbas, eds. *Rewriting Literary History*, Hong Kong: Hong Kong University Press, 1984, p. 5.

③ ［德］汉斯·罗伯特·姚斯：《走向接受美学》，载汉斯·罗伯特·姚斯《接受美学与接受理论》，周宁、金元浦译，辽宁人民出版社 1987 年版，第 26 页。

④ Janet Badia, *Sylvia Plath and the Mythology of Women Readers*, Massachusetts: University of Massachusetts Press, 2011, p. 23.

来证明。所以，巴蒂亚认为，"如果没有证明或证明不了，那么，这些连续一贯的评论观点就是一个伪命题"①。巴蒂亚进一步指出，评论应该在文本生产及读者接受的修辞语境内展开研究，如果不能，那么，通过强制或说服的方式来达到对阅读的要求其实就是一种对权力关系的直接干预，也有回归新批评文本或内部结构的嫌疑。更重要的一点是，评论家们在众口一词地批评读者的肤浅时，是否想的只是作品的价值而忽略了它之所以吸引读者的"真"和"美"？而这两者正是美学研究的灵魂之所在。普拉斯的读者也说过："普拉斯就是一位自白派诗人，她的生活、她的悲哀、她的自杀是她诗歌的素材及重要部分。一个人读完她的诗怎么会不对她自身感兴趣呢！我就是这样的一个人。我读完《爱丽尔》（*Ariel*）和《巨人像》（*The Colossus*）后，开始读她的《钟形罩》（*The Bell Jar*），之后我开始买她的日记来读，随后我开始买《原始巫术》（*Rough Magic*）②，这是一个很自然的过程。我认为，这是人类好奇的天性，我的阅读不会伤及普拉斯的诗名，我相信，普拉斯的其他读者也不会。"③ 另外，虽然普拉斯的女儿弗里达·休斯（Frieda Hughes）对普拉斯的读者颇有微词，但她下面的这句话却极有道理："诗歌是写给所有人的，而问题是并不是每一个人都了解它，我们的任务就是让这些不了解的人来了解它。"④但是，如果这一"了解"预设了门槛与规矩，就似乎有先入为主的嫌疑。实际上，"自白"与自由和解放有关，对"自白"的蔑视模糊了它压迫性强制的原始品质：因为没有人愿意主动或自愿地坦白，坦

① Janet Badia, *Sylvia Plath and the Mythology of Women Readers*, Massachusetts：University of Massachusetts Press, 2011, p. 23.

② 普拉斯的自传。

③ Sylvia Plath Mailing List, March 1, 2006. http：//groups. yahoo. com/group/sylviaplath/message/6231？var = 1

④ Frieda Hughes, "The Family Business", *Guardian*, October 3, 2001.

白是社会规训的结果，而"自白"一半是宗教或道德的冲动，一半是社会强制的结果，即使没有宗教情结，坦白仍然是获得家庭、朋友、自身等认可或原谅的途径。在这个过程中，倾诉人失去的控制权转移到了读者手里。这也正如姚斯所言："在作者、作品和大众的三角形之中，大众并不是被动的部分，并不仅仅作为一种反应，相反，它自身就是历史的一个能动的构成。一部文学作品的历史生命如果没有接受者的积极参与是不可思议的。因为只有通过读者的传递过程，作品才进入一种连续性变化的经验视野。"①

第二节　"自白"在中国的接受与批评

与美国自白诗被否定的那一半命运极其相似，中国自白诗一方面获得了读者和评论界的高度认可和好评；另一方面，又因其诗歌的"自白"特征遭遇到多方诟病。总体看来，因第三代诗人之前的朦胧诗人的自白诗写作较为分散，也并未形成较为明显的潮流，所以国内对自白诗的关注和评论大都从第三代诗人尤其是女诗人写作的自白诗谈起。

一　评论界对自白诗的肯定和认可

1985 年，伊蕾、唐亚平受邀参加了《诗刊》的第五届诗会，翟永明也在随后的 1986 年受邀参加。与此同时，《诗刊》先后以大幅版面推出翟永明、伊蕾等人的诗作。1985 年，当时最具实力的年轻诗人作品汇展《新诗潮诗集》（老木编选）收录了陆忆敏的《美

①　［德］汉斯·罗伯特·姚斯：《走向接受美学》，载汉斯·罗伯特·姚斯《接受美学与接受理论》，周宁、金元浦译，辽宁人民出版社 1987 年版，第 24 页。

国妇女杂志》和《超现实主义》，1986 年的《中国当代实验诗选》
（唐晓渡、王家新编选）又收入了她的《沙堡》《风雨欲来》等四
首诗歌，1989 年唐晓渡编选的《灯芯绒幸福的舞蹈——后朦胧诗选
本》收入陆忆敏的《我在街上轻声叫喊出一个诗句》《出梅入夏》
等七首诗。1988 年秋前后，《人民文学》《诗歌报》刊载了翟永明、
唐亚平的组诗《女人》和《黑色沙漠》，《诗探索》杂志又以较大
版面开设"女性诗歌研究"专栏。先后就此问题发表评论文章的有
郑敏、朱先树、林莽、崔卫平、沈奇、张柠、汪剑钊、张慧敏、荒
林、张建建、李森等一批学界精英。由此可见，这批诗人的诗歌写
作对当时文坛产生了较大的影响，而且，评论界也充分表达了对其
诗歌的重视。

　　到了 90 年代，1990 年由钟鸣创办的《象网》杂志的第 4 期即
"陆忆敏专集"。1993 年中国当代女性主义诗集《苹果上的豹》收录
了《美国妇女杂志》《避暑山庄的红色建筑》等 14 首诗歌。同年，
《后朦胧诗全集》（万夏、潇潇编选）选入陆忆敏作品 40 首。如李振
声所言，诗歌"倾向于一种简洁的抒情性，词语和节奏通常较为疏和
洒脱，而在意象和隐喻的结构上则呈现出严谨性，因而给人外松内
紧、外表散淡、内涵紧张之感"[1] 的陆忆敏得到评论界的高度称赞。
柏桦的手稿《秋天》曾忆及 1985 年读到陆忆敏的《对了，吉特力
治》时的震惊，并因此把陆忆敏称为"我们诗人中唯一的女性"[2]，
虽然这一说法有绝对之嫌，但从侧面证明陆忆敏作为诗人在 1980 年
代的地位。同样，崔卫平认为陆忆敏是文明的承受者和结晶式的人

---

[1]　李振声：《女性诗歌：人物与风景》，载李振声《季节轮换："第三代"诗叙论》
（修订版），复旦大学出版社 2008 年版，第 193 页。
[2]　胡亮：《谁能理解陆忆敏》，载陆忆敏《出梅入夏：陆忆敏诗集（1981—2010）》，
北岳文艺出版社 2015 年版，第 1 页。

物，所以把她称为"文明的女儿"①。

翟永明 2007 年斩获以"倡导诗歌中深切的人文关怀、批判精神和理想维度，在广泛的国际交流中促进中国当代诗歌的繁荣和发展"为评选宗旨的首届"中坤国际诗歌奖"，在张清华看来，这个奖项授给翟永明是"非常智慧的选择，当然也是实至名归"②。对于唐晓渡而言，翟永明自白诗的代表性作品《女人》组诗"既像熔岩一样喷发，又有所节制，既表达了长期被压抑的独特的女性经验，又超越了性别，同时形式上又多有创意，这样的诗在诗歌史上是属于可遇不可求的"③。此后，《女人》成为 1980 年代中后期以来多部重要诗集的必选篇目。

对于伊蕾，陈超认为，伊蕾的诗歌"在整体的浓郁的情感氛围中，巧妙地包容了个人本真的身世感，经验细节，无意识的冲涌，生命记忆，乃至自我盘诘与自我争辩"④。尽管她自白诗的经典之作《独身女人的卧室》在 1980 年代的诗坛引起巨大争议，但后来却入选《百年中国文学经典》等重要选本，这是对其诗歌成就的充分肯定。

作为同时期的诗人，翟永明对陆忆敏称赞有加："读她的诗总是给我的心重重一击，于是我的心里总似有一道指痕来自于她目光的注视和穿凿。她的力量不是出自呼喊，而是来自磨尖词语的、哽咽在喉式的低声诉说，这诉说并不因了她声音的恬淡而弱化，恰恰相反，她那来自生命内部的紧张、敏感与纯粹，从她下意识的深处扶摇上升，

---

① 崔卫平：《文明的女儿》，载崔卫平《积极生活》，中国人民大学出版社 2003 年版，第 79 页。

② 唐晓渡、张清华：《对话当代先锋诗：薪火和沧桑（代序）》，载唐晓渡、张清华选编《当代先锋诗三十年：谱系与典藏》，江苏文艺出版社 2012 年版，第 21 页。

③ 唐晓渡、张清华：《对话当代先锋诗：薪火和沧桑（代序）》，载唐晓渡、张清华选编《当代先锋诗三十年：谱系与典藏》，江苏文艺出版社 2012 年版，第 21 页。

④ 陈超：《序》，载伊蕾《伊蕾诗选》，百花文艺出版社 2010 年版，第 6 页。

超越词语和意象，就像她本人柔而益坚的形象，'用眼睛里面的黑色（或咖啡色）瞳仁向你微笑。'"① 而且，翟永明还在《女性诗歌：我们的翅膀》中，以伊蕾《独身女人的卧室》、唐亚平《黑色沙漠》、陆忆敏《温柔地死在本城》《死亡是一种球形糖果》、张真《朋友家的猫》等诗歌文本为参照，对1980年代这批有着明显自白诗写作倾向的女性诗歌创作进行了总结。她认为，这些诗歌"第一次以自白方式和身体化表达来彰显女性的自然特质，并以一种全新的性别视角进入文化话语的阐释，并以此批判现实和建构女性自己的诗歌史"②。

　　总体来看，以翟永明、伊蕾、陆忆敏、唐亚平等为代表的这批诗人以个体经验为写作素材，以第一人称"我"作为倾诉主体，在1980年代掀起了一股"女性主义"诗歌风潮，并引起了学界的关注和认可。著名诗歌评论家谢冕指出："从中国新诗史上看，20世纪70年代以前的女性诗歌，其业绩的展现是断续而不连贯的，且未形成大的格局。集团式地展现，量与质并重而高水平的突起则是在20世纪80年代以后。"③

二　评论界对"自白"美学价值的否定和批评

　　虽然评论界对1980年代的女性诗歌进行了充分的肯定和认可，但针对其中的"自白"，中国自白诗的遭遇却与美国自白诗有所不同：美国自白诗的"自白"式书写自诞生之日起就在学界激起了异常激烈的争鸣之声，"自白"的诗学之辩一直延续至今。就诗人自身

---

　　① 翟永明：《在一切玫瑰之上》，载翟永明《纸上建筑》，东方出版中心1997年版，第212页。

　　② 翟永明：《女性诗歌：我们的翅膀》，载翟永明《最委婉的词》，东方出版社2008年版，第114页。

　　③ 谢冕：《总序》，载翟永明著，唐晓渡编选《称之为一切》，春风文艺出版社1997年版，第3页。

而言，无论外界的评论如何，他们对这种诗歌表达充满信心。而在中国学界，对"自白"式诗歌美学的批评大都停留在美国自白诗否定的批评模式上。1980年代这批作家的"自白"话语被定义为"一味怨天尤人、毫无顾忌地任意发泄、放纵狭隘的个性"①，并遭遇了严厉的批评和否定。作为1980年代颇为权威的诗评家，藏棣认为，自白诗"因为倾诉内心，几乎排斥了任何技术性的因素。这时，诗歌不再被看成是一门经过技巧的磨炼而获得的艺术，而被兴奋地视为女性自身的一种潜在的天性"②。他把自白话语归类于青春写作的范畴："在年轻的时候，自白话语是最好的、最可靠的导师。它会使一个女诗人在他者的阅读上留下成熟的印象。但是，在不那么年轻的时候，自白话语便会对艺术经验造成限制，甚至在艺术表达造成模式化，更不幸的是，这种模式化，会在主流的诗歌批评中被说成是找到自己的风格。自白话语基本上属于青春写作的范畴。"③

崔卫平把"自白"式表达归类为"只是愤怒，不及其余"：

> 人在什么情况下急于表白自己？是在感到自己受了冤枉的时候，是在愤怒的时候。愤怒这种感情在人身上出现时最自然的，尤其是对于经常处于不公正位置上的女性来说是这样，但人愤怒的时候往往却是极不自然的。愤怒的人被那种叫做愤怒的情感抓住，他（她）于无力之中寻找仅有的力量时体验到的是愤怒的力量。他（她）为自己尚存的这种力量而欢欣鼓舞，他（她）为

① 陈旭光：《诗学：理论与批评》，百花文艺出版社1996年版，第134页。
② 藏棣：《自白的误区》，《诗探索》1995年第3期。
③ 藏棣：《自白的误区》，《诗探索》1995年第3期。（按照藏棣的说法，自白诗是属于青春期的写作范畴。但值得注意的是，自白派的开创者洛威尔的自白诗写作却是始于他42岁已涉足诗坛数十年之后，而此前的写作是严格遵照其导师艾伦·塔特（Allen Tate）形式主义的套路。这样看来，自白诗写作与青春期写作似乎并不能简单地画上等号。）

94

这种力量拖住和在这种力量中重新升起，于是他（她）将自己的全部感情都变成了愤怒。只是愤怒，不及其余。①

同样，九叶派诗人郑敏对自白诗中的"我"很是反感：

中国当代新诗是在 1984、1985 年显出它的后现代主义的锋芒。这部分诗人是所谓第三代，多在 20—30 岁之间……尽管他们的诗作千姿百态，却有一些共同处，这就是他们写"我"，而且几乎离不开"我"……我们的主体"我"往往缺乏剖析的尖锐力，不能发现这个被观察的"我"与外在世界的关系，及这个生活在一定历史文化中的"我"与过去历史和它的环境之外的文化的关系，而客体"我"又没有形成层层丰富的文化及经验地质岩，他（她）的意识层太贫乏单薄，经不起开采。因此在写"我"时不可能产生出皮肤透明是纳粹的灯罩这样深沉、意义丰富、富有历史感的我的意识包含历史的惊人诗句。"我"的贫乏和成长的创伤是文化饥饿的结果……本质上缺乏个性，营养不良，表面上又闪闪发光。这个贫乏、营养不良的"我"，在意识深处没有历史，没有人类的命运，没有昨天和明天，而他（她）的今天又是如此闭塞，他（她）的敏感缺乏生活的挑战，和世界文化与心智的挑战，他（她）还没有形成现代意识。②

而罗振亚用同情的态度表达对"自白"入诗的"理解"及翟永明诗歌转向的赞誉：

① 崔卫平：《我是女性，但不主义》，《文艺争鸣》1998 年第 6 期。
② 郑敏：《诗歌与哲学是近邻：结构——解构诗论》，北京大学出版社 1999 年版，第 231—235 页。

的确，在《女人》组诗前后的创作中，翟永明曾经接受美国自白派的西尔维娅·普拉斯等诗人援助，把独白体作为情思传达的基本策略，因之平添了女性主义诗歌的力度和深沉，独标一格。但说穿了那是不得已而为之的艺术行为，为改写女性声音长期缺席的历史，她只能和其他的女性诗人一样"矫枉过正"地过分关注凸现"自我"存在，动用最直接敞开情感经验的自白语式。并且她在使用自白语式的同时已经清醒地意识到自白语式本身就是一个陷阱，它既难以摆脱对普拉斯模仿的干系，又在某种程度上暴露出女性倾诉欲的天地狭窄，侵害了敏感诗人的写作自由，所以从一开始就没有停浮于自白的话语方式上，而是积极寻求规避逃离陷阱的途径。从对第一人称的使用犹豫不决，进而很快"把普拉斯还给普拉斯"，转入一种"交流"诗学的创造，这种追求到九十年代诗人旅居美国后愈加趋于自觉。①

这些权威批评忽略了 1980 年代男性自白诗的写作，并将"自白"与女性气质捆绑在一起，强调了女性与"自白"结合后产生的种种弊端。这对 1980 年代写作自白诗的诗人产生了重要的影响，造成了诗人的犹豫和彷徨：一方面，如果承认自己是自白诗人，那么就可能意味着自己作品的艺术低下，只重感觉不重审美。另一方面，如果承认自己写的是自白诗，那么，这可能就意味着这些诗歌是对普拉斯或塞克斯顿的盲目模仿，而这些模仿没有政治的、经济的、文化的、宗教的积淀和厚重，那也就意味着这些诗歌没有自己应有的艺术价值和意义。

---

① 罗振亚：《"复调"意象与"交流"诗学：论翟永明的诗》，《当代作家评论》2006年第 3 期。

　　年轻的诗人总是想从评论界的声音中找到自己努力的方向，从翟永明对自己诗歌及诗歌创作的评价可见端倪：1984 年的翟永明认为，"从《女人》开始，我才真正进入写作"，因为在这里，诗人写作中变化和分裂的内心终于"找到了一个可以继续下去的开端"①。1985 年，翟永明又在短文《黑夜的意识》中写道："现在才是我真正强大起来的时刻。"② 1986 年，翟永明在几位诗人的谈话录中表达了自己诗歌创作原则的立场和看法："我的诗来自我的内心，对我而言这是十分重要的。我也曾寻求过某种变化，但那些没有变掉的、依然存在的东西却正好是我诗中最宝贵的，因此我今后的方向不是改变自己，而是怎样更恰当地贴近自己并排除掉那些不属于我的东西，这种纯洁性是我的目标。"③ 1988 年，翟永明创作完成带有自传性质的诗集《称之为一切》（该诗集在将近 10 年后的 1997 年出版）。在这部诗集中，翟永明高调引用普拉斯《高烧 103 度》（"Fever 103°"）中"你的身体伤害我/就像世界伤害着上帝"作为题记，这时候的翟永明对美国自白派的推崇和敬意溢于言表，对自己的诗歌写作自信有加。但随着知名度的提高，评论界对翟永明诗歌的批评导向开始左右她审视自己诗歌的眼光："我曾经犹豫是否使用第一人称，因为我不想被看作普拉斯的模仿者。"④ 几乎与此同时，她开始了自己的"改变"："通过写作《咖啡馆之歌》，我完成了久已期待的语言的转换，它带走了我过去写作中受普拉斯影响而强调的自白语调，而带来一种新的细微而平淡的叙说风格……它使我的创作有了一个更为广阔的背景，提供给我一种周围事物以及自身的新的角度，飘忽不定的题材和主题

---

　　① 翟永明：《阅读、写作与我的回忆》，载翟永明《纸上建筑》，东方出版中心 1997 年版，第 229 页。

　　② 翟永明：《黑夜的意识》，《诗歌报》1986 年 8 月 12 日。

　　③ 《青春诗话》，《诗刊》1986 年第 11 期。

　　④ 周瓒：《论翟永明诗歌说话的声音与述说方式》，《翼》1998 年第 1 期。

改变了我从前的观念……"① 到了 21 世纪，当周瓒在 2003 年再次问及对翟永明影响最大的诗人时，翟永明的回答有些出人意料，但又在情理之中："我最喜爱的诗人随阶段性而变化，他们对我的启迪和影响也是综合性的。其中，从一开始到现在，一如既往地对我产生持续影响的诗人是叶芝。"② 而当她们谈到翟永明感兴趣的当代外国女诗人时，她提及的是以冷静、成熟理性为特征的加拿大女诗人玛·阿特伊德。这种对美国自白派诗人的特意回避和对所谓的冷静、成熟诗学的向往，一方面印证了作者从 1980 年代到 1990 年代诗学观念的改变；另一方面，与评论界对"自白"诗体的大的评价方向应该有着一定的关系。

综合看来，从激情洋溢到平淡叙说，风格确实可能较以前稳健、圆润，但少了灵光之气，而且，感情的冷静平缓带给诗歌平实的风格，而"平实"却极易使激动人心的力量削弱。在对"自白"风格质疑的同时，一些评论家也十分清醒地意识到了诗歌转向所导致的美学问题：虽然对"自白"风格颇有微词，但藏棣对 1980 年代诗歌的评价是，"当代中国最好的女性诗歌都是自白诗"③。到了 21 世纪，唐晓渡对翟永明诗歌转向的认识极为深刻："有一点翟永明当时或许没有意识到，或许比谁都清楚，那就是：尽管她可以写出更成熟、更优秀的作品，但像《女人》这样充满神性的诗将难以复得。"④ 同为"四川五君"且对翟永明及其作品极为熟悉的钟鸣认为，翟永明"最

---

① 翟永明：《〈咖啡馆之歌〉以及以后》，载翟永明《纸上建筑》，东方出版中心 1997 年版，第 204 页。

② 翟永明、周瓒：《词语与激情共舞——翟永明书面访谈录》，《作家》2003 年第 4 期。

③ 藏棣：《自白的误区》，《诗探索》1995 年第 3 期。

④ 唐晓渡：《谁是翟永明》，《当代作家评论》2005 年第 6 期。

好的诗歌还是那些基于她个人经验的那部分"①。2012 年，经过时间的沉淀之后，唐晓渡和张清华对翟永明的转向看得更为透彻，他们认为，从 90 年代初的《咖啡馆之歌》开始，翟永明"很难再保持那种激情状态"，而且"作品中似乎有衰退的迹象"②。

在写给《伊蕾诗选》的"序"里，陈超也提到了伊蕾 20 世纪 80 年代诗歌的魅力："它们（1980 年代的诗作）还有能力穿越 80 年代，像诡异而天真的话语的精灵，在 2009 年今夜，这个春风沉醉的晚上，'嘘——'轻轻叩门，依然充满热情，充满活力，依然充满魅力，充满神奇。"③ 而且，对诗人自身而言，尽管翟永明在回答评论家张晓红访谈时说过，她自己最喜欢的是《咖啡馆之歌》等转型后的作品，但实际上，她内心的纠结、不平及反抗在 1995 年《再谈"黑夜意识"与"女性诗歌"》与 2006 年的《面对词语本身》中隐约可见："'过于关注内心'的女性文学事实上一直被限定在文学的边缘地带，这也使'女性诗歌'冲破自身束缚而陷入的新的束缚。"④ 这是对"关注内心"的"自白"的辩解。而在 2006 年，她又通过对一篇关于她的诗歌评论中"少谈些性别，多谈些诗"⑤ 这一说法的高度认同，隐晦地表达了对 1980 年代诗歌批评的不满及反抗，因为其《咖啡馆之歌》等转型后的作品开始投身人间事务及烦琐的世俗生活，涉及内心自白与性别辨识的越来越少，而评论界对此转向又多持肯定的态度，所以这种委屈较明显地指向 1980 年代的作品。

---

① 钟鸣：《钟鸣：旁观者之后》，《诗歌月刊》2011 年第 2 期。

② 唐晓渡、张清华：《对话当代先锋诗：薪火和沧桑（代序）》，载唐晓渡、张清华选编《当代先锋诗三十年：谱系与典藏》，江苏文艺出版社 2012 年版，第 21 页。

③ 陈超：《序》，载伊蕾《伊蕾诗选》，百花文艺出版社 2010 年版，第 1 页。

④ 翟永明：《再谈"黑夜意识"与"女性诗歌"》，载翟永明《纸上建筑》，东方出版中心 1997 年版，第 235 页。

⑤ 翟永明：《面对词语本身》，载翟永明《正如你所看到的》，广西师范大学出版社 2004 年版，第 34 页。

这种把"自白"与女性主义或女性气质捆绑在一起进行批判的评价模式，表面上看来似乎有一定道理，但实际上，从单一的女性主义视角对自白诗的评判是对 1980 年代自白诗歌其他美学价值的遮蔽，也在一定程度上消解了自白诗的创作意义。当然，在 1980 年代的中国，自白诗与女性主义联系较为紧密是个不争的事实。但即使如此，正如乔以钢先生所言："女性文学与时代的联系是整体的、多层次的，作为生活在社会中的人，所谓女性情感、女性生命体验等实际上都不可能完全脱离现实生活而纯私人化地存在。"① 所以，即使是"只指涉自身"的写作，正如唐晓渡所说，也是"打探、叩问沉默，并向沉默敞开的写作。它惟一能保持长久兴趣的，是使那些隐身于沉默中的——那些尚未被人们觉察和认识，或被人们忽略和遗忘（包括故意遗忘和被迫遗忘）的——东西显形，发出自己的声音"②。

第三节　"自白"的正名

从第一节和第二节的内容来看，"自白"在中美学界均遭到不同程度的批评和诋毁。但不同的是，美国评论界的声音从一开始就不是众口一词，而是充斥着不同甚至相反的观点，从 1960 年代起对"自白"的评价就在"自白"的"文学性"和"非文学性"之间摇摆徘徊，评论家们各执一词，造成了尖锐而热烈的对峙局面。到了 21 世纪，自白的"文学性"逐渐从各个方面得到证明，评论家们的观点也日趋一致。但在中国学界，情况却不容乐观，尽管对"自白诗"的整体艺术水平和美学呈现有较高的认可，但针对"自白"艺术本

---

① 乔以钢：《20 世纪中国女性文学研究的回顾与思考》，《天津社会科学》1998 年第 2 期。

② 唐晓渡：《谁是翟永明》，《当代作家评论》2005 年第 6 期。

身，却是批评的声音远远高于肯定的声音，或者也可以这样说，对"自白"的蔑视成为中国评论界的"官方"态度。

在刘小枫看来，"就诗是人的原初精神方式而言，所有诗艺问题都是存在论水平上的问题，诗的形式功能具有本体论的意义，表征的是人的某种存在方式"①。那么，自白诗中的"自白"到底是什么？它和自传有什么关系？这个抒情的"我"到底是谁？"个人"和"非个人"的区别是什么？诗歌的语者是否作者自身？诗歌书写的是不是自传的真实而不是文学的想象？如果从个人的经验中借用素材来进行诗歌的美学建构，这是否一种冒险或本身就背弃了美学的意义？但遗憾的是，对于普通读者来说，这些问题是他们无法回答也不愿去思考的，而权威评论家的观点却能左右批评话语的主流及导向。

针对这一现象，大卫·克伦普（David Crump）在《自白的幻想和欺骗》②开篇以沙漠中的"海市蜃楼"来说明对自白话语的误解和误导。他认为，海市蜃楼的出现如同真实，焦渴难耐的旅者看到的可能是大片的水域和绿荫；而孤独迷失的旅者看到的可能是温暖的灯火和喧闹的人群，在极端的环境和情况下，这些都可以理解。但是如果旅者被告知他真的已经到达绿洲，可以随时在绿荫下休憩，可以到碧浪中畅饮的话，毫无疑问，幻觉就变成了欺骗。而对自白话语和自传式表达的诋毁及对其艺术形式的否定像极了这种海市蜃楼般的欺骗。评论家把"自白"和"自传"的海市蜃楼当作客观的存在，先欺骗自己然后引诱读者，引诱读者相信这一真实存在，并且，他们认为这个"真实"是对读者有害的，会摧毁对诗歌作品的审美追求，所以

① 刘小枫：《拯救与逍遥》，生活·读书·新知三联书店2001年版，第30页。
② David Crump, "Confessional Mirages and Delusion", *Christian Scholar's Review*, Vol. 43, No. 3, 2014, pp. 233–239.

才出现了上文中无论是中国学界还是美国学界都存在的对读者千方百计地提醒和警告。

因此，要想真正弄清自白诗中"自白"的本质，厘清"自白"的诗学意义、"自白"与自传、自我，以及"自白"与诗歌形式及审美之间的关系等就显得尤为重要。

一　"自白"与诗学变革及创新

虽然在美国及中国文学史上不乏"自白"的身影，但对于20世纪五六十年代的美国诗坛和80年代的中国诗坛来说，"自白"是各自诗歌史上的又一次重大诗学变革及创新。虽然中美自白诗的生产背景和发展轨迹不同，但从文学史的意义上来说，有一点是相似的，即20世纪五六十年代的美国文学和80年代的中国文学都面临各自的重大历史转折期：美国文学面临的是"二战"后的反思和在反形式主义、反英美新批评基础上，"惠特曼"式美国本土文学的回归和创新；中国文学面临的是"文化大革命"十年创伤后的修复，反主流政治话语的崛起，"五四"传统的复归及"人的文学"的发展和创新。总体看来，两者均具有凌厉的先锋精神。

（一）反形式主义及回归"惠特曼"传统的美国式"自白"

发轫于20世纪初，以艾略特、威廉姆斯、庞德（Ezra Pound，1885—1972）、斯蒂文森（Wallance Stevens，1879—1955）等为代表的美国现代主义诗歌发展到1940年代之后，其先锋性及开放意识已被笼罩整个诗坛的诸如非个人化叙事、精心制作原则等权威话语所遮蔽。许多美国诗人意识到了这一问题，但苦于没有办法挣脱权威们设置的主流话语规范。海登·卡鲁斯（Hayden Carruth）就此种现状发表的看法颇具代表性，"我们的麻烦是出生得太晚。'现代诗歌'已经成为过去，它的那些让我们倾倒的作品……已经耗尽了诗的灵感，没有给我们留下什么可以做的"①。而作为旁观者的智利诗人巴勃鲁·聂鲁达（Pablo Neruda）对其时美国诗坛的现状有着清醒的认识并为美国诗人们指出了一条视野开阔的"惠特曼"之路：

> 许多美国人追随艾略特，认为惠特曼太土气了，太原始了。然而他并不是那么简单——惠特曼——他是一个复杂的人，他的精华产生于他最复杂的时候。他的目光是面向世界的，他教我们了解诗和其他许多事物。我们一直爱戴他。艾略特从来没有太多地影响我们，他太学究气了，也许我们太原始了。当然每个人都得选择一条路——一条精致的、知识化的路，或一条力求拥抱周围的世界，发现新世界的更友好更大众化的路。②

实际上，虽然可能并没有直接接触聂鲁达的这一思想，但1950年代的美国诗人却正是按照他的思路开始祭起"反艾略特"的大旗，并以"立足美国本土""回归惠特曼"为指导思想，发起了具有新一代先锋性质的诗歌运动。包括自白派、垮掉派、黑山派、纽约派、超现实主义等诗歌运动一时间风起云涌，热闹非凡。这些诗歌派别风格各异，各有侧重，但共同点也很明显：它们"都反对精心制作的象征主义诗，寻找能捕捉暂时、当下经验的诗歌形式和'返回生活'的语言；都把个性作为主要的离异力量，在诗中确认个人的声音和视角；都为美国新诗提供了驱动力"③。这其中，自白派是继垮掉派之后对形式主义最具挑战性和颠覆性的流派。

---

① James E. B. Breslin, *From Modern to Contemporary: American Poetry, 1945 – 1965*, Chicago: The University of Chicago Press, 1984, pp. 2 – 3.

② 转引自彭予《美国自白诗探索》，社会科学文献出版社2004年版，第7页。

③ 彭予：《美国自白诗探索》，社会科学文献出版社2004年版，第10页。

　　实际上，自白诗不是为了自白而自白，甚至不是为了倾诉自身的情感，而是反形式主义的标志，起初的意义也许就是对韵律严整的格律诗的逆反。"自白诗没有明显的政治性，但它坚决地参与到反对把'非人格化'作为诗歌重要价值的行列中来，并通过竭力恢复第一人称书写方式在文本中的呈现来对抗形式主义所带来的巨大压力。"① 对从小仰慕艾略特和庞德的洛威尔、普拉斯等自白派诗人来说，对新批评、形式主义及"非个人化"的逆反本身就是一次大胆的革新和行动。

　　作为兰色姆和塔特的得意弟子，洛威尔 1940 年代的写作带有明显的学院派风格并对新批评推崇有加。但他遵照这一风格写成并于 1951 年出版的《卡瓦诺夫的磨坊》（*The Mills of the Kavanaughs*）却被许多人看作失败之作。这对洛威尔打击很大，他对自己隐晦的、封闭式的写作规范越来越不满意，并为无法找到适合自己的风格和语言而苦恼，这也许正是他寻求诗风改变的导火索。在 1951—1958 年，洛威尔没有发表任何诗集。沉寂约十年后的 1959 年，《生活研究》（*Life Studies*）发表，其风格的转变震惊了美国文坛。对洛威尔诗风产生影响的有几重因素：一是"二战"后整个文学界对形式主义的逆反。总体看来，50 年代末 60 年代初的美国诗歌是"从拥有严格韵律、节奏，理性和外部的陈述转向自由体的诗歌形式，这种自由体具有即兴创作和即兴表演的特点，更私人化、更情绪化、更缺少理性"②。二是 1957 年他的西海岸之行。垮掉派以呼吸频率为诗歌节奏的即兴创作及朗诵对洛威尔产生极大的震动。三是斯诺德格拉斯《心针》（*Heart Needles*）的启发。四是毕肖普（Elizabeth Bishop）和威廉斯的

　　① Diane W. Middlebrook, "What was Confessional Poetry?" in Jay Parini, ed. *The Columbia History of American Poetry*, New York: Columbia University Press, 1993, p. 635.

　　② Scott Chisholm, "Interview with Donald Hall", in Scott Chisholm, ed. *Goatfoot Milktongue Twinbird: Interviews, Essays, and Notes on Poetry, 1970 – 1976*, Ann Arbor: University of Michigan Press, 1978, p. 22.

鼓励。而他与妻子的一次对话加速了他风格转变的进程：当洛威尔拿着自己一首严格按照英国玄学派诗人安德鲁·马维尔（Andrew Marvell）的四音步诗给妻子看时，作为评论家的妻子说了这样一句话："为什么不写那些真正发生的事情呢？"① 由此，洛威尔开始考虑韵律、音步及这种形式工整、内容却艰涩难懂的诗歌写作对真实艺术表达的限制和干涉，以及自由体写作的优势。但在《生活研究》（*Life Studies*）的写作过程中，洛威尔对自己这种"个人化"的写作转向并没有什么自信，不知道这本诗集是"一条绞绳还是一条生命线"②，直到 1958 年威廉斯在阅读完其手稿后称《生活研究》（*Life Studies*）是"非常好的诗"③ 时，洛威尔才开始对其产生信心。1959 年《生活研究》（*Life Studies*）发表后，阿尔瓦雷兹率先称之为《诗歌中的创新》（"Something New in Verse"）；理查德·埃伯哈特（Richard Eberhart）在《纽约时报书评》中将这部诗集称为"原始野性和文明世故在一种独特风格中的相遇"④；而罗森瑟尔《作为自白的诗》（"Poetry as Confession"）的发表不但高度赞扬洛威尔"勇敢地去掉了面具"⑤，而且成就了"自白诗"这一影响了整个 20 世纪下半叶甚至 21 世纪的诗歌流派命名。《生活研究》（*Life Studies*）的成功标示着洛威尔终于找到了适合自己的目标——他自己。而且，个人化的材料引发了个人化风格的形成，这也预示着洛威尔对 T. S. 艾略特、艾伦·塔特等大师的彻底抛弃，并开启了他将个人历史与自由诗体结合的诗

① A. Alvarez, "Robert Lowell in Conversation", in Jerome Mazzaro, ed. *Profile of Robert Lowell*, Columbus, Ohio: C. E. Merrill Co., 1971, p. 33.

② Jay Martin, *Robert Lowell*, Minneapolis: The University of Minnesota Press, 1970, p. 35.

③ Ian Hamilton, *Robert Lowell: A Biography*, New York: Vintage Books, 1983, p. 35.

④ Richard Eberhart, "A Poet's People", *New York Times Book Review*, No. 3, May 1959, p. 4.

⑤ Macha L. Rosenthal, "Poetry as Confession", *Nation*, Vol. 189, No. 8, 1959, p. 154.

歌之旅。

　　另一位前期受到形式主义和新批评影响，但在后期改变诗风的自白派诗人是普拉斯。普拉斯的成长年代正是新批评盛行美国的时候，她 1955 年从斯密斯学院毕业之前的作品大都严格按照形式主义的定义书写，模仿的是艾略特、奥登（Wystan Hugh Auden，1907—1973）等诗人。正如泰特·休斯对其早期作品的评价："她的诗行在声音与构造上呈现一种深刻的数学的必然性……她的写作严格地依赖于一个内在象征与意象的超压力系统，一个封闭的宇宙马戏团。"[1] 1956 年 2 月结识休斯之后，她的写作风格开始发生变化，这时期的诗歌在想象力和技巧方面都有了较大的改进。但她真正蜕变——拥有自己的声音是在 1958 年和塞克斯顿共同参加洛威尔在波士顿举办的诗歌研讨班之后。在英国广播电台的一次访谈中，她将自己能够进入特殊的、极端私人的、禁忌话题的书写意识归功于洛威尔，把"作为崩溃的年轻母亲的经验写作"禁忌话题的打破归功于塞克斯顿。

　　塞克斯顿的诗歌写作起步较晚，开始于 1956 年她 28 岁时。但塞克斯顿在《献给约翰，他请求我别再深究了》（"For John，Who Begs Me Not to Enquire Further"）的第一部分就亮明了自己的反传统诗学观：传统的形式美与道德平衡并不是诗之真实的唯一源泉，对可憎现实的自白中也蕴含着希望与秩序。[2] 而且，塞克斯顿的诗歌创作也经历了一个从关注形式到注重诗歌表达效果的过程，从她对自己创作历程的回顾可以看出诗人诗歌风格的变化历程及创作原则：

---

[1]　Ted Hughes，"Introduction"，in Ted Hughes，ed. *Sylvia Plath*，*the Collected Poems*，New York：Harper& Row，1981，p. 15.

[2]　Steven E. Colburn，*Anne Sexton：Telling the Tale*，Ann Arbor：University of Michigan Press，1988，p. 100.

在《去精神病院半途而返》中，大部分的诗歌形式严谨，我感觉这样能更好地表达自己。直到现在，我有时候也依然享受这种做法，但那时要注重得多，如何构成一个诗节、一首诗，使它成为一个实体，结束时要有点震惊的效果，即那种双音节尾韵带来的震惊，这一切都让我乐在其中。在第二本诗集《我所有可爱的人》里，我放松了些，其中最后的那些组诗，我干脆放弃了任何形式，虽然在此之前，形式就是我的"超我"，但是我发现抛开形式后，自己变得异常的自由。第三本诗集的形式用得更少些。在第四本诗集《情诗》里，我写了一首长诗，由 18 个片段组成，形式整齐，我享受这种写法。但是除了这一首和另外一些诗以外，这本诗集中的其他诗歌都是自由体。所以我觉得，运用哪种形式都可以，主要取决于诗歌自身的需求。①

相对洛威尔、普拉斯和塞克斯顿，贝里曼的情况比较特殊。尽管属于自白派的中坚力量，但贝里曼对新批评和形式主义的逆反较多体现在诗歌内容而非形式上。他的 385 首《梦歌》（*The Dream Songs*）拥有严格的或者可以说固定的形式，除了如《梦歌之十八》（"Song 18"）等几首具有较特殊的形式之外，大部分《梦歌》（*The Dream Songs*）中的诗均为 18 行，分为三个六行诗节，每个诗节的音步为严格的 5 – 5 – 3 – 5 – 5 – 3 形式。而且，贝里曼对韵律的专注也可以从他的《梦歌之二九七》（"Song 297"）中得到证明："我完善我的韵律，直到没有蚊子可以通过。"在安东尼·凯尔舒（Anthony Caleshu）看来，"把严格的形式强加到个人化叙事特征明显的诗歌中，反映了

---

① Barbara Kevles and Anne Sexton, "The Art of Poetry: Anne Sexton", in J. D. McClatchy, ed. *Anne Sexton: The Artist and Her Critics*, Bloomington: Indiana University Press, 1978, pp. 13 – 14.

他（贝里曼）控制读者反映的强烈欲望，同时也服务于控制自己产品的欲望（一旦承认自己的诗歌拥有严格的模式，他就必须保持，不过贝里曼确实做到了，整部诗集中只有几首的例外）"①。

但就讲述"自己的故事"来说，贝里曼是艾略特"非个人化叙事"的坚决反对者。"……我完全不同意艾略特的理论——诗歌非个人化理论。……我反对这个理论，在我看来，事情正好相反，诗歌起源于人物性格。"② 而且，贝里曼在创作中坚持这一诗学理念，并在 1976 年再次重申自己的观点："人们会认为诗人不过是一条渠道，但有其自身伟大的、丰富的经历；他敞开心扉，讲述自己的故事。我不得不说我喜欢这种诗歌理论，而不喜欢二十五年前我读本科时那种风靡各类评论书刊的诗学理论。这与济慈认为诗人虽不存在，却'永远在、永远为了、永远灌注'其他事物的观点是异曲同工，也一样谦虚。"③

由此可见，美国式"自白"的文学史意义在于，它首先是反新批评、形式主义的诗学变革。其次，语言的开放带来情绪的开放，自白诗将数十年来一直避谈感情的美国文学拉入到充满情感因素的文学氛围之中，这不但为美国诗歌带来了新的方向，而且有效抵制了亲英派的艾略特风格，并预示着"惠特曼"式美国本土文学的回归。

（二）反主流"政治"话语及回归"五四"传统的中国式"自白"

同文学的大气候一致，"文化大革命"结束后的中国诗歌开始对

---

① Anthony Caleshu，"'Dramatizing the Dreadful'：Affective Postures in *The Dream Songs*"，in Philip Coleman and Philip McGowan，eds."*After Thirty Falls*"：*New Essays on John Berryman*，New York：Rodopi B. V.，Amsterdam，2007，p. 109.

② John Berryman，"An Interview with John Berryman"，*Harvard Advocate*，Vol. 103，No. 1，Spring 1969，p. 5.

③ John Berryman，*The Freedom of the Poet*，New York：Farrar，Straus，& Giroux，1976，p. 232.

50 年代中后期到"文化大革命"期间"个人主义乃万恶之源"的文学观念进行清算，诗人们以"五四"的"个性解放"精神及"自由创造"精神为武器，逐步展开了对"个人"话语权的追求及对人性的挖掘。林贤治认为，在这一时期众多的文类中，"以诗歌的成就为最大。首先，它以自由的、人性的、富含激情的语言，喊出了一代人的心声，成为变革的前奏。它不是依仗个别人，个别作品，而是从总体上颠覆了一个颂歌时代。此外，在形式上和技法上，也抛弃了与颂歌相适应的程式化的一套，而具有了'先锋'的性质"①。

虽然从整体看来，朦胧诗"自我"的声音有些弱小，主体意识的表达有些含糊其词，但在其时特殊的环境中，他们也开辟出了新诗史上前所未有的有关"我"的主题，如：

我们注定还要失落／无数白天和黑夜／我只请求留给我／一个宁静的早晨／皱巴巴的手帕／铺在潮湿的长凳／你翻开蓝色的笔记／芒果树下有隔夜的雨声／写下两行诗你就走吧／我记住了／写在湖边小路上的／你的足迹和身影……（舒婷《赠别》）

我想／我就是纪念碑／我的身体里垒满了石头／中华民族的历史有多沉重／我就有多少重量／中华民族有多少伤口／我就流出过多少血液……（江河《纪念碑》）

值得一提的是，朦胧诗派中的多多、芒克等人超越了同时期的诗人，较早地结束了精神对主流意识形态的依附，他们诗歌中启用的"自白"式话语书写方式使诗歌拥有了鲜明的个性特征和强烈的批判

---

① 林贤治：《中国新诗五十年》，漓江出版社 2011 年版，第 86 页。

意识。荷兰汉学家柯雷（Maghiel van Crevel）曾以异域的眼光来审视"今天"诗群及多多对中国诗学的创新，他认为："'今天'诗群和多多的出现是中国文化'劫后重生'的必然结果，代表了中国诗歌自身的一种复兴，是对服务于意识形态的正统文学的反拨。"① 而利大英（Gregory B. Lee）也在 2002 年出版的多多诗歌英译本《捉马蜂的男孩》（*The Boy Who Catches Wasps*: *Selected Poetry of Duo Duo*）前言中重点指出："多多在中国当代诗歌语言革新中对新诗语言的创新作出了巨大贡献。"② 而且，多多的"自我"在诗歌中的切入，个体经验的诗性陈述等艺术变革明显早于其他诗人，在 1973 年写就的《手艺——和玛琳纳·茨维塔耶娃》中，多多毫不忌讳地陈述自己的私人情感：

> 我写青春沦落的诗/（写不贞的诗）/写在窄长的房间中/被诗人奸污/被咖啡馆辞退街头的诗/我那冷漠的/再无怨恨的诗/（本身就是一个故事）/我那没有人读的诗/正如一个故事的历史/我那失去骄傲/失去爱情的/（我那贵族的诗）/她，终会被农民娶走/她，就是我荒废的时日

虽然芒克和北岛同为《今天》的发起人，但与北岛比起来，芒克的诗多了一种日常性和更厚重的个体性。在《一个死去的白天》里，芒克这样写道："大地突然从脚下逃离而去/我觉得我就好像是你/一下掉进黏糊糊的深渊里/尽管我呼喊，我呼喊也没有用/尽管我因痛苦不堪而挣扎/我拼命地挣扎，但也无济于事/于是我便沉默了，被窒息了/像你一样没留下一丝痕迹。"因此，可以这样说，从"自我""个体经验"

---

① 梁建东、张晓红：《论柯雷的中国当代诗歌史研究》，《当代文坛》2009 年第 4 期。
② 赫琳：《论多多诗歌在英语世界的翻译与选编》，《天中学刊》2015 年第 1 期。

入诗这个层面来说，多多、芒克是中国诗歌创新的先行者，但他们诗歌里还会时不时闪烁着启蒙、革命、民族、大众、阶级等主流叙事的身影，对于这一时期的诗人来说，这些主题也许是无法避免的。

到 1980 年代中后期，个人主体意识逐渐深入人心，日常、世俗的生活成为主流的文化形态。这时，在"文化大革命"时期一直处于"旁观者"身份的更年轻一代的诗人——第三代诗人①开始粉墨登场，他们激情洋溢地创建了"大学生诗派""他们文学社""海上诗群""新传统主义""撒娇诗派""非非主义""整体主义""莽汉主义""星期五诗群""极端主义""圆明园诗群"等诗歌群体，他们的诗学主张虽然各有侧重，但也有着明显的共同点，即摒弃了朦胧诗人时期的"小心翼翼"，开始将"个人""我""口语式表达"等曾经的非主流叙事大张旗鼓地带入诗歌殿堂。而在他们之中，自白诗人是一个特殊的群体，他们既没有统一的纲领，也没有口号或宣言，有的诗人还属于其他的诗歌群体，但他们有着鲜明的共同特征，那就是因循美国自白诗的书写模式，以"我"为抒情主体，以个体或个人经验为写作素材进行大胆的诗歌尝试和实验，其"自白"式书写在凸显"小我"、大胆抒情、突破禁忌等方面超越了以往的任何时代。

在《纸上建筑》中，翟永明将自己 1980 年代早期对朦胧诗的模仿之作如《小草》《蒲公英》等称为"失败之作"："一九八〇年至一九八二年我读了大量的书，写了不少失败之作，大部分是些风花雪月的胡乱抒情：对童年的回忆和带点理想主义色彩的爱情诗。"②

---

① 一般来说，"'第三代诗'作为一个整体的形象，是经由 1985 年四川的《大学生诗报》、《现代诗内部参考资料》到《诗歌报》、《深圳青年报》主办的'1986 中国现代诗群体大展'而逐步树立起来的"（唐晓渡：《选编者序》，载唐晓渡选编《灯芯绒幸福的舞蹈》，北京师范大学出版社 1992 年版，第 2 页）。

② 翟永明：《阅读、写作与我的回忆》，载翟永明《纸上建筑》，东方出版中心 1997 年版，第 224 页。

1984 年，在中国朦胧诗及美国自白诗交互影响下，翟永明完成了自白诗的代表性作品——《女人》组诗的创作。虽然《女人》的发表时间推迟到了 1986 年，但 "《女人》的发表不仅让翟永明成为中国新诗史上最重要的诗人之一，也使中国新诗迈入了一个新的阶段"①。

　　1987 年，孙桂贞更名为伊蕾。这一简单的更名事件却昭示着诗人精神世界及诗歌书写的裂变。因为之前的孙桂贞长于描绘外在世界的变化和冲突，属于典型的浪漫主义诗人，早期诗歌如《你以为……》《绿树对暴风雨的迎接》《火焰》《浪花致大海》《闪电》等应和着时代的潮流，充满 "人本主义" 的声音，如 "千条万条的狂莽的手臂啊，/纵然你势必给我损伤的鞭子，/我又怎样不昂首迎接你?！/迎接你，即使遍体绿叶碎为尘泥！/与其完好无损地困守孤寂，/莫如绽破些伤口敞向广宇。"（《绿树对暴风雨的迎接》，1982）而之后的伊蕾以 "自白" 为书写媒介，将诗歌的触角深入 "内在的自我"，以自我观感、私人经验等为素材，建构起个体生命体验的诗学形式，并实现了诗歌美学上的重大突破。如《情舞》《独身女人的卧室》《被围困者》《叛逆的手》《流浪的恒星》等，在 "不不，你我原本只是一体/被宙斯一分两半/亿万年来渴望着融合"（《情舞：疯狂的探戈》）对男女两性关系的思考超越了固有的经验，不但强调了男女两性的生而平等，更展示了相容而非对立的性别关系图景。而 "我禁忌什么我自己也不知道/我无视一切"（《情舞：禁忌》）则以昂扬的姿态言说了个体生命所能趋近的高度。

　　相对同时期的其他诗人，陆忆敏的特殊性表现在两个方面：一是她的作品主要集中在 1981—1993 年。二是虽然陆忆敏受弗吉尼亚·伍尔芙（Virginia Woolf）和普拉斯的影响至深，但她却 "试图在被割

————————————

① 罗振亚、李洁：《翟永明年谱》，《东吴学术》2014 年第 4 期。

断的中国传统和不断带来兴奋点的西洋传统之间，通过个人机杼，在画龙点睛的有限的异化中保全那固执而优越的汉语之心"①。也就是说，陆忆敏的自白诗承袭普拉斯，但不盲从，她将 1980 年代过于依赖西方经验的诗歌美学体验拉回到中国文化视角之内，重新加以审视和加工，并最终形成具有中国美学特色的死亡叙事、自我分裂主题及女性意识。从而实现了"它尚无坟，我也无死，依墙而行"（《避暑山庄的红色建筑》）中传统与个人经验叙事的杂糅与有效整合。因此，如崔卫平所言："就本世纪最后 20 年内对于现代汉诗写作的可能性和潜力进行探索和建树而言，陆忆敏无疑是一位'显要人物'和'先驱者'。"②

二　"自白"与自传及自我

必须承认的是，自白诗之所以为自白诗的重要特征之一就是诗歌文本中有事实因素的存在。塞克斯顿是自白派中较多运用真实生活细节入诗的诗人，母亲的病痛，因自己的精神疾病而不得不与孩子分离的事实，她的偷情甚至手淫经历等均可以作为写作素材进入诗歌，而且这些细节甚至包括明确的时间和地点。洛威尔《我和德弗罗·温斯洛舅舅的最后一个下午》（"My Last Afternoon with Uncle Devereux Winslow"）是其自传性作品的典范。在这首诗歌中，洛威尔不但直接以舅舅的名字入诗，而且诗中的外祖父、外祖母及父亲的故事和情节基本是现实的再现。相对洛威尔和塞克斯顿，贝里曼和普拉斯在运用事实入诗方面较为克制，但是，当贝里曼郑重其事地告诫读者《梦歌》

---

① 胡亮：《谁能理解陆忆敏》（序一），载陆忆敏《出梅入夏：陆忆敏诗集（1981—2010）》，北岳文艺出版社 2015 年版，第 2 页。

② 崔卫平：《文明的女儿——关于陆忆敏的诗歌》（评论二），载陆忆敏《出梅入夏：陆忆敏诗集（1981—2010）》，北岳文艺出版社 2015 年版，第 121 页。

（*The Dream Songs*）是关于"一个想象的角色（不是诗人，不是我）"
时，大部分的读者却认为他伪装得有点过头了。① 玛克辛·库明
（Maxine Cumin）也认为，"当贝里曼声称亨利和他没关系时，他其实
骗不了任何人"②。同样，在普拉斯看似与生活无关的诗歌文本中
也能搜寻到真实生活的蛛丝马迹，如《晨歌》（"Morning Song"）与
其儿子尼古拉斯的出生有关，《郁金香》（"Tulips"）来自一次手术，
蜜蜂组诗来自她养蜂的经历，《割伤》（"Cut"）来自一次厨房事
故，《爱丽尔》（"Ariel"）中的"爱丽尔"是普拉斯饲养的一匹马的
名字等。

同美国自白诗相似，自传因素在中国自白诗写作中也多有呈现，
如翟永明的《静安庄》组诗是她 1974 年高中毕业后插队时的经历呈
现。诗名"静安庄"正是她所插队的村庄的名字，就连"我十九，
一无所知，本质上仅仅是女人"（《静安庄·第九月》）中的"我十
九"也是 1955 年出生的翟永明插队时的真实年龄。另外，李亚伟的
《中文系》不仅以作者本人的名字"亚伟"直接入诗，而且诗中的
"胡玉""万夏"等还是"莽汉主义"的诗友。

虽然自白诗中有自传成分的存在，正如贝里曼所说："诗人单数
第一人称诗中的'我'在某种意义上根植于诗人自己的个性，他也
在努力把一个人'自由地、完全地、真实地'记录下来。"③ 但是，
作为艺术形式的一种，自白诗包含的内容却远远大于事实本身，它是
经验基础上的自我虚构，是创造而非仅仅是事实。或者可以这样说，

---

① Edward Shannon, "Shameful, Impure Art: Robert Crumb's Autobiographical Comics and the Confessional Poets", *Biography*, Vol. 35, No. 4, Fall 2012, pp. 631−632.

② David H. Blake, "Public Dreams: Berryman, Celebrity, and the Culture of Confession", *American Literary History*, Vol. 13, No. 4, Winter 2001, p. 718.

③ John Berryman, *The Freedom of the Poet*, New York: Farrar, Straus & Giroux, 1976, p. 230.

诗所描述的是普遍性的事实，即在特定的场合、时间和空间，某一种类型的人可能或必然要说的话或要做的事。如《梦歌》（*The Dream Songs*）里的亨利，这位集阴沉、狂热、抑郁于一身的亨利代表了"二战"后"破碎的、心理失常"的任何"自我"。而翟永明的《静安庄》虽然是依据她生命中重要的个人经验创作而成，但这组诗表述的并非仅仅是个人经验，而是"被历史、传说所忽略的中国经验"①。因此，即使有作者本人生活真实的存在，自白诗和"真事"之间并无太大的关系，真实的经验转化为可操作的诗歌素材，并保留了其激发生命力的能量，诗人将之纳入艺术想象和创造的王国之中，最终使作品产生真正打动人心的力量。② 正如伊蕾的《独身女人的卧室·镜子的魔术》"你猜我认识的是谁/她是一个又是许多个"中所要表达的作者与"我"、"事实"与"虚构"之间的关系一样，它一方面利用"自传"这一形式来突出和强调"自身""痛苦和疯狂"的具体和真实性；另一方面，它又摆脱事实，通过对"自白"的分析和想象的介入来减弱或消解事实所带来的负面影响，并使其进入艺术的审美领域。③

早在 1972 年，詹姆士·奥尔尼（James Olney）就在《自我的隐喻：自传的意义》中讨论了作者生活和写作之间的关系，他认为，自白派和其他流派没有质的区别，"创造"是他们共有的标签。人们总是将个人的私人精神及自我投射在写作中。④ 而"个人""自我"也

---

① 丁帆等编：《中国新文学史》（下册），高等教育出版社 2013 年版，第 139 页。

② 周瓒：《翟永明诗歌的声音与述说的方式》，载周瓒《透过诗歌写作的潜望镜》，社会科学出版社 2007 年版，第 217 页。

③ Edward Shannon, "Shameful, Impure Art：Robert Crumb's Autobiographical Comics and the Confessional Poets", *Biography*, Vol. 35, No. 4, Fall 2012, p. 632.

④ James Olney, *Metaphors of Self：The Meaning of Autobiography*, Princeton：Princeton University Press, 1972, p. 3.

并不是一个统一的实体，人们对"核心自我"的追求也只能限于追求而已。因为人并没有固定不变的内在性，而"我"也并不是我们所简单想象自己的样子，这个"我"既不是"始终如一"的，也不是"多种多样"的，"我"是"自我"之集，所有的"自我"合成了现在的"我"。从这一点来看，弗洛伊德的"自我""本我""超我"也能说明一些问题。日常生活如此，那处于文本生产中的"我"就更具有极大的不确定性。所以，要清楚地描写"我"，就必须和自我保持距离，并在反思中重构自己的经验，在世界中认识自身。当"我"以第一人称的身份出现在诗句中时，我们只能说，它不是"个人"的，也不是"非个人"的，它就是它自己。所以，自白诗只是提供了一个自我的虚构叙述，这一叙述通过想象的主体获得代理者身份，这个想象的主体身份是社会的产品，为个人提供了代理，而这个最后的产品就不再是事实的誊写，而是文学的创造了。

虽然洛威尔在评价自己的作品时说过，"（读者）希望读到一个真实的罗伯特·洛威尔"①，但只写自己不但是不可能的，而且"让它听起来像真的"更需要智慧。所以，自白诗写作者认识到这一难题，并用消解事实和装饰事实的方法来创造事实，最终使自白诗成为诗人个人生活的神化和艺术化。正如塞克斯顿所言，"'自白'本身并不是艺术"，"诗歌需要与真正事实与原初的情绪之间的分离"，所以，"我经常会坦陈那些从未发生过的事实"②。而这些诗歌创作理论在她的那些看起来最"自白"的诗歌文本如《双重像》（"The Double Image"）、《两个儿子》（"Two sons"）中得到证明。在《两个儿子》

---

① Robert Lowell, "After Enjoying Six or Seven Essays on Me", *Salmagundi*, No. 37, 1977, p. 113.

② Laurence Lerner, "What is Confessional Poetry", *Critical Quarterly*, Vol. 29, No. 2, 1987, p. 54.

（"Two sons"）中，塞克斯顿戴上的是一位老妇人的面具，这位老妇人的两个儿子都结婚了，而现实中的塞克斯顿并没有这样的两个儿子。《爹地》（"Daddy"）是普拉斯最具有自传性质的诗歌之一，也是其将现实与虚构重组，并重建诗性真实的优秀之作。普拉斯的父亲奥托·普拉斯（Otto Plath）1940 年代中期突发脚趾酸痛却固执地拒绝就医，从而导致最后的不治而亡，这在普拉斯幼小的心灵留下对父亲永无休止的怨恨和创伤，这个创伤蔓延为《爹地》（"Daddy"）中"恐怖的雕像，一个脚趾灰色，/大得像弗里斯柯海豹"的超现实主义描写。而奥托·普拉斯的德国血统也使"他"在《爹地》（"Daddy"）中变形为一位残酷镇压犹太人的法西斯分子。这种"现实"的艺术再现在中国自白诗人的诗歌中同样存在：现实中一个故人去世的悲哀消息在陆忆敏的《你醒在清晨》中诗化为"远处一张网后/悬挂着你熟悉的邻人"的陌生化美学陈述；翟永明 7 岁时疼爱她的祖母去世，她因此而遭遇的第一次死亡洗礼在长诗《称之为一切》中幻化为乌鸦、猫头鹰、腐烂的葡萄、结霜的土地等令人惊惧而又绝望的意象，及"一切现已崩溃/这些颓败的家族/连同我的时代/在暮色中恸哭"的深切痛感。这种诗性的真实超越了经验自我，成就了诗歌文本的另一层气度。因此，可以说，文学文本是现实、虚构、想象三位一体的产物，作者的意图、态度和经验等"未必就一定是现实的反映"，而虚构是联系现实与想象的枢纽，它"将已知世界编码，把未知世界变为想象之物"①。

　　所以，自白文学与自传最直接的区别就在于，自白文学不是生活经验的无中介移用，而是生活经验的神话。它以文学审美为中心，对生活经验进行挪用和移植，不但是个人经验的再构造和重新包装，而

---

　　① ［德］沃尔夫冈·伊瑟尔：《虚构与想象：文学人类学疆界》，陈定家、汪正龙译，吉林人民出版社 2003 年版，第 15—16 页。

且是生活经验和文学想象的无缝衔接。

三 "自白"与形式及审美

首先要说明的是，"自白"与诗歌形式及审美的关系虽然在国内批评界没有得到足够的重视，但难能可贵的是，一些诗人及评论家对此亦有自己的思考和看法。2010 年王家新在《独白与旁白》中提到了诗歌的"个人性"问题，在他看来，"无论哪一个国家或民族的作家诗人，都必得首先立足于他的'个人性'。当然，这种'个人性'不是抽象的，而是一种具体的、历史的存在。脱离了这种'个人性'，脱离了个人经验的具体肉身，任何对'本土性'的张扬都有点可疑"①。最重要的是，他把诗歌定义为，"语言与心灵的相互寻找"②，而诗歌中的"自白"在这个寻找的过程中充当了重要的角色，心灵的独语转化为诗歌语言并以诗歌审美的面目示人，这些最终构成了诗歌的本质所在。

在《什么是自白诗》（"What was Confessional Poetry"）中，米德尔布鲁克将自白定义为"自白的是内容，而不是技巧"③。正因为此，虽然《心针》（*Heart Needles*）、《生活研究》（*Life Studies*）、《去精神病院半途而返》（*To Bedlam and Part Way Back*）、《所有我可爱的人》（*All My Pretty Ones*）、《爱丽尔》（*Ariel*）、《梦歌》（*The Dream Songs*）等诗集中的诗歌"像当代其他最好的诗篇一样，拥有娴熟并无可厚非的诗歌技巧，但他们的诗歌内容却使公众的批评几经反复"④。在中

---

① 王家新：《独白或旁白》，《扬子江评论》2010 年第 6 期。

② 王家新：《独白或旁白》，《扬子江评论》2010 年第 6 期。

③ Diane W. Middlebrook, "What was Confessional Poetry?" in Jay Parini, ed. *The Columbia History of American Poetry*, New York: Columbia University Press, 1993, p. 633.

④ Diane W. Middlebrook, "What was Confessional Poetry?" in Jay Parini, ed. *The Columbia History of American Poetry*, New York: Columbia University Press, 1993, p. 636.

国也有"当代中国最好的女性诗歌都是自白诗"① 和"自白"是女性形而下的自我抚摸的悖论表达。这些批评在本章第一节和第二节中已充分论述，而现在要思考和讨论的是，"自白"真的只是内容吗？

其实，早在 1976 年，福柯（Michel Foucault）就注意到了诗歌中的"自白"问题，但福柯并没有仅仅把它看作"内容"，而是认为它是诗歌对"自白之形能抓住的闪闪发光的幻觉"的寻求，是诗歌形式的一种，并且是"为了生产真实而依靠的主要形式"②。如果如福柯所言，那么，"自白"就必须有自己固定的"模子"，纵观中美自白诗中的"自白"因子，可以发现它包括如下诗学要素：

1. "我"；
2. 记忆的参与；
3. 故事；
4. 隐形的权威；
5. 想象的读者。

这其中，第一人称的"我"看似一个存在的实体，"我"的记忆从属于行动和情绪的阐释，驱动诗歌的不是事实而是需要的力量，夸张的意象不是为了事实而存在，而是为了强调情绪。另外，诗中隐形在场的那个（些）人构成了诗歌中的权威力量，诗歌处理的正是关于权威的问题，即谁有权力理解或谅解的问题。在自白诗中，说话主体与叙述内容的主体是一致的，有些"我"颠覆了权威，以胜利者的姿态高调示人，有些被权威击败，"我"便以受害者的姿态说出一

---

① 臧棣：《自白的误区》，《诗探索》1995 年第 3 期。
② Michel Foucault, *The History of Sexuality*：*Volume* Ⅰ：*An Introduction*, trans. Robert Hurley, New York：Vintage Books-Random House, 1990, pp. 58 – 59.

切。在这点上，诗歌成为一种在权力关系中展现自身的仪式。而且，在这一过程中，"自白"引起自白的听者——读者的情绪共鸣，使其成为诗歌的直接参与者。不但如此，读者还充当了裁决者的角色，因为自白诗中"自白"的受众并不是读者，而是面对陈述者的缺席的存在，是决定陈述者情绪的权威力量，同时也是陈述者倾诉、埋怨，甚至仇视的对象，那么，这时的读者就有了调停和仲裁的任务及快感，这样的参与经验把叙述者、文本、读者紧密地关联在一起，实现了读者对文本叙述的最大化参与。

因此，可以这样说："自白本身就是一种诗歌形式，一种来自它所陷入的社会和文化的文学形式。"① 它和反讽、悖论、含混、转喻、陌生化等一样，目的是完成自己的诗意想象，并将自己的思想用审美艺术的形式传递给读者。与上面所列举的诗歌艺术不同的是，它所采用的形式就是不拘泥于形式，所采用的技巧就是不依附于技巧。一些批评家拒绝把"自白"与诗歌形式联系在一起，是因为依据诗歌形式的传统，形式就是韵律、韵脚等的构成，但现代的诗人因自由诗体或开放诗体放弃了传统的诗歌形式，但这并不代表形式的消亡，形式反而被赋予了更宽广的语境。早在 1920 年，郭沫若就曾表达过对现代诗韵律的深刻见解："诗之精神在其内在的韵律（intrinsic Rhythm），内在的韵律（或曰无形律）并不是甚么平上去入，高下抑扬，强弱长短，宫商徵羽；也并不是甚么双声叠韵，甚么押在句中的韵文！这些都是外在的韵律或有形律（Extraneous Rhythm）。内在的韵律便是'情绪的自然消涨'。"②

而且，诗歌形式的特征之一就是它具有流动性。如西方的十四行

---

① Lori J. Williams, American Confessional Poetry: Autobiographical Fictions and Poetic. Form in Plath, Lowell, Sexton, and Berryman, Ph. D. dissertation, Indiana University, 1995, p. 17.

② 郭沫若：《文艺论集》，人民文学出版社 1979 年版，第 204 页。

诗、头韵、英雄双韵体，中国的平仄、对仗等。也就是说，诗人可以把这种形式据为己有，其他的诗人和诗歌也可以利用这种形式，但诗歌形式相对于诗人来说是独立的。"自白"就具有这样的流动性，因为读者即使不了解作者及他的生活，也可以辨识出这是否自白诗。在这里，自白本身就是一种态度，是与诗歌内容相一致的表达技巧，无论诗歌的韵律和韵脚是什么，内在于他们的自白形式都能引起强烈的共鸣。

综上所述，自白艺术并不是脱离审美的艺术，不是一种不洁的艺术，更不是一种哗众取宠的艺术，它既是内容又是形式，并拥有自己鲜明的审美态度和规范的艺术规律。

第四章

文本策略：中美自白诗相通的美学追求及艺术表现

　　尽管中西诗学探讨问题的途径有所不同，但艺术的本质规律却是相似的。而且，在比较文学的研究中，"尽管东西方诗学在基本概念和表述方法上有很大差异，但它们对文学艺术审美本质的探求、对文艺的真正奥秘的探求这个目标是一致的。文化不同，语言不通，但主题是共同的，心灵是相通的"①。中美自白诗之所以具有诗学意义上的可比性，并不只在于其渊源和继承，还在于其精神、气质上的同谋性及共同的"诗心"。也即钱锺书先生所说的"心之同然，本乎理之当然，而理之当然，本乎物之必然，亦即合乎物之本然"②。

　　在诗学实践上，中美自白诗在诗学形态上都

① 刘介民：《中国比较诗学》，广东高等教育出版社 2004 年版，第 37 页。
② 钱锺书：《管锥编》，中华书局 1979 年版，第 50 页。

具有先锋倾向，是对各自所处时代诗学的反动。在诗歌审美上，虽然在译介还不太发达的 1980 年代，中国自白诗人对美国自白诗的领会并不一定十分深入、透彻，但自白诗的特质及共同的诗心和审美之心使两者在多个方面达成了美学建构的一致性：两者除了都拥有鲜明时代特征的口语化、叙事性等特征，戏剧手法的运用、意象的陌生化使用、声音与节奏入诗等彰显了自白诗独特的美学特点和别样的审美情趣。另外，需要强调的是，在诗歌美学和诗歌语言的建构上，虽然大部分中国自白诗人属于第三代诗人群落，但质量上乘的自白诗显然脱离了第三代诗歌"反抒情""'反文化语言'，反语言乌托邦，打破语言的所指/能指深度、文化性沉积及'语义关联'（'非非'用语）而回到平面、'原生态'语言等"① 较为共性的美学特征，而保留了对抒情性、浪漫主义、文化切入、语言深度等的选择和坚守。

第一节 自白诗的"戏剧性"

在进行诗歌创作的同时，洛威尔曾经创作完成了八部戏剧。所以，罗伯特·布鲁斯汀（Robert Brustein）把他称为"一位精彩绝伦的新戏剧家"②，这种说法虽可能有过誉之嫌，但也从侧面证明了洛威尔对戏剧的倾心，以及戏剧性在其诗歌中充分存在的背景渊源。威廉斯·卡洛斯·威廉姆斯在《在悲剧的情绪中》（"In a Mood of Trage-dy"）中论述洛威尔的早期作品《卡瓦纳家族的磨坊》（*The Mills of the Kavanaughs*）时，就开始关注其中的戏剧性书写。A. R. 琼斯（A. R. Jones）在论及洛威尔、普拉斯、塞克斯顿等人的诗歌时，把

---

① 陈旭光：《诗学：理论与批评》，百花文艺出版社 1996 年版，第 198 页。
② Robert Brustein, "Introduction", in Robert Brustein, ed. *The Old Glory*, New York: Farror, Straus, and Girout, 1968, p. 1.

戏剧性的体现扩大到整个自白诗派，并且认为："正是洛威尔对戏剧独白的青睐，才使美国诗歌逐渐把戏剧独白作为一种主要的诗歌模式进行大面积的推广和应用。"① 斯蒂芬妮·沃特曼（Stefanie Wortman）更是把洛威尔的诗名同其诗歌的戏剧性关联在一起，她认为："洛威尔在《卡瓦纳家族的磨坊》和《生活研究》中对戏剧独白更强烈的倚重，揭示了这种形式在洛威尔的诗歌中建构个人声音的特殊作用，及《生活研究》能成为美国诗歌史之地标的部分原因。"② 在对戏剧的兴趣上，贝里曼和洛威尔有些相似，1937 年，《克利欧佩特拉：冥想曲》（Cleopatra：A Meditation）的完成标志着贝里曼写作"学徒身份"的结束。并且，此剧为贝里曼诗歌的结构完善和角色处理起到了有效的助推作用，"这些影响在《向布雷兹特里特夫人致敬》（Homage to Mistress Bradstreet）和《梦歌》（The Dream Songs）中体现得最为明显"③。2008 年，杰伊·彼得斯（Jay Peters）在《内在混乱的戏剧呈现：莎士比亚和约翰·贝里曼的〈梦歌〉》（"The Dramatic Presentation of Inner Turmoil：Shakespeare and John Breeyman's Dream Songs"）中详细分析了《梦歌》（The Dream Songs）中内在冲突的戏剧性外现，并就戏剧性对诗歌美学的提升给予了高度评价和肯定。而最能说明贝里曼诗歌戏剧性的例证之一就是：《梦歌》中的第二首诗《大纽扣、纸高帽：上场》（"Big Buttons，Cornets：the advance"）直接以黑人巡回说唱表演宣告角色进场的通告作为题目，诗歌的开始即

---

① A. R. Jones, "Necessity and Freedom：The Poetry of Robert Lowell, Sylvia Plath and Anne Sexton", *Critical Quarterly*, Vol. 7, No. 1, 1965, p. 14.

② Stefanie Wortman, "'The Third Person Possessed Me'：Robert Lowell's Monologues", *Papers on Language and Literature*, Vol. 47, No. 1, Winter 2011, p. 88.

③ Charles Thornbury, "An Introduction to 'Cleopatra：A Meditation'", in Richard J. Kelly and Alan K. Lathrop, eds. *Recovering Berryman：Essays on a Poet*, Michigan：The University of Michigan Press, 1993, p. 275.

一出戏剧演出的开场。同样，两位自白派女诗人诗歌的戏剧性也得到了学界的关注和肯定，保罗·布列斯林（Paul Breslin）在《心理政治的缪斯》（*The Psycho-Political Muse：American Poetry Since the Fifties*）中把普拉斯的《蜂会》（"The Bee Meeting"）、《爹地》（"Daddy"）及《仁慈》（"Kindness"）等看作诗歌中戏剧体的代表性作品。黛安·伍德·米德尔布鲁克在《什么是自白诗》（"What was Confessional Poetry?"）中用较大的篇幅论证了普拉斯的《拉撒路女士》（"Lady Lazarus"）、《爹地》（"Daddy"），塞克斯顿的《堡垒》（"Fortress"）中戏剧独白的运用。1999 年，克里斯蒂娜·布里茨左勒克斯在专著《西尔维亚·普拉斯和悲悼剧院》（*Sylvia Plath and the Theatre of Mourning*）中充分论述了普拉斯诗歌的戏剧性魅力。而塞克斯顿更是在 1975 年收录在《庄严地划向上帝》（*The Awful Rowing Toward God*）中的《演出》（"The Play"）中道出了她的人生、她的艺术与演出的姻缘："我是唯一的演员。/只有一个女人来演这整出的戏/有点太难。/但演出就是我的人生，/我的独幕剧。"

相对美国学界对自白诗的戏剧性所表现出的浓厚兴趣，中国自白诗人作品中的戏剧性并未引起学界过多的关注。直到翟永明 1990 年代转型后包蕴大量明显戏剧特征的诗歌文本如《咖啡馆之歌》《莉莉和琼》等的出现，戏剧性才真正引起部分学者如罗振亚、陈仲义等的注意。以陈仲义的《戏剧性：紧张中的冲突包孕——张力诗语探究之六》为例：他以翟永明 1990 年代之后的多首诗歌为对象，集中论述了其中的戏剧情境、布局、对白、冲突等，并借此肯定了戏剧理论和实践对诗歌艺术的助推作用。但实际上，翟永明 1980 年代的自白诗中已然包含了戏剧性手法的运用，在回答周瓒对其早期组诗诗体形式的追求的提问时，翟永明说：

80 年代我的写作处于一种兴奋期。首先是青春期的泛滥精力，其次是对诗歌的狂热追求，使得我在每一次较为投入的写作中，非组诗不足以淋漓尽致地、不受羁绊地表达我的冲动的内心。除此之外，我对诗歌的结构和空间感也一直有着不倦的兴趣，在组诗中贯注我对戏剧的形式感的理解，也是对我所喜爱的戏剧的一点痴心。①

在其他 1980 年代自白诗人的诗篇中，也包蕴着丰富的戏剧性结构及表演模式，比较突出的如陆忆敏，她会把"此窗"（《美国妇女杂志》）打开，仿佛拉开了戏剧的幕布，然后上演一出只有女人的戏剧；她也会直接把"我"放在舞台的中央："在舞台上/我享受着静态的时光/倾听到远处细微的水声/也听到思想上小小的杂音"（《姿态》）；并在《温柔地死在本城》中投入地表演："我在它们的足点里悠悠起舞/微微颔胸，摇摇裙摆/我的皮肤在晨光下丰满耀眼/散发着愈来愈浓的鲜荔香味"；而在《室内的一九八八·二月二十四日》中，舞台剧的叙事功能得以凸显："我多次重归旧园/从那昏暗的走廊终端/与先人们同时落难/身临绝境的不是我/但我与身俱在//忙忙碌碌，解难济贫/就像我潜在的热情/经过逃亡与规避终于获救/就像在舞台上/除了戏幕之间/都隐入黑暗"。另外，伊蕾《独身女人的卧室》组诗中每首诗都具有独幕剧的特点，而《情舞》中的部分诗篇如"这一天我中了巫术/你伸出手，我就跟了你去/跨过惊慌的灯光/我是这样光明正大地贴近了你"（《情舞·这一天我中了巫术》）具有典型的戏剧表演的形式及特点。

---

① 翟永明：《词语与激情共舞——回答周瓒的访谈》，载翟永明《正如你所看到的》，广西师范大学出版社 2004 年版，第 47—48 页。

如第三章所论，自白诗"像当代其他最好的诗篇一样"①拥有高超的诗艺和技巧，那么，自白诗中第一人称"我"的直接入诗，诗歌中自传式真实元素的使用就不会是随意的、无美学的呈现，而是整体"诗艺"的一部分，戏剧元素入诗就是应和第一人称"我"，使"我"兼具抒情的便利及艺术美学品质的策略之一。首先，在诗歌写作中，纯粹的抒情并不能充分表现自我与自我、自我与他者之间的对抗与冲突，而戏剧手法在展现冲突方面却是得心应手。其次，自白诗戏剧化的呈现复杂化了作者的"我"、操控者的"我"与说话者的"我"之间的关系，一方面成为弱化"我"的真实性的有效途径；另一方面，"我"与说话人、作者之间交错复杂的关系也使读者与熟悉的语言形式和表达方式相疏离，增强诗歌的"陌生化"效果。而且，"我"参与其中的戏剧化成为诗歌审美过程中的第一道障碍，跨越障碍的过程也成为强化作者与读者之间关系的过程。

此部分要谈的自白诗的"戏剧性"并非指真正的戏剧演出中剧本、导演、演员、剧场、观众等要素组合在一起所呈现的形式，而是专指文学构成的戏剧性。当然，正如陈仲义所言，"戏剧性本身也是一种相对广阔复杂、未完成的混沌概念，不断遭遇时代的诘问和自身的悖论"，但所幸的是，"固然戏剧性没有固定的审美节点，却拥有众多构成单位，众多构成要素达成包容性的审美张力"②。所以，本篇暂且搁置"戏剧性"的争议，而只谈论其要素或特征在自白诗中的具体呈现及美学效果的达成。总体看来，戏剧性最被认可的三个特征"集中、紧张、曲折"③ 以戏剧悬念、戏剧冲突及戏剧面具的形式

---

① Diane W. Middlebrook, "What was Confessional Poetry?" in Jay Parini, ed. *The Columbia History of American Poetry*, New York: Columbia University Press, 1993, p. 636.

② 陈仲义：《戏剧性：紧张中的冲突包孕——张力诗语探究之六》，《福建论坛》（人文社会科学版）2012 年第 8 期。

③ 董健：《戏剧性简论》，《戏剧艺术》2003 年第 6 期。

在自白诗中得以充分体现和展示。

一 戏剧悬念的预设

预设悬念是加强文学的文学性和趣味性的手段之一，加强了作品的张力，并为读者积极参与到作品中提供了重要线索和必要的途径。在中美自白诗中，悬念是以作者或说话人"我"看似随意的"提示"或发问设置的，"我"的参与、"我"对诗人—读者关系的操纵使原本清晰的文本空间复杂化，对"我"的身份及话语的猜疑及探究本身使悬念戏剧化，并成为解决悬念的第一个步骤，也是最重要的步骤。

在《梦歌》（*The Dream Songs*）开篇的"作者注解"（"Author's Note"）中，贝里曼除了向许多人表达谢意之外，重点强调的就是《梦歌》（*The Dream Songs*）中的角色与作者、亨利等的关系问题：

> 《梦歌》里许多的观点和差错与亨利这个角色无关，更与作者无关，而只与作品本身有关。虽然对批评家们的回应是纯粹浪费时间的行为，但因为一些人对《77首梦歌》的评判是如此地误入歧途（有人说已经就此进行了书面道歉，但谁看到了那些道歉呢？）所以我不得不在此更正一句：无论《梦歌》中的角色有多大的阵容，它本质上就是一个名叫亨利的虚构的人物形象（不是诗人，不是我），他是一个刚刚步入中年的美国白人男子，有时候会换上一张黑人的面孔，遭受过不可挽回的失落或失败，有时以第一人称说话，有时以第三人称，有时甚至以第二人称进行叙述，他有一位没名没姓的朋友，总叫他博恩斯先生或其他。①

---

① John Berryman，"Author's Note"，in John Berryman，*The Dream Songs*，New York：Tarrar，Straus and Giroux，2007，p. XX.

　　而在 BBC 上朗诵《爹地》（"Daddy"）时，普拉斯也曾就诗歌中的人物角色做过如下阐释："此诗出自一个有着恋父情结的姑娘之口。她父亲去世时她视他为上帝。事实上，她父亲是一个纳粹分子，母亲很可能是犹太人，这使得她的情况变得复杂。女儿身上这两种血统既相互结合，又彼此抵触。"①

　　按理说，审美的过程就是读者（观众）自己沉浸其中的过程，读者（观众）感兴趣的根本不是艺术家想说什么，而是自己能得到什么样的阅读（观看）体验和生命感受。所以，阿尔蒂里认为："通常情况下，艺术家努力抹去他们阐释的痕迹，以便读者（观众）可以根据自己的感觉来定义和品味作品而不是去思考或琢磨作者想说的到底是什么。"但是，他也注意到了这样一个事实："在一些作品中，对读者的情感控制的确与艺术家的有意识行为产生一定的关联。"②尽管贝里曼、普拉斯的注解或阐释并不是艺术作品本身，但不可否认，他们为艺术本体预设了"舞台"，他们有意无意的"行为"或"意愿"，表面看似乎是撇清了作者与说话人、读者之间的关系，但实际上，这样的"宣言"或"声明"直接服务于诗歌的"情感控制"，从而更进一步建构了三者之间的关系。因为无论是有意还是无意，作者出现在读者面前，并对作品做出某种阐释的行为本身就在读者"自己的理解"与"作者的解释"之间设置了选择项，这些选择项势必激发读者对作品反复吟诵，并在坚持自己的观点或认同作者的解释之间做出选择，从而使进一步深化读者的阅读体验。

　　当贝里曼在"注解"中郑重地告诉读者要拆解作者、亨利、博恩

---

　　① Hugh Kenner, "Sincerity Kills", in Harold Bloom, ed. *Sylvia Plath*, New York：Chelsea House Publishers, 1989, p. 68.

　　② Charles Altieri, *The Particulars of Rapture：An Aesthetics*, Ithaca：Cornell University Press, 2003, p. 237.

斯先生与说话人的一致性时，这个"友情提醒"高扬的只是一个"假定"的姿态——没有权威侵入文本的姿态，但这个姿态戏剧性地强化了反面的效果：他不但重新认可他自己就是"诗人我"，而且反过来成为比"想象的角色亨利更复杂的角色"①。同样，当普拉斯不厌其烦地解释《爹地》（"Daddy"）中女主人公的身份时，读者并不会轻易顺从她的指导，而可能会把其"欲盖弥彰"的说辞看作一种烟幕或幌子，从而将诗人、"我""纳粹父亲""脚部生疮的父亲""将'我'的心咬成两半"的男人、"背叛的丈夫"等杂糅在一起，虽然增加了赏析的难度，但加强了作者—读者之间的联系及诗歌本身的张力。

戏剧悬念的预设也同样发生在中国自白诗人的身上。翟永明1985年完成《女人》组诗之后，以《黑夜的意识》为题为组诗写了一篇序，在序中，翟永明说：

> 我认为：女性文学从来就内蕴着三个不同趋向的层次。在不止一个灵魂的自白中，人们依次看到那种裹足不前的女子气的抒情感伤，和那种不加掩饰的女权主义。前者把纯情女子的寂寞、自恋、怀春聚束到支离破碎的情绪中，后者却仅仅将语言梳理成顺理成章的狭隘的观念，一种因果同一的行为。两者在各自的走向中似乎大相径庭，却又不约而同地在普通人性意义上证明了自己的无足轻重。必须看到，在此之上，只有"女性"的文学才是最高层次。进入人类共同命运之后，真正女性的意识，以及这种意识赖以传达的独有语言和形式，构成了进入诗的真正圣境的永

---

① Anthory Caleshu, "'Dramatizing the Dreadful': Affective Postures in *The Dream Songs*", in Philip Coleman and Philip McGowan, eds. *"After Thirty Falls"*: *New Essays on John Berryman*, New York：Amsterdam, 2007, p. 104.

久动力。应当指出：大部分女诗人尚未意识到自身的力量，她们或者还仅仅停留在一个极其狭窄的小圈子里放大个人情感，或者被别人的思想和感受渗透，在并未理解和进入的情况下，成为某些男诗人的模拟和翻版。①

在这篇序言里，翟永明将女性文学分为三个层次，并明确表示对"裹足不前的女子气"和"不加掩饰的女权主义"的反对，以及对体现真正女性意识的"女性"文学的青睐。而这种看似指导性的预设却将《女人》推向女性主义、女权主义的风口浪尖，如本书第一章所言，谢冕、唐晓渡、罗振亚、臧棣、吕进、崔卫平、周瓒等一大批评论家和诗人都对"女性诗歌"和"女性主义"诗歌提出了自己的观点和论断，而对峙、拼杀、决裂、拆解、解构、颠覆、报复、美杜莎等也成为解读《女人》及女性诗歌的高频词汇，这将翟永明的"序言"戏剧化为各方论战的战场。这场旷日持久的争议迫使诗人在10年后的1995年再次站到前台，以《再谈"黑夜意识"和"女性诗歌"》为题，对一些问题进行再次的阐释，并借此发问："我甚至怀疑它是否表达清楚了我要想表达的意思：'保持内心黑夜的真实?'正如一度蔚为壮观的'女性诗歌'是否清楚地表达出女诗人要想表达的一切?"② 并且，翟永明还不无委屈地指出："尽管在组诗《女人》和《黑夜的意识》中全面地关注女性自身命运，但我却已倦于被批评家塑造成反抗男权统治争取女性解放的斗争形象……"③ 但再次的说明显然更进一步强化和建构了作者本想解构的内容与思路。对

---

① 翟永明：《黑夜的意识》，《诗歌报》1986 年 8 月 12 日。

② 翟永明：《再谈"黑夜意识"与"女性诗歌"》，载翟永明《纸上建筑》，东方出版中心 1997 年版，第 235 页。

③ 翟永明：《再谈"黑夜意识"与"女性诗歌"》，载翟永明《纸上建筑》，东方出版中心 1997 年版，第 235 页。

《女人》中"女人"及作者形象的理解和审视并未按照作者所"预设"的思路发展。正如保罗·布列斯林所言,"故事已经写成,角色已经拟定,演员已经登台,要做的事情就是把它演完,别无它法"①。

二 戏剧冲突的建构

黑格尔认为:"人类情感和活动的本质意蕴如果要成为戏剧性的,它(本质意蕴)就必须分化为一些不同的对立的目的,这样,某一个别人物的动作就会从其他发出动作的个别人物方面受到阻力,因而就要碰到纠纷和矛盾,矛盾的各方面就要互相斗争,各求实现自己的目的。"②董健将其简化为中国的通俗说法,即"没有冲突就没有戏"③。因此,可以这样说,戏剧冲突是建构戏剧情境的基础,是展现人物性格、反映生活本质的重要手段。一般情况下,戏剧冲突包括个人与他人、个人与外部环境之间的外部冲突,个人与自我之间的内部冲突。因中美自白诗突出的"自白"甚至"独白"性特征,个人与自我的冲突成为中美自白诗共有的突出特征,所以,本部分将重点分析中美自白诗由内在冲突所建构的戏剧性冲突表现。

正如刘介民所言,"哪里有彼此相关的对立力量、冲突或意义的存在,哪里就会有张力"④。而在诗歌张力的拓展上,自我的对峙应该最具爆发力。自白诗中作者的"自我"、操控者的"自我"、叙述人的"自我"本身就造就了诗歌文本的复杂性,而"自我"的戏剧

---

① Paul Breslin, "Sylvia Plath: The Mythically Fated Self", in Paul Breslin, *The Psycho-Political Muse: American Poetry Since the Fifties*, Chicago: The University of Chicago Press, 1987, p. 96.
② [德]黑格尔:《美学》(第三卷下册),朱光潜译,商务印书馆1981年版,第246—247页。
③ 董健:《戏剧性简论》,《戏剧艺术》2003年第6期。
④ 刘介民:《中国比较诗学》,广东高等教育出版社2005年版,第377页。

性对峙又增加了复杂性的厚度，诗歌在经验重建基础上发生了严重的变形，而诗歌的张力便在这变形中更加凸显。

自我的戏剧性对峙在美国自白派四位主要诗人的诗歌文本中异常丰富。《镜子中那个肥胖的男人》（"The Fat Man in the Mirror"）、《返校节》（"Homecoming"）、《致阵亡的联邦军烈士》（"For the Union Dead"）等是洛威尔自我对峙的代表性作品。《致阵亡的联邦军烈士》（"For the Union Dead"）中处于对峙状态的是"童年的我"和"成年的我"，"童年的我"无忧无虑地徜徉在生机勃勃的水族馆里与鱼儿嬉戏，而"成年的我"面对的却是废弃的水族馆，拥有的只是在生与死的边缘徘徊的绝望情绪。与自我的对峙相呼应的还有"哽在城市的咽喉"像"鱼骨"一样的纪念碑，以及"瘦得像指南针"一样的上校，应该崇高雄伟的在现实中却是细小琐碎，应该伟岸强壮的却是瘦小如针，自我的对峙中映射的既有自然与人类文明的对峙，又有以自由为梦想的传统价值与以物质享受为核心的现代价值的对峙，而诗歌中基督耶稣与"炸弹"的赫然对峙，又把本就密集的荒诞感发挥到令人不寒而栗的极致。

塞克斯顿的自我分裂和权力对个体的操控体现在诸多诗歌文本中，如"是我使你发疯吗？／是我使声音变得刺耳？／是我指使你爬出窗外？"（《疯狂的安娜》）而且，她善于用自我的对峙性演出来表达女性外在的屈从与内在的屈辱之间的矛盾性与不可调和性，首先，"我"是个"隐秘的她者"（《爱的天使》），因为"在我的心里，藏着一个野兽，紧紧地抓着我的心"（《无知的诗人》）。而且，"我"与身体中和灵魂中的那个"我"共居一体但彼此隔膜："我的她在我削土豆时哭／我的她在我穿上酒会礼服时哭／我的她在我亲吻别人时哭／她哭啊哭啊哭／直到我戴上面具，对着耶稣笑时她嗤的一声笑了。"这最后看似和解的"笑"，却是"我"戴上面具的演出，面具后的真实面孔所呈现的状态可以臆想，但不能确定，这更增加了文本的戏剧性和空间感。

在自我的分裂和对峙方面，普拉斯的演出具有更加犀利的视角和入骨的描画，她倾向于剥离生活的面具，使其裸露其丑陋但真实的面目：《镜子》（"Mirror"）中衰弱的老妇与美少女的并置，《面部整容》（"Face Lift"）中二十岁的面具遮掩下的"像旧袜子"一样松弛的脸等，刻画的都是生活重压下女性的真实精神状态及心理状态。而《上石膏》（"In Plaster"）中的两个"我"从格格不入、互相批评到心生怨怼的过程也是女性自我异化的过程，是"本我"与"超我"之间永不停歇的斗争。但作者所认同的并不是乖巧可爱、"超人一等"的"超我"，而是丑陋但真实的"本我"。就如同她在《没有孩子的女人》（"Childless Woman"）中所说，"我像蜘蛛，吐丝成镜，／忠实于自我的形象／／丝由血成——"虽然真实的"自我"并不见容于世，但说话人还是想通过镜子真实的映照，还原真实的自我形象，并借此挑战社会的主流价值规范和观念。

"自我"的冲突性对峙是贝里曼《梦歌》（The Dream Songs）大部分诗歌的特征之一。《梦歌》（The Dream Songs）中的"自我"躯体内本就有白人（雅利安人）与黑人（伯恩斯先生）、亨利与"博恩斯先生"、现在的亨利及过去的亨利的并置与冲突，而亨利或博恩斯先生的再次分化和对峙就更加加剧了文本的戏剧性体验和冲突，使文本经常性地处于剑拔弩张的状态。如《梦歌之十四》（"Song 14"）中"我"一边大胆地喊出自己的心声，即"我"对生活"无比厌倦"，一边对那个厌倦生活的作为"亨利"的"我"感到厌倦："亨利令我厌倦／以及他那些和阿喀琉斯一样糟的／困苦和抱怨"。这种戏剧性的荒谬感一直在《梦歌》（The Dream Songs）中延展，《梦歌之二六》（"Song 26"）中作为"言说者"的亨利认为对女人身体不衰的兴趣及在俘获女人的战场上获得的成功是他最伟大的成就，而作为"他者"的博恩斯先生却将对艺术的不懈追求和成功作为最高目标。亨利身上的这种悖论又以另外的面目再次出现在《梦歌之七八》（"Song 78"）中："他眼前发黑，那疯狂的微笑消失了，/他的研究变得无人理解，/足够的营养和休息，/在亨利的身体上体现得越来越少/亨利变得怪诞，渐渐地/消瘦下去，不像你和你，//越来越小，直到他的上犬牙都/清晰可见，还有满脑子的记忆/这些够他受了……"，此时的亨利看似已濒临死亡，但就在此刻，"尴尬的亨利听说自己成了人物"，这种艺术肉体的日渐消亡和艺术声名的渐次复活之间的对峙既充满诗性的魅力，又赋予文本之外的人生以痛彻心扉的无奈之感。

中国诗人方面，陆忆敏的自我对峙和分裂曾得到学界的关注，如胡亮在《谁能理解陆忆敏》中曾言："《美国妇女杂志》还显示出自我分裂的主题学端倪。而此种自我分裂，几乎贯穿了陆忆敏的全部作品。"[①] 胡亮清楚地意识到了陆忆敏诗歌文本中的自我分裂并将之归入主题学的范畴，但从《美国妇女杂志》"无花的树下，你看看/那群生动的人//把头发绕上右鬓的/把头发披覆脸颊的/目光板直的，或讥诮的女士……"中"人"被"看"的状态，"我们不时地倒向尘埃或奔来奔去/挟着词典，翻到死亡这一页/我们剪贴这个词，刺绣这个字眼/拆开它的九个笔画又装上"中较强的展示性和表演性，以及"我站在你跟前/已洗手不干"的行动性来看，此处的"自我分裂"已不仅仅包括主题，它强烈的展示、表演性风格，以及"你认认那群人"邀请观众参与评判的话语方式使诗歌充满了戏剧性的修辞色彩。不只《美国妇女杂志》，陆忆敏的许多作品中都充满了自我分裂及自

---

① 胡亮：《谁能理解陆忆敏》（序一），载陆忆敏《出梅入夏：陆忆敏诗集（1981—2010）》，北岳文艺出版社 2015 年版，第 4 页。

我对峙，如《老屋》中"归来的我"与"留守的我"；《街道朝阳的那面》中喜欢阳光的"你"与躲在"生活的玻璃后面"的"我"；《手掌》中被"我"攥着生命的"你"（我）的相互观望，以及控制与反控制；《内观》中"我"与"自己"的背对背；《空气出没注意》中"戴上口罩，你才能体会你的呼吸"等，这些诗句所展现的面具内外两个互不相容的世界，均有效刻画了自我之间的"拦截"及"敌意"①。

其实，在写作自白诗的诗人中，运用戏剧性自我对峙这种艺术形式来提高作品张力、增强诗歌力度、准确表达内心的不只陆忆敏，王小妮诗歌中自我的分裂也具有极高的可辨识度，她的《半个我正在疼痛》是自我对峙的典型，"半个我里蹦跳出黑火。半个我装满了药水声……用不疼的半边/迷恋你。/用左手替你推动着门。/世界的右部/灿烂明亮。/疼痛的长发/飘散成丛林。/那也是我/那是另外一个好女人"。虽然从自白风格上来看，王小妮和陆忆敏与贝里曼较为相似，都属于相对"内敛"地运用自白式表达的诗人，但从情感表达来看，王小妮似乎比"收紧"的陆忆敏的情绪高亢一些，虽然可以是"另外一个好女人"，可以用"不疼的半边""替你推动着门"，但"我"毫不避讳另外"半边的疼痛"，顺从中仍要让"你"知道"真实的我"的感觉和态度。而在《不要帮我，让我自己乱》中"自我"的分裂在写作手法上却有着不着痕迹，尽得风流的诗韵：我可以与"我"以外的世界妥协——"让我向你以外笑"，"我"也可以接受"我的妥协"——"让我喜欢你/喜欢成一个平凡的女人"。但"你"却必须让我"独自经历/一些细微的乱的时候"。倔强与示弱都表现得不卑不亢，但"乱"解构了两者之间的针锋相对，虽对峙但少却

_____

① 胡亮：《谁能理解陆忆敏》（序一），载陆忆敏《出梅入夏：陆忆敏诗集（1981—2010）》，北岳文艺出版社2015年版，第4页。

了血腥之气。

作为中国自白诗的代表性诗人，翟永明的自我对峙在为数众多的诗歌中并不十分突出，但气势非凡："把你苦行主义的脸移开/我用四面八方的雪繁殖冬天的失败"（《静安庄·第十一月》），"移开""繁殖"等动词在命令式语气中的霸气嵌入，使对峙双方之间的权力关系顿见高下，"我"不但"内心萌起纵火的恶念"，而且"不动声色"，而你"和谐的身体"却"在每个角落，与我同在"。

在男性诗人中，张曙光的自我对峙干脆而绝不拖泥带水，"有时他惊奇地看到另一个自我，在/查尔斯河畔的长椅上，与他作对"（《西游记》）；而多多的《噢，怕，我怕》中两个"自我"的关系却要复杂得多，诗歌开篇就将"怕"引入两者的对话中，"噢怕，我怕/什么？是我在问你/——你怕么？/是我在问自己"。到底在怕什么？叙述者并没有言明，但"我""插满玻璃的头"，"你""卡在棺盖外"的"两只可憎的手"，却透出极端恐怖的气息，在这样的氛围中，当"我"被锯时，疼痛的却是你，而"我并不疼"，但"你在叫"，"我"便"也跟着叫"。所以，在多多的诗篇中，两个"自我"之间呈现的并非单纯的异化或对峙，还包括精神上的相携共生，枝蔓相连。

总的看来，"自我"的对峙在中美自白诗中的戏剧性呈现以精神自我与物质自我的冲突为背景，以舞台剧的形式将这个原本形而上的哲学命题以形而下的方式生动地演绎出来，这一戏剧性手法在将诗歌张力之弓拉紧的同时，也将生活的文本化不动声色地还原为文本的生活化。在这样的转换过程中，诗歌的美学意义得以顺利彰显。但值得注意的是，虽然"自我"对峙的戏剧性呈现在中美自白诗中具有相似的美学呈现形式和美学效果，但两者之间还是存在明显的差异。首先，美国自白诗中"自我的对峙"大多表现的是生存的荒诞、价值的沦丧、生活的重压及在此基础上本我与超我永不止歇的斗争等。而在中国自白诗中，有对人生意义的质疑、对生活不公的抗争，但少了歇斯底里和尖锐的刺痛感。其次，在美国自白诗中，对峙的双方剑拔弩张，似无调和的可能。但在中国自白诗中，对峙的紧张之后，却似有和解的希望。拿普拉斯的《上石膏》（"In Plaster"）和翟永明的《静安庄·第十一月》为例：《静安庄·第十一月》中"强势的我"与"和谐的我"之间的相处方式，与普拉斯《上石膏》（"In Plaster"）中两个"自我"之间的相处模式有些相似。但是，翟永明却能"始终感到你内心分裂的痛楚/在每个角落，与我同在"，对对手痛苦的感同身受增加了谅解与和解的可能；而普拉斯却将权力之间的关系发展到极致，"我正积聚我的力量，将来缺了她我也能行"，这样充满暗示性的表达是"本我"将要对"超我"进行彻底清算的预告，一场面对面的杀戮似乎已经在所难免。而且，一些中国自白诗中明确表达了"自我"之间和解的可能，如陆忆敏"我和我心中的我近年来常常相互微笑"（《教孩子们伟大的诗》），"我和我重新携手前行"（《路遇》）等，所以，在自我的对峙方面，美国自白诗带给世界的是"刚性"——宁折而不弯的美学质感，而中国自白诗带来的却是"柳质"——坚韧而和婉的审美体验。

三　戏剧面具的使用

长期以来，自白诗人们"勇敢地去掉面具"① 的行为——特别是这一行为与诗歌强烈的自传性相联系之后——逐渐成为评论界诟病的焦点，这一点在第三章有较为详细的论述，不多赘言。但也正如前所说，自白诗中虽有自传性成分的存在，但这些成分进入诗歌之中即构成了诗歌艺术的素材。"去掉"各种书写禁忌"面具"的同时，诗歌

---

① Macha L. Rosenthal, "Poetry as Confession", *Nation*, Vol. 189, No. 8, 1959, p. 154.

本身即戴上了戏剧表达所需的各色面具，这些面具与戏剧演出式的"编排"相结合之后使"自传真实"得以弱化，并最终使之升华为艺术构成及艺术修辞的一部分：每个人都不会否定戏剧的虚构性，虽然人生如戏，但一个"如"字却说明了"戏"与生活的关系本质。正如布朗宁（Robert Browning）的戏剧独白被公认为客观性的而非主观性的抒情诗歌一样，看似主观的自白诗在戏剧面具和戏剧演出的双重支撑之下拥有了远距离客观抒情的色彩。而且，自白诗面具的戏剧性使用并不仅仅指用色彩涂抹或遮掩自己的面孔，而且指以此面孔博得的同情、爱、眼泪和可能最"黑色"的笑声。

（一）"显性戏剧面具"的使用——言说者"我"的戏剧面具

不管是戏剧面具还是脸部油彩的使用，其目的都是向观众展示另一种生活，但诗歌中的面具与真正戏剧中面具的不同之处在于：在戏剧演出的过程中，观众只关注面具所代表的人及其所演绎的人生，对扮演者的性格或故事并不感兴趣。而在作为语言艺术的诗歌中，读者不但关注面具所展示出的外在面孔，而且对面具后的"面孔"也充满了好奇和猜测，这并不会减弱诗歌的美学效果，反而因多重面孔的介入使诗歌有了多重解读的可能。

在中美自白诗中，"显性戏剧面具"主要有两种，一是说话人戴着他者的面具；一是说话人直接戴着"我"的面具。但无论是哪一种，这个"他者"或"我"都和说话人后面的诗人保持态度上的高度一致（但并非诗人本人）。这和伯朗宁《我已故的公爵夫人》（"My Last Duchess"）中面具的使用截然不同，因为其诗歌中的"我"——"公爵"和诗人之间并没有某种内在的关系，"公爵"的态度明显不代表诗人的态度，诗歌的叙事口吻虽然是主观的，但诗歌本身却是一种较为客观的抒情。而在自白诗中，尽管诗歌的形式和方法是戏剧化的，不管是大部分《梦歌》（*The Dream Songs*）中的"亨利""博恩斯先生",洛威尔在《在蓝色中醒来》（"Waking in the Blue"）中的"斯坦利",普拉斯《拉撒路女士》（"Lady Lazarus"）、《爹地》（"Daddy"）等中的"我",塞克斯顿《两个儿子》（"Two Sons"）、《新教复活节》（"Protestant Easter"）、《在博物馆深处》（"In the Deep Museum"）、《独眼人传奇》（"The Legend of the One-eyed Man"）等中的"我",陆忆敏《你醒在清晨》中的"你",还是洛威尔《臭鼬的时光》（"Skunk Hour"）与塞克斯顿《她那一类》（"Her Kind"）、《要塞》（"The Fortress"）、中国大部分自白诗中的"我",言说者的自我叙述都带有特殊的私人经验的痕迹。稍有不同的是,前者中的"说话人"戴上了"亨利""拉撒路女士""纳粹与犹太人之女""老妇人""八岁孩子""上帝""独眼人""你"等更有利于自白的面具,这个面具因此使其独白具有了戏剧独白①的特征,正如塞克斯顿所说,这些是"我戴在脸上的面具,是替我说话的声音"②。而后者直接以"我"作为作者的面具（这个"我"经常会被看作作者的"我",这一方面令人纠结,但另一方面也正是自白诗的魅力所在）,但即使是戴着他者的面具甚至面具的面具（贝里曼有时会在亨利的面具之上再戴上博恩斯先生的面具）,面具或油彩后面的操控者和前者一样,对面具人物的表现和活动是认同的,面具人物的

---

　　① "戏剧独白"（dramatic monologue）是英美抒情诗的重要形式之一。由英国维多利亚时期著名诗人罗伯特·布朗宁（Robert Browning,1812—1889）完善发展,代表性作品包括他的《我已故的公爵夫人》（"My Last Duchess"）、《订购墓穴的主教》（"The Bishop Orders His Tomb"）等。"戏剧独白"具有三个基本特征:一个很明显的非作者的叙述人;这个叙述人与一个或多个能被读者感知到在场却保持沉默的人进行交流或互动;控制抒情主体言说的原则是加强抒情的趣味性并揭示语者的性格特征（M. H. Abrams, *A Glossary of Literary Terms*, Beijing: Foreign Language Teaching and Research Press, 2004, p. 70）。根据这个定义,中美自白诗中"独白"的抒情形式并非只包括"戏剧独白",还包括模糊作者"我"与叙述人"我"的其他抒情形式。

　　② Jo Gill, *Anne Sexton's Confessional Poetics*, Florida: University Press of Florida, 2007, p. 30.

行为正是作者的态度和观念的反映。正如贝里曼所说："显然，亨利既是我又不是我。我们在某些点上有接触。但我是一个实实在在的人；而他只不过是一系列的观念——我的观念。"① 评论界大抵把"亨利""博恩斯先生""拉撒路女士"看作面具的使用，并不太在意"我"的面具化效果，但事实上，在被排除掉自传性质的自白诗中，不管是拉斯路式的"我"，还是没有明确指代的"我"，这个"我"只是说话者的我，而非作者的"我"，如果说"他者"的"我"具有离间效果的话，那么这个赤裸裸的"我"却是"非我"以"我"的面目来拉近审美距离的有效尝试。但拉近审美距离也属于艺术的表现手法之一，并不是反审美，而是为了有效拉近作者、说话人、读者之间的关系；更不是反戏剧，因为戏剧的最高境界正如获得74届金球奖终身成就奖的梅丽尔·斯特里普（Meryl Streep）在2017年1月9日的颁奖典礼上所言："一个演员的唯一职责，就是进入另外一种人的生活，并让观众感同身受。"所以，既然自白诗与其他的艺术形式并无质的不同，既然它也是虚构和想象的产物，那么，不管是以"他者"的面目出现的"我"还是"赤膊上阵"的"我"，都具有面具的作用，只是后者的面具更隐晦一些罢了。

（二）"隐性戏剧面具"的使用——情绪或话语的倒置式叙事

上面提到的"显性面具"是可观察到的说话人的面具，而下面要谈的"隐性面具"却和"人物角色"无关，它涉及的是自白诗的叙事技巧及叙事策略。

可以这样说，在美国自白诗人中，在表达上最直接的应该是塞克斯顿，最"婉约"的应该是贝里曼了。在抒情风格上，贝里曼很少直抒胸臆，385首《梦歌》（*The Dream Songs*）的主人公亨利常

---

① J. D. McClatchy, *White Paper*: *On Contemporary American Poetry*, New York：Columbia University, 1989, p. 158.

以各种不同的面目出现，是一个具有多面视角的人物，而他复杂的感情也总是通过戏剧式的、夸张的、变形的形式表现出来。情绪或话语的倒置式叙事（应该哭的时候却笑了）是他常用的策略之一。正如整个世界都离亨利而去时，他却"高兴地在梧桐树顶歌唱"（《梦歌之一》），也正是通过这样的叙事策略，"上帝赐福于亨利。他像老鼠一样活着"（《梦歌之十三》）这种看似平淡无奇的述说才会令读者触目惊心。这种话语策略上升到诗学的高度上，即"戏剧化'代替'这个可怕的词汇"（《梦歌之一四六》），也就是说，诗歌努力掩盖的其实也正是叙述者最想说出的。正是在这种创作理念的指导下，叙事的面具化处理成为贝里曼情感叙事的一种常规方式。对于来自外界逐步加重的羞辱与不公，亨利以"天气不错""天气真不错""天美得如怒放的花"（《梦歌之八》）相应和；对于朋友的接连离世，亨利看似淡然，"他们的死亡是他们的，我等待我自己的"（《梦歌之一四六》），并且"我"很享受"在可爱的微风中晒太阳"的状态，但"和他们在一起""我的心已经和他们在一起"的心声却不自觉透露出语者真实的心理和渴望。对于父亲过早的自杀而亡，亨利要做的是"复仇"，是"用斧子劈开这棺材"，并"把他砍倒在死亡的起点"（《梦歌之三八四》），但观众（读者）却明明从举起的斧头上读出了他对父亲的挚爱和不舍之情。这也正是观众（读者）想要的结果，因为情感世界的建构就是矛盾自然化的结果。在这一点上，普拉斯的《爹地》（"Daddy"）似乎是《梦歌之三八四》（"Song 384"）的姊妹篇，"爹地，我要杀死你"的呼喊比"我想……/回到，回到，回到你的身边/哪怕变成一堆骸骨也行"的哀求更具震撼力。需要强调的是，如同认出"博恩斯先生"的面具后是亨利，甚至是贝里曼一样，作为读者的观众，不但能在诗歌的剧场里认出它，而且能够将这样的叙事面具揭穿，并享受这一"辨认"过程带来的快感。正如弗洛伊德所说："诗或艺术的本质，就在于它用某种技巧征服了人们的感情。"[①] 这种揭穿"面具"的行为使读者成为诗歌具有创造力的合伙人，也就是说，参与"揭穿"诗歌叙事陷阱的读者不再只是诗歌的欣赏者，而是参与了诗歌的创作过程，这不但能保证读者在诗歌中承担一些责任，还能保证作者，特别是自白诗作者创作梦想——与读者保持一种亲密关系——的实现。

在中国诗人中，陆忆敏的诗歌在情绪或话语的倒置式叙事方面表现得较为突出。倾向于自我心灵诉说的陆忆敏，将面具裹得很紧，甚至深入皮肉。因此诗歌的外表总是云淡风轻，但诗歌的张力在这张表皮的裹挟下却愈加轮廓分明，正如她的《风雨欲来》：

> 那是在最平静的日子／我们好久没有出门旅行／没有朋友来到城里／喝掉我们的这瓶酒／有人来信／谈他清淡的生意／有人用打印的卡片／来祝贺生日／你已在转椅上坐了很久／窗帘蒙尘／阳光已经离开屋子／／穿过门厅回廊／我在你对面提裙／坐下／轻声告诉你／猫去了后院

"最平静的日子"，最精炼、节制的语言，最简洁的抒情，但恰恰就是这种平静得近乎疏离的语气情态带给人莫名的恐惧和紧张，诗歌的题目《风雨欲来》是点睛之笔，不管它是怎样的"风雨"，作者不着一字的也恰是她要说出的，诗歌的张力就这样自然而然地生成。而《老屋》中"在生活的那一头／似有裂帛之声传来／就像我幼时遭遇的那样"看似即将为读者打开一扇紧锁的记忆之门，但"我希望成为

---

① ［奥］西格蒙德·弗洛伊德：《性爱与文明》，刘丛羽译，延边人民出版社1998年版，第150页。

鸟/从窗口飞进/嗅着芳香的记忆"却突然将这扇明显藏有秘密的幽冥之门关闭，毫无征兆地切换到"鸟语花香"的美好记忆。毫无疑问，这看似自然的突兀之举远胜于直白的雷霆万钧所施加的影响，读者显然会对那门后的世界充满探寻的渴望与激情。在《你醒在清晨》中，"你""醒来""落座""喝咖啡"，一切都那么悠闲恬淡，而"远处一张网后悬挂着你熟悉的邻人"中的"悬挂"及后一节中"你写过很多次死亡/却从不如此寡言"的"死亡"两词将快适的感觉一举击破，读者似乎能窥破那"网"的面具后的惨烈与真实，而"两杯咖啡"的意象就更令人寻味了。

从题目来看，《教孩子们伟大的诗》应是一首温暖轻盈的小诗，而多雨的"冬季"、昏黄的"灯光"、陈旧的"墙壁"、冰湿的"地"等意象却构成了整首诗歌湿冷阴暗的基本基调。这里，意象与标示主题的标题互为面具，而躲藏在面具后面的真实扑朔迷离，但结语"我教过孩子们伟大的诗/在我的记忆深处"却将温暖的感觉安置到冷硬的意象之上，诗歌的归指似有所明了，因最末一句"在我的记忆深处"也可作"在我体质极端衰弱的时候"[①]，"衰弱"二字却能与前面诸多的意象相契合，在体质衰弱的时候，在孤独的抗争及凄风苦雨中，能"教孩子们伟大的诗"真的可以"骄傲"无比。而在余夏云的《出梅入夏：陆忆敏的诗》中，作者从父权、男女关系出发，强调了说话人"以自我消减和隐退的方式，开展温柔的教导或学习"[②]。引用此句并不打算进行不同之辩，毕竟诗无达诂，不易窥破的诗歌叙事主题更加说明了其诗歌叙事面具"非透明性"的典型特质，也正

---

① 《出梅入夏：陆忆敏诗集（1981—2010）》的编辑胡亮针对此诗最后一句加有一注，即：此行一作"在我体质极端衰弱的时候"。

② 余夏云：《出梅入夏：陆忆敏的诗》（评论五），载陆忆敏《出梅入夏：陆忆敏诗集（1981—2010）》，北岳文艺出版社 2015 年版，第 151 页。

应和了兰色姆和塔特对好诗的认定标准："好的诗歌必须要求很高，必须排除掉单一情感回应的可能性。"① 尽管是形式主义的中坚人物，但他们对上乘诗歌评判标准的概括还是非常到位的。

对于陆忆敏，学界普遍认为普拉斯对其诗歌有较为深刻的影响，不可否认，在女性意识、死亡叙事等方面，在陆忆敏的身上确实可以寻觅到普拉斯的印记。但从裹紧面具、散淡处理的个人气质和叙事策略上来看，陆忆敏与贝里曼更具有精神气质上的相似性与一致性，两位不同时空、不同性别的自白诗人在情绪或话语的倒置式叙事方面可以说是惺惺相惜、志同道合。

第二节　自白诗的意象世界

叶朗在《现代美学体系》中说过："对于艺术来说，意象统摄着一切：统摄着作为动机的心理意绪；统摄着作为题材的经验世界；统摄着作为媒介的物质载体；统摄着艺术家和欣赏者的感兴。"② 而诗歌意象更是具有表情达意的美学功能，能带来外在形式及内在气韵上的美学享受，所以其本质即审美，隐喻性是其首要特征。对于隐喻在诗歌中的作用，英国诗人兼评论家刘易斯（C. D. Lewis）把它上升到诗歌生存原则的高度，他认为，"隐喻是诗歌的生存原则，是诗人的主要文本和荣耀"③。

但当中国诗歌发展到1980年代，反意象、反隐喻的大潮却席卷了诗歌界。80年代诗人特别是第三代诗人表现出"对艺术精致的嫌

① Stephen Matterson, *Berryman and Lowell：The Art of Losing*, London：Macmillan Press, 1988, pp. 22 – 23.
② 叶朗：《现代美学体系》，北京大学出版社1999年版，第112页。
③ C. D. Lewis, *The Poetic Image*, Los Angeles：Jeremy P. Tarcher, Inc. , 1984, p. 6.

恶"，他们"放弃意象的营构，更愿意以日常口语入诗"①。而且，他们从诗学和诗歌实践两个方面表达了对意象的不屑。在诗学方面，他们或用戏谑的口吻讽嘲朦胧诗人对意象的依赖："（'朦胧诗'诗人）把'意象'当成一家药铺的宝号，在那里称一两星星，四钱三叶草，半斤麦穗或悬铃木，标明'属于'、'走向'等等关系，就去煎熬'现代诗'，让修钟表的、造钢窗的、警察、运动员喝下去，变成充满时代精神的新人……'意象'！真让人讨厌，那些混乱的、可以无限罗列下去的'意象'，仅仅是为了证实一句话甚至是废话"②；或坚决地要求"从隐喻后退"③；伊沙更是直接声称意象导致自己"1990年前后的诗作时有'夹生'"④。在诗歌实践方面，不管是"它不是鸟它是乌鸦……它是一只快乐的大嘴巴的乌鸦/在它的外面 世界只是臆造"（于坚：《对一只乌鸦的命名》），还是"只一泡尿功夫/黄河已经流远"（伊沙：《车过黄河》）等都坚决地实践了"反崇高""反意象"的诗学理念。

难能可贵的是，处于此种诗学语境中的中国自白诗人们并没有在这个流行而狂热的道路上随众呐喊，越走越远。相反，虽也以口语入诗，但他们对意象的坚守及时地遏制住了诗歌走向绝对口语化的流俗倾向，而且，他们对原型及意象的重视使经验的文化性、神话的广泛性及普适性得以保存，并最终构成了对诗歌审美的坚持及对诗歌应有尊严的呵护。

如果从源头来说的话，文学中的意象是较早出现于中国的一个诗

---

① 谢冕：《20世纪中国新诗：1978—1989》，《诗探索》1995年第2期。

② 王小龙：《远航》，载老木编《青年诗人谈诗》，北大五四文学社1985年版，第104页。

③ 于坚：《从隐喻后退》，《作家》1997年第3期。

④ 伊沙：《扒了皮你就能认清我——伊沙批判》，载伊沙编《十诗人批判书》，时代文艺出版社2001年版，第274页。

学概念，并且，中国诗歌中的意象对英美诗歌产生了深远的影响。1915 年庞德曾著文称中国诗"是一个宝库，今后一个世纪中（我们）将从中寻找推动力，正如文艺复兴从希腊人那里找到了推动力（一样）"①。而美国诗人弗莱契（J. G. Fletcher）对中国意象诗之于美国诗歌的影响也评价甚高，他认为，"如果法国象征主义被视为意象主义的生父，中国诗歌就是它的养父"②。因此，虽然中国诗人深受美国自白诗派的影响，但中国自白诗中的意象表达并不单纯是外来的概念，它对中国传统意象及美国自白诗中的意象都有承袭，又有自己明显的建构和创新。

虽然中美自白诗中的意象表达都非常丰富，但因篇幅所限，又鉴于意象本身的多层性、多义性、不确定性及民族性等特点，所以本节只择取既是中美文学意象表达共有母题，又在中美自白诗中表现突出且语义相关的三个意象群——镜、水及其相关意象；月亮、月光及其相关意象；乌鸦、蝙蝠及其相关意象为重点研究对象，深入探究中国自白诗在意象使用或意义选择上对美国自白诗和中国传统诗歌的承袭、舍弃和建构。而那些带有西方深厚民族集体无意识标记的意象如"上帝""女巫""天使"等，虽在美国自白诗中频繁出现，在中国自白诗中也时有出没，但这些意象移植到中国后就缺失了其深厚的文化内涵，在形象或感情替代上也略显单薄，所以略去不提。

一　镜、水及其相关意象

自诞生之日起，镜子映照及反射的特殊功用就使其有别于其他实物器皿而早早地进入宗教、哲学、艺术等领域，并且，在悠久而绵长

---

① 赵毅衡：《远游的诗神》，四川人民出版社 1985 年版，第 11 页。

② A. E. Christy, ed., *The Asian Legacy and American Life*, New York：John Day, 1945, p. 155.

的历史进程中积淀了丰富的文化意蕴及内涵，镜子强大的隐喻性功能更是受到映射和反映生活的文学的器重。所以，无论是在东方还是西方，镜子都是文学最早的母题之一，从中国轩辕黄帝的月形宝镜到希腊神话中美少年纳西索斯（Narcissus）的水中倒影，镜子及其衍生意象如水、眼、玻璃等的再现、认知、自省、过滤、回忆、虚空、扭曲，甚至凝视、规劝等叙事和媒介功能丰富了文学文本的内涵及审美体验，并最终扩展了文学的审美张力空间。

在中美自白诗中，以"镜像"为中心的镜子、水、玻璃、血泊、画像等意象群首先履行的是自身与他者对照的自我认证功能。对此，拉康（Jacques Lacan）认为，镜子有帮助主体进行自我认证的功能，它从未缺席主体的自我意识和自我形象确立的过程。洛威尔《镜中那肥胖的男人》（"The Fat Man in the Mirror"）形象地证明了这一点，在该诗中，虽然经过多方比对论证，那镜中人正是"我"，但叙述人从头到尾拒不接受镜中自己的形象，"那装满镜子的是什么？哦，那肯定不是我……只有一个肥胖男人，/只有一个肥胖男人/要将镜子撑破，哦，那肯定不是我"，虽然说话人拒不承认，但镜像还是毫不留情地对他进行了"残酷"而真实的自我认证。这一点在塞克斯顿的《双重像》（"The Double Image"）中也有着明确的体现。《双重像》（"The Double Image"）中履行镜子功能的不是真正的镜子，而是主人公母女互为镜像的画像，"在暴风雪期间/她自己的画像画好了。/镜子的洞穴/挂在与我相对的南墙上；/一致的微笑，一致的轮廓。/你和我很像，不熟悉我的脸，但却戴着它。/而你终归/是我的"。母亲画像的存在时刻提醒着"我"的此在，而"我"从作为想象界开端的母亲画像中，看到了具有社会性的"我"，即"我"作为母亲和女人的社会功能。所以，当"你叫我'母亲'，我又一次想起我的母亲"，因此，说话人再次强调，"这就是那镜子的洞穴，/那注视着她自己的/双重女人"。这种依靠镜像功能完成自我认证的叙事策略在翟永明的《女人·母亲》中有着相似的体现，而这次镜子的映射功能被血泊所代替："你是我的母亲，我甚至是你的血液在黎明流出的/血泊中使你惊讶地看到你自己，你使我醒来。"而在《女人·夜境》中，说话人自我的认知及建构的主体镜像已从具体的母亲扩展为女性亘古不变的传承，"传说继续写到——现在/她已站在镜子中，很惊讶/看见自己，也看见凉台上摊开的书"。同样，在陆忆敏这里，自我主体建构的过程是"我的照片"参与其中的过程，"我正对着我的照片/怀着对我的印象"（《室内的一九八八·六月十七日》）。在张曙光和伊蕾的笔下，自我认证通过我与"镜子中的我"（《独身女人的卧室·镜子的魔术》）的相互审视得以实现：在张曙光的《西游记》中，镜中浮现的是"一张/饱经沧桑的脸"，而伊蕾的镜子里是一个"四肢很长，身体窈窕/臀部紧凑，肩膀斜削/碗状的乳房轻轻颤动/每一块肌肉都充满激情"（《独身女人的卧室·土耳其浴室》）的女子成熟美丽的胴体。但需要着重说明的是，伊蕾自我主体意识的确立和自我认证的过程确实有拉康所强调的"自恋"式的认同本质，但在重建其存在的过程中，却没有拉康所谓的"他再次遭遇了根本性的异化，这异化使他像另一个人那样建造其存在，而且这异化总是决定了其存在要被另一个人夺走"[1] 的过程及结果。因为，伊蕾强调的是，"她不能属于任何人"，而且，她是"一个自由运动的独立的单子/一个具有创造力的精神实体"（《独身女人的卧室·镜子的魔术》）。

其次是镜子的侵略性功能及由此衍生的自我的"非我"状态或镜像的自我分析性呈现。

普拉斯对镜子及相关意象的钟爱在美国自白诗人中首屈一指，而

---

① Jacques Lacan, "The Function and Field of Speech and Language in Psychoanalysis", in Bruce Fink, trans. *Ecrits: A Selection*, New York: W. W. Norton, 2002, p. 42.

且镜子意象出现的频率也颇高。创作于 1961 年 2 月，以镜子为主旨意象贯穿全文的《脸部整容》（"Face Lift"）和《晨歌》（"Morning Song"）仅相隔四天。《脸部整容》（"Face Lift"）中"在镜子里安家"的"皮肉下垂"的女士，已成为过去的影像并被"封存于某个实验室的罐子里"，而真实的"我""粉红光滑犹如婴儿"。到了 10 月，普拉斯又以《镜子》（"Mirror"）为题发表了一篇镜子的"宣言"，开篇镜子即以自负的面目出现，"我是银的，精确。我没有任何偏见。/无论看见什么/我都立即如实吞下，/不为爱恨所限。/我并不残忍，只是真实——"，所以，女人"在我的领域里找寻她的真实"，但镜子赋予她的真实就是"淹死一个少女"，而"一个老女人"却"从我体内朝她跃起，日复一日，像一条可怕的鱼"。虽然整容成功，但镜子所呈现出的真实仍是"一个老女人"，这种"非我"的不协调呈现明确地表达了人的主体本质（精神）与现实的关系或镜像的自我分析功能。而《晨歌》（"Morning Song"）中显现的不仅是人的镜像的异化，而且，由云"蒸馏而出"的镜子本身是虚幻的，这虚幻之镜中的母亲本体就更加可望而不可即了。这种自我表达本质同样以各种面目出现在中国自白诗人的诗歌中。如翟永明"我在何处显现？水里认不出/自己的脸"及"影子在阳光下竖立起各种姿态"《女人·憧憬》，其中的自我被自身无法掌控的外部力量所决定，因此自我被放逐，呈现出各种不同的侧面。对普拉斯推崇有加的多多对镜子及其衍生意象的运用也颇为频繁，在镜像的细腻表达上不输敏感多思的女诗人，如"一个影子进入另一个影子/你是一面镜子映出的千万面镜子"（《愿望》）及"一定是在早晨。镜中一无所有"（《中选》）等，这些表述既体现了镜子的想象性本质，又构建出了万境归空的虚无之感。

再次是镜子及其衍生意象的凝视功能。

对于镜子及其衍生意象的凝视功能，巴赫金（M. Bahkin）曾有过精准的说明："不是我用自己的眼睛从内部看世界，而是我用世界的眼睛、别人的眼睛看自己；我被他人控制着。"① 在普拉斯的《帷幕》（"Purdah"）中，虽然"我如镜子般闪光，但我的可见性被隐藏"，因为"他"是"众镜之王"。而且，在"他"的"镜子"的反光中，"我"无处可藏。这种看似悖论的表达体现了女性"被凝视"的可悲地位，以及男性对女性的掌控和规训，在这样的情形下，"我是他的，即使是在他缺席的时候"的平静陈述才能将女性的客体地位表现得淋漓尽致。而在贝里曼的《梦歌之八》（"Song 8"）中，镜子再次充当了凝视与监视的对象，"他们装了许多镜子令他流动不居"，而且，在"反凝视"的想法诞生之前，说话人已受到威胁，"如果你想观察我们"，那么，"你将得到彻底'拯救'"。因此，这些履行凝视功能的镜子，成为视觉凝视并呈现物（"我"）的监视机器，而"物"便被限制在镜子构成的世界里。福柯把这种注视性控制称为"权力的眼睛"，"我们的社会不是一个公开场面的社会，而是一个监视社会。……我们远不是我们自认为的那种希腊人。我们不是置身于圆形竞技场中，也不是舞台上，而是处于全景敞视机器中，受到其权力效应的干预"②。但有控制就有反抗，虽然贝里曼的"反凝视"在实施之前就遭到镇压，但普拉斯的女主人公却成功地发动了"反凝视"的政变，"我应该松开……母狮的链子，/浴室里的惨叫，/斗篷上的几个窟窿"（《帷幕》）。

在中国自白诗中，镜子也履行了部分凝视甚至规训的功能。如伊

---

① ［苏］米哈伊尔·巴赫金：《镜中人》，载《巴赫金全集》（第 4 卷），白春仁等译，河北教育出版社 1998 年版，第 86 页。

② ［法］马歇尔·福柯：《规训与惩罚》，刘北成等译，生活·读书·新知三联书店 2007 年版，第 243 页。

蕾的《被围困者·我是谁》："在温暖的草地上打开化妆盒/在约会前我再一次回见自己/为了接近国际标准/我开始大胆地修改鄙人/眉毛加长/眼睛加大/睫毛加黑/嘴唇加红/我是谁？/现在我又是谁?"；在翟用明的《女人·臆想》中，充当凝视对象的是"一朵蔷薇"，"在它粉红色的眼睛里/我是一粒沙"。但不管是"沙"，还是"人"，这个被镜子、眼睛等凝视的对象不再拥有人的主体性功能，而是彻底沦落为凝视下的"物"的客体地位。这种凝视甚至规训式的"镜像"表达在翟永明的长诗《肖像》中"演绎"为一场"你"与"她"（"你"的画像）之间互为凝视与反凝视对象的残酷战争：虽然"你"有着阶段性的胜利，"她看着命运的重轭 套着定数的辕/咬紧牙关 手支撑着头/青出于蓝的样子/你凝视自己 看她怎样在劫难逃"，但最终的结果却是，"你同她 她同你的心/是体内最危险的组成……无人理解她不可挽回的隐秘/也无人逃得过她春夏秋冬的凝视"，人与自己画像的凝视，即同一身体内双重人性的对峙与凝视，这种"凝视"与"反凝视"使人性的裂变及自我规训以诗歌审美的形式获得富足而透彻的阐释。

二 月亮、月光及其相关意象

作为文学的又一母题，月亮及其相关意象在中美文学尤其是诗歌中成为表情达意的有效工具，而且，它所隐喻的情感及意义几乎成为集体无意识的一部分。在中国，"月"凝聚着中华民族的"生命感情和审美感情，成为高悬于天际的文化原型"①。丰盈的圆月、流泻的月光带给人温暖、平静之感；其朦胧与阴柔之美，又成为女性的重要指征之一；月的皎洁与宁静成就"一片冰心在玉壶"的高洁纯粹、

---

① 傅道彬：《晚唐钟声——中国文化的精神原型》，东方出版社 1996 年版，第 42 页。

豁达超越之喻；其孤悬于天际，"高处不胜寒"的落寞气质总是与诗人敏感易伤的心相契合，成为孤独失意的代名词；而其阴晴圆缺的自然特质又被人为地赋予离愁别恨、残缺冷漠的美学意味。在西方，希腊神话中代表着女性贞洁与美丽的月亮女神阿尔忒弥斯（狄安娜）因同时司掌生育及狩猎，所以兼具温柔母性、冷酷残忍的双性气质。因此，与中西"镜子"意象的较为同质性相比，中西的"月亮"在文化隐喻上兼具了同与不同的审美特质。而且，在因循传统的意象意义之外，两者都存在对月亮传统隐喻意义宽度及深度的拓展、加深甚至颠覆，而中国自白诗中的月亮之喻同时还体现了中西文化的交流与碰撞，赋予了月亮更为奇崛的意义及更为复杂的情感色彩。

美国自白诗人中对月亮青睐有加的当属普拉斯。但她的月亮女神难得有温柔安详之态，虽有突出的女性或者母亲的特征，但这个女性或母亲在大部分诗歌中失却了温柔敦厚而专司冷酷残忍，甚至与死亡相伴相生，而叙述人对"月亮"也充满了讽嘲、厌恶及憎恨之感。

其实，在普拉斯1960年以前的早期诗歌中几乎没有月亮的影子，随着诗歌基调的日渐凝重低沉，月亮意象在诗歌中的出现也日渐频繁。除了在《笨重的女人》（"Heavy Woman"）中"每个沉重的肚子上方/飘动着月亮或云一样平静的脸"中月亮平静而充满母性光辉的形象之外，其他的月亮（母亲）形象都是冷酷无情，从而令"女儿"无法接近或爱戴。这样以月亮为喻所体现出的母女关系正如艾德瑞娜·里奇（Adrienne Rich）所说，"母女之间强烈的情感——既不可或缺，又常被扭曲或误用——是不曾书写的伟大故事"①。《在莫哈韦沙漠入睡》（"Sleep in the Mojave Desert"）中的"白天之月"（The day-moon）——夕阳——一出场就是一个"寒碜的母亲"，而《月亮与紫

---

① Adrienne Rich, *Of Women Born*, New York：W. W. Norton and Company，1976，p. 225.

杉》（"The Moon and the Yew Tree"）中女儿对母亲的诟病更是直接而尖刻，"月亮是我母亲。她不像玛利亚那样甜美。/她的蓝衣服释放出小蝙蝠和猫头鹰"。月亮母亲不但以这样阴森恐怖的面目出现，而且，她对女儿的痛苦及遭遇漠不关心，"月亮对此一无所见"。月亮所代表的母亲形象如此，它所代表的其他如母亲一样的女性也遭遇言说者的讽刺与抵制，在《对手》（"The Rival"）中，作为"我"的对手的月亮是"小偷"，是"光的剽窃者"，《榆树》（"Elm"）中的月亮不但"残忍"地"拖曳""我"，而且用她的光辉"灼伤""我"，而在《侦探》（"The Detective"）中，面对"我"的"死亡"，月亮却"笑了"。这种月亮—女人（母亲）的异化呈现是普拉斯"时间如何流逝也不会使我爱她⋯⋯她是个行走的吸血鬼"[①] 心境的模拟表达，为诗歌增添了浓重的陌生化色彩。

　　普拉斯诗歌中的月亮不只与异化的母亲、女人有关，还与病态、不祥、惊悚与死亡紧密相连，"拖着它的血袋"，像"生病的/动物"（《莱斯博斯岛》）一样的月亮、"以生癌般的苍白，拖着"像"浓密的息肉般的树"（《帷幕》）的月亮是病态与不祥的象征；"半个脑袋"（《镇静剂》）的月亮是惊悚的同义词，而"只有月亮浸在磷水中"（《侦探》）及"我""穿着月光套装，戴葬礼面纱"（《蜂箱到达》）等带来的就是强烈的死亡气息了。月亮意象的这种创新性使用不但为月亮的诗学隐喻增添了内涵，而且有效地扩展了诗歌美学的广度和空间。

　　在月亮与女人的关系上，中国自白诗中有着中国传统月文化的身影，如翟永明的《女人·渴望》中"月亮像一团光洁芳芳的肉体"及《女人·憧憬》中"我已习惯在夜里学习月亮的微笑方式"，但在

―――――――――

　　① Sylvia Plath, *The Unabridged Journals of Sylvia Plath*, Karen V. Kukil, ed. , New York：Vintage Books, 2000, p. 429.

《女人·沉默》① 中，因为普拉斯的介入，月亮的女人形象开始处于离经叛道的边缘，"于是她来，带着水银似的笑容／月亮很冷，很古典，已与她天生的／禀赋合为一体，我常常阴郁地／揣摩她的手势，但却一无所获"，"水银"般有毒的笑容连同稍后出现的"剧毒的姿态"使这个"月亮"脱离了中国古典意象中女人如月的美好遐想，并具有了冲击常规诗学象征的性质。在《静安庄·第四月》中，"像一颗老心脏"般的"月亮"不但赋予"我"相似的血统，用"尘世的眼光注视我"，而且是"愤怒的"，并用她"永恒的脐带"将"我"绞死，这个代表母亲（女人）的"月亮"显然具有了恶毒、压制及扼杀人性的诗学指称意义。

　　另外，因为自白诗较为强烈的情绪宣泄式表达，伊蕾《唤海》中以"温暖的巢"形象出现的"淡红色的月亮"及多多《四合院》中充满家庭温暖与记忆的"月满床头"既继承了传统，又成为中国自白诗"月"意象中难得一见的温暖与亮色，而大部分的月亮意象与孤寂、死亡、不安、恐惧等相关。"月亮游荡／风，空旷空旷／空旷得我好疼啊"（伊蕾：《夏夜湖边》）及"红色的月亮包围了夜晚／一个圆内／隔着世纪的冰山"（伊蕾：《红色月亮》）中的"月亮"是冷与孤寂；"在不同的地点向月亮仰起头／一脸死亡使岩石暴露在星星之下"（翟永明：《女人·噩梦》）中的"月亮"是死亡；"月亮露出凶光，繁殖令人心碎的秘密"（翟永明：《静安庄·第五月》）及"月亮亮得像伤疤／／正是心神不宁的琐碎的三更"（多多：《大宅》）中的"月亮"是惊惧与不安；而"距离你们合住的地方一定不远／距离唐人街也一定不远／一定会有一个月亮亮得像一口痰"中的"月亮"就是扭曲与痉挛了。可以这样说，虽然月亮还是那个被古人反复吟咏、

---

　　① 《女人·沉默》是翟永明致敬普拉斯的诗篇。

无限留恋的月亮，但在西方诗学的映射下，在中国当代诗人自身诗歌视野的拓展中，中国自白诗中的月亮意象既继承传统又突破束缚，拥有了更加丰富的情感体验及个性特征，亘古不变的月亮也因此拥有了变幻多姿的审美内涵。

三　乌鸦、蝙蝠及其相关意象

在中西文学中，乌鸦、蝙蝠、猫头鹰等因其独特的样貌特征成为文学中的专宠，并逐渐演变为表现特定审美经验及象征意义的文化意象。它们因为与黑夜相关或自身拥有特殊的文化象征意义而被中美自白诗人所青睐，并因此成为自白诗中振翅飞翔的一道独特而炫目的风景。

在西方文化中，乌鸦一方面作为神使、神宠及智慧的象征而受人尊敬；另一方面又因其通体的黑色及聒噪的叫声成为死亡、噩运、背叛的代名词，并遭人嫌弃，因此具有审美意象的复杂性、相对性甚至极端性。在中国，乌鸦同样被赋予了不同甚至相反的审美含义，既是"凌西极以翱翔兮，为王母之所使"① 的祥瑞灵气、《孝乌赋》② 中的仁孝节义，又是"战城南，死郭北，野死不葬乌可食。为我谓乌：且为客豪！野死谅不葬，腐肉安能去子逃?"③ 中的残酷与死亡。

普拉斯早期诗歌《雨天的黑鸦》（"Black Rook in Rainy Weather"）从"梳理自己黑羽毛的黑鸦"的安静与从容中获得自身从"恐惧中的解脱"的勇气，这里的"黑鸦"无疑具有了神启的性质。除此之外，中美自白诗中的"乌鸦"不约而同地以负面的形象出现，渲染黑色、不堪、不祥及死亡的气息或氛围。

---

① （宋）范仲淹：《范仲淹全集》，李勇先、王蓉贵校点，四川大学出版社 2002 年版，第 9 页。

② （明）葛麟：《葛中翰遗集》卷 7，光绪十六年敦本堂刻本。

③ 侯明注释：《余冠英推荐古代民歌》，广陵书社 2017 年版，第 77 页。

洛威尔"乌鸦在石化的航道上聒噪"（《在蓝色中醒来》）、普拉斯"在鸦声聒噪的天空"（《召唤森林女神的困难》）及唐亚平"乌鸦把我叫醒"（《黑色乌龟》）中以乌鸦刺耳的叫声预设不安、不祥的前景。洛威尔《新年》（"New Year's Day"）中"用燃烧的小猫"来"恐吓乌鸦"、翟永明《女人·夜境》中"正值乌鸦活动的时候"、伊蕾《祈祷》中"看到乌鸦的翅膀/我恐惧太阳的消失"、苏历铭《往日》中"一大片黑乌鸦突然飞出"等以"乌鸦"的出现渲染浓郁的黑色、恐怖的气氛。而无论是普拉斯的"乌鸦整理她的衣裳"（《庄园里的花园》）、"只有乌鸦在一棵树上。记下这一切"（《侦探》），罗威尔的"小女孩把带有尖角的/石头放在一只/乌鸦的坟上"（《葬礼》），还是陆忆敏的"白羽的鸽子打扮成喜鹊飞近晒台/黑羽的妆成乌鸦也随后而至"都用冷静甚至疏离的态度描写了死亡的来临，这种克制的陈述将乌鸦所代表的死亡的身影拉得更长，更加拨动人心，也体现了意象掌控全局氛围的强大力量。而冷峻、内敛的多多在用乌鸦表达死亡时，却是难得地直抒胸臆，在《乌鸦》中，他直接把乌鸦与火葬场、殡葬等联系起来，"像火葬场上空/满满飘散的灰烬/它们，黑色的殡葬的天使"；在《静默》中，多多同样把乌鸦与代表死亡的墓园联系在一起，"墓园中，默默移动着羊群/鸦群密布的天空，已经破晓"。

和乌鸦意象在中西文化意义上较为一致性的表述不同，蝙蝠在中西方文化中的寓意存在着较为严重的分歧。蝙蝠在西方文化中是邪恶的象征，代表着罪恶与黑暗。而在中国，蝙蝠虽因奇特的样貌及非鸟非兽或又鸟又兽的特征而颇受诟病，但因"蝠"与"福"同音，因音生义，蝙蝠因此在部分指称中拥有了幸福、吉祥等象征意义。

在普拉斯的笔下，蝙蝠秉承的是西方文化中较为固定的象征意义。不管是《月亮与紫杉》（"The Moon and the Yew Tree"）中被"母亲"释放出的冷酷的"小蝙蝠"、《过冬》（"Wintering"）中令房

157

间压抑得"无法呼吸"的"漆黑的蝙蝠",还是《莱斯博斯岛》("Lesbos")中残忍的"嗜血的蝙蝠",都带给人阴森恐怖的不祥之感。塞克斯顿更是在《梦见乳房》("Dreaming the Breasts")中用"像蝙蝠一样悬挂着"来修饰母亲癌变后的两个乳房,使蝙蝠意象在狰狞之余又增添了悲哀、绝望的情绪表现。

而中国自白诗人特别是女性诗人继承传统并改造传统,将蝙蝠"夜晚的使者""边缘者"的象征意义与女性身份及女性姿态相衔接,为中国诗学园地增添了一抹新绿。

翟永明、唐亚平等的"蝙蝠"与她们建构的女性"黑夜"意识血脉相连,既代表女性对自我的发掘,赞扬其在属于女性的隐秘世界里自由飞行的坦然,又毫不避讳女性所面临的现实,哀叹其"难以着陆"的困境。在《我的蝙蝠》中,翟永明开篇即点明了蝙蝠与女人的关系,"蝙蝠是我的密友 是我的衣服/是我的头发追随我/隐姓埋名的缘由/漫长的冬天与我同住"。中国文化中男性为阳,女性为阴的文化传承,女性隐秘世界的丰富性及其敏锐的多重感觉构筑了女性与蝙蝠的"共同气质",但"蝙蝠是古老的故事/是梦中最后的发现/是一个畸形的伪装的鸟/高贵的心难以着陆"的现实又使"蝙蝠"般的女性对自身的"边缘性"具有清醒的认识。而且,这种认识在《边缘》中有着更为透彻的表现,"蝙蝠在空中微笑/说着一种并非人类的语言",虽然蝙蝠(女性)发现了自我的"黑夜"空间,但如果固守于自我而与(男性)世界缺乏或无法交流,只在"孤独的沉思中领悟自身的残酷"[①] 或将沉默"藏在黑蝙蝠的两翼之间"(海男:《如果有水》)的话,那么,属于女性的夜晚也就"无法安排一个更美好的姿态"(翟永明:《边缘》)。所以,翟永明

---

① 翟永明:《黑夜的意识》,《诗歌报》1986 年 8 月 12 日。

们并未止步于"蝙蝠"的自我世界塑造，而是努力寻找两性之间沟通与对话的最佳途径，这无论是对诗歌美学还是两性关系都有着较为积极的现实意义。

除了乌鸦和蝙蝠，猫头鹰等也是中美自白诗中的常用意象。虽然作为智慧女神雅典娜的原型，猫头鹰在西方文化中有着智慧、机警之意，但它带来死亡与噩运的摄魂者形象在中美自白诗中却具有相近的审美标准及价值体现。也即劳埃德所说的，"几乎在每一个人类文化传统中，猫头鹰的叫声和夜行性都被认为是死亡和背运的征兆"①。这一点在"猫头鹰儿子给白昼留下空隙，/张嘴发出吓人的笑声"（翟永明：《静安庄·第七月》）及普拉斯的"猫头鹰召唤众灵的时刻/老人们被迫离开草坪。/女士们戴着帽子，在棺材般/密闭的床上张开嘴 笑了"（《老人院》）等诗歌中得以具体而饱满的呈现。

从以上分析可以看出，虽然诗歌是"自白"的，但中美自白诗人娴熟而巧妙地运用意象作为传达情感的载体，既为个人色彩及情感体验浓郁的诗歌增添了文化的共性和普适性，又丰富了诗歌或幽深或美妙的意境及内蕴，从而使"自白"拥有了审美的气质高度及非凡的艺术魅力。

第三节　自白诗的声音美学

关于文学中的声音，韦勒克曾做过如下判断："每一件文学作品首先是一个声音的系列，从这个声音的系列再生出意义。"② 对于诗

---

① ［英］约翰·劳埃德：《引言》，载约翰·劳埃德《动物趣谈》，杨红珍译，广西科学技术出版社 2008 年版，第 1 页。

② ［美］勒内·韦勒克、奥斯汀·沃伦：《文学理论》，刘象愚等译，江苏教育出版社 2005 年版，第 184 页。

歌中的声音，朱光潜认为："诗的要素有三种：就骨子里说，它要表现一种情趣；就表面说，它有意象，有声音。我们可以说，诗以情趣为主，情趣见于声音，寓于意象。"① 在朱光潜看来，诗要表现的是情趣，而情趣是从意象和声音而来。如果从朱光潜对诗之要素的定义来看，大部分自白诗称得上是诗歌表达的上乘之作。首先，其丰富而独特的意象已在上节以"镜""月"及动物意象为例进行了较为详细的阐释，此处不再赘述。其次，在声音的表达和表现上，自白诗更是具有得天独厚的优势：相对于能直接诉诸听觉或视觉的音乐和绘画来说，作为单纯语言艺术的诗歌不能被直接感受，而只能通过对语言的想象间接地转化为印象和感觉，但自白诗却以"我"的"独白"弥补了语言在倾诉上的不足，因为，"自白"或"独白"式的诗歌表达形式给诗歌加入了声音与呼喊的节奏，唤醒了读者的听觉系统，停顿又使节奏成为可能。正如希尼（Seamus Heaney）对诗歌与"自白"结合之后的评价："诗人的艺术找到了它的方法，使个人独特的主体和情感必然性能够普遍地君临读者的主体和情感"，诗人自身也变得"能量充沛"②。而自白诗的"声音"结构及修辞并不仅止于此，"呼语法"入诗、"声音"入诗、诗歌的内在节拍与外在节奏的协同并进等都为自白诗的声音修辞增添了强大的表现力量。而林庚对诗歌艺术性的界定，"诗歌的艺术性就在于能充分地发挥语言的创造性来突破概念，获得最新鲜、最丰富的感受"③ 似为自白诗量身定做，因为自白诗中各种声音的创造性入诗给读者带来了最新鲜、最直接的感受，并极大地丰富了自白诗的艺术特质及审美宽度。

---

① 朱光潜：《诗的隐与显》，载朱光潜《朱光潜全集》（第三卷），安徽教育出版社1987年版，第355页。

② ［爱］谢默思·希尼：《希尼诗文集》，吴德安等译，作家出版社2000年版，第408页。

③ 林庚：《漫谈中国古典诗歌的艺术借鉴》，载林庚《新诗格律与语言的诗化》，经济日报出版社2000年版，第116页。

一　"呼语法"入诗

"呼语法"（Apostrophe）是"在演说或文章中用第二人称称呼不在场的人物或拟人的事物"①。早在古希腊、罗马时代，修辞学家就注意到了"呼语法"的力量。在浪漫主义诗歌中，许多诗人如华兹华斯、柯勒律治、雪莱（Percy Bysshe Shelley）等都采用过呼语法来完成诗歌的对话功能。虽然卡勒（Jonathan Culler）对浪漫主义诗歌中呼语法的频繁运用颇有微词，但他也无法否定其作为诗歌技巧的功能及在诗歌中的突出作用。正如海伦娜·费德（Helena Feder）所认为的那样，"呼语法""不仅仅是一种诗歌技巧，还可以强调人类感知的过程以及事物之间的相互关系"②。第二人称代词"你"介入叙事一方面增加叙述方式的多样性；另一方面，也是最重要的方面，它能煽动起听者的情绪和情感。

"呼语法"在中美自白诗中均有比较普遍的表达和呈现。第一人称"我"较为恒定的存在是自白诗的特征之一，而第二人称"你"的出现意味着"我/你（I/You）"之间共存相伴、交流对话关系的确立，并因此为文本带来声音及读者听觉的唤醒。"呼语法"在中美自白诗中以两种面目出现，一种是"我"的陈述、疑问及话语有固定的"你"作为接受者；另一种是这个"你"并无指明的特指，是一个宽泛的或匿名的存在。有固定接收者的叙事文本如美国诗人洛威尔的《夫妻之间》（"Man and Wife"），普拉斯的《爹地》（"Daddy"）、《第三者》（"The Other"）、《偷听者》（"Eavesdropper"），塞克斯顿的《西尔维亚之死》（"Sylvia's Death"）、《绝望》（"Despair"），中国

---

① 陆谷孙主编：《英汉大词典》（第二版），上海译文出版社2007年版，第83页。

② Rosendale Steven, ed., *The Greening of Literary Scholarship*, Jowa City：Jowa University Press, 2000, p. 43.

诗人多多的《1988 年 2 月 11 日——纪念普拉斯》、翟永明的《母亲》、沈睿的《致安·塞克斯顿》① 等。在这些诗歌中，"你"与"我"似乎面对面的对峙不但为叙述者创造了固定的话语空间，也同时将观众引入"争端"的现场，拿塞克斯顿的《西尔维亚之死》（"Sylvia's Death"）为例说明：

> 你凭什么这么做？
>
> 你是怎么躺进去的？
>
> 小偷！——
>
> 你是怎么爬进，
>
> 独自爬进
>
> 我渴望已久的死亡的？

这首诗是塞克斯顿献给普拉斯的一首挽歌，表达了对好友自杀身亡强烈而复杂的情感。她曾在访谈中回忆她与普拉斯对死亡问题的探讨，"我们狂热地谈论着死亡，我俩都被它吸引，像扑向灯泡的飞蛾，吮吸着它"②。面对普拉斯毅然决然先她而去的事实，塞克斯顿通过"呼语法"的介入用三个赤裸裸的质问"你凭什么……?""你是怎么……?""你是怎么……?"将这种对好友早亡的悲痛之情及对她不辞而别的愤怒之情表达得淋漓尽致。

对于普拉斯之死，多多在 1988 年 2 月 11 日，也即普拉斯自杀 25 年后的当日，写了一首纪念她的诗，他对普拉斯的言说克制而充满理

---

① 此处的"安·塞克斯顿"即"安妮·塞克斯顿"，为表达对原作者的敬意，故此处保留原文用法。

② Barbara Kevles，"Anne Sexton：An Interview"，in George Plimpton. ed. *Poets at Work：The Paris Review Interviews*，New York：Viking Penguin，1989，p. 263.

解："你哭，你喊，你止不住，你就得用药！"（《1988 年 2 月 11 日——纪念普拉斯》）。而在沈睿对塞克斯顿的献词《致安·塞克斯顿》中，有陈述，"那天我尾随你在你身后，在去精神病院的路上"；有描绘，"我在你的衣兜里/找到一把钥匙，我把它藏在岩石下，/我围着它又跳又唱，它使我拥有了你"；还有疑问，"你干吗把心一咬两半，我无法缝合它们"。文本强烈的叙事性加上娓娓道来的语调激活了读者的听觉甚至视觉功能，使声音、对话本身具有了强烈的感染性和立体感。但并不是只有挽歌性质的"呼语法"能产生强烈的效果，有"我"的清晰话语，有明确的"你"作为话语接收者的普通自白式叙事文本同样能将读者纳入在场的"听者"的角色范围，并赋予读者"听到"→"思考"→"评判"的系列功能。而且，这些用事实证明了古罗马修辞学家昆提利安（Marcus F. Quintilian）的看法，"和人说话的表达方式比陈述某人的事实更激动人心和引人注目"①。

　　另一种"呼语法"的诗歌表达是第二人称代词"你"并无明确的特指，是一个宽泛的或匿名的存在。这在一定程度上把"你"设定为一个圈套，一个陷阱（这个圈套和陷阱并不容易被认出），因为"你"并没有特指的对象，虽然仔细辨别也可以猜出大概，但正是这一附加的辨别过程产生了交际障碍，读者一开始似乎顺理成章地成为预设情景的第一接收者，所以呼叫本身就能引起听者（读者）的注意和猜测，为读者提供了非中立的语境并激起强烈的情感反应，昆提利安把它称为"泥潭效应（mire movet）"（"wonderfully stirring"）②。大量自白诗以这种模式强化诗歌中的音义互动，如翟永明的《肖像》

① Marcus F. Quintilian, *Institutio Oratoria*（Bilingual edition in four volumes），trans. H. E. Butler, Cambridge：Harvard University Press, 1921, 1953, pp. Ⅳ, 68.

② Kancandes Irene, "Narrative Apostrophe：Reading, Rhetoric, Resistance in Michel Butor's 'La Modification' and Julio Cortazar's 'Graffiti'（Second-Person Narrative）", *Style*, Vol. 28, No. 3, Fall 1994, p. 329.

组诗,陆忆敏的《沉思》,伊蕾的《情舞》《叛逆的手》《独身女人的卧室》,多多的《你好,你好》《愿望》等。以伊蕾的《独身女人的卧室》为例,此组诗共包括 14 首诗歌,或强调独立的女性意识:"我"是"一个具有创造力的精神实体"(《镜子的魔术》);或透露女人世界的淡淡孤寂:"独身女人的时间像一块猪排/你却不来分食"(《小小聚会》);或宣泄欲说还休的失落情绪:"他永远是孩子,是孩子/——我不能证明自己是女人"(《一封请柬》),但每首诗都以"你不来与我同居"的呼喊结束高涨的情绪。这个"你"未知,但可猜测。横贯 14 首诗的这一声不断重复的呼喊不但为诗歌增添了节奏,引起听者的注意和返想,最重要的是,它约束了诗歌抒情力量的无限扩张,在每首诗倾诉至几乎要突破文化和禁忌的极限时,略带一丝哀怨与柔情的"你不来与我同居"的呐喊又将女性带回女性自身,在带给读者冲击的同时高效地收拢了抒情的泛滥。

总的看来,"呼语法"不但是诗歌技巧、修辞力量,也是一种诗歌仪式,说话人以此建立了诗歌多声部的声音系统。不管是确指的"你",还是对不在场的虚构人物的言说,"呼语法"把第二人称"你"带入叙事的修辞行为通过呼格形式建构了文本中"我"与"你"的对话关系,将声音及读者的听觉带入诗歌,使其具有了叙事功能并和词语一起表情达意,带来了诗歌音义互动的特殊审美体验。

二 节奏与音乐之美

正如第三章第三节所言,美国自白诗是在反形式主义基础上兴起的诗歌运动,中国现代诗歌也在反"平上去入,高下抑扬,强弱短长,宫商徵羽"① 的诗学道路上日趋自由,所以,无论是美国自白诗

---

① 郭沫若:《论诗三札》,载郭沫若《郭沫若全集》(文学编),人民文学出版社 1990年版,第 335 页。

还是中国自白诗，其节奏都不再依靠固定而整齐划一的韵律和韵脚来构成。但需要说明的是，反形式主义并不是反形式，诗歌的形式，尤其是由形式带来的节奏感是诗歌所追求的本质之一。中国自白诗所追求的自由诗体形式也并不排斥乐感和节奏感。相反，越是脱离严格的外在韵律的控制，中国诗人对内在节奏的重视反而越强烈。节奏作为诗学概念在中国现代诗歌中的体现，一方面来自西方，另一方面来自中国的古典诗学及语言艺术。正如多多所说，狄兰·托马斯（Dylan Thomas）的词组节奏曾对他造成很大的"震撼力"，而中国的古诗词、民俗、民间艺术如相声、快板等语言艺术都对他的诗歌产生过一定的影响。① 在实际的运思过程中，中美自白诗人均有意无意地实践着庞德对自由诗体的定义和写作要求："自由诗只应当在你'必须'写的时候才写，那就是说只有当所咏'物'构成的韵律，比规定的韵律更美，或者比正规的抑扬顿挫写出的诗的韵律更真切，比它所要表达的'事物'的情感更为融洽、更贴切、更合拍、更富有表现力。那是一种为固定的抑扬格或扬抑格所不能充分表现的韵律。"②

在美国自白诗人中，贝里曼对诗歌中的节奏、声音及乐感尤其关注，对语言所能带来的听觉的微妙之处非常敏感，而且，他的诗歌充满了爵士乐的跳跃和蓝调的即兴表演色彩。不但如此，他对别的诗人（如庞德等）诗歌中的音乐性也颇感兴趣，而且在自己的诗歌里多次表达了对巴赫、西贝流士、贝多芬、柴可夫斯基等音乐家的敬意和欣赏。爱德华·门德尔松（Edward Mendelson）、道格拉斯·邓恩（Douglas Dunn）、迈克尔·丹尼斯·布朗（Michael Dennis Browne）等

---

① 多多、凌越：《我的大学就是田野——多多访谈录》，载多多《多多诗选》，花城出版社 2005 年版，第 272 页。

② ［美］艾兹拉·庞德：《回顾》，载潞潞主编《准则与尺度：外国著名诗人文论》，北京出版社 2003 年版，第 207 页。

评论家们敏锐地觉察到了贝里曼诗歌中的"音乐"性，约翰·哈芬登（John Haffenden）则直接称贝里曼在诗歌中"一而再，再而三地演奏克罗采奏鸣曲（第九小提琴奏鸣曲）"①。在访谈中，贝里曼对《梦歌》（*The Dream Songs*）的结构和声音供认不讳："是的，（《梦歌》）诗节复杂，遵循的是5–5–3–5–5–3，5–5–3–5–5–3，5–5–3–5–5–3的结构，这是重点——压多种韵，表面看来是无韵的，但听起来韵味十足。"②

塞克斯顿是自白诗派中对诗歌的节奏和音乐性青睐有加的另一个重要人物。如果说贝里曼对蓝调情有独钟的话，那塞克斯顿的音乐精神就是摇滚乐。她曾以诗歌《她那一类》（"Her Kind"）为名组建了"塞克斯顿和她那一类"（Sexton and Her Kind）的摇滚乐队，并在访谈中多次强调摇滚乐对自己诗歌的作用，"摇滚乐的形式为我的诗歌打开新的局面，让诗歌在声音中敞开，以便真正让人听见，这就为诗歌打开了一个新的维度"③。

洛威尔和普拉斯也非常重视节奏和音乐在诗歌中所扮演的角色，但与贝里曼和塞克斯顿相比要含蓄得多，洛威尔还因此被评论界批评，认为他是"耳朵很不可靠"④的诗人。实际上，洛威尔的诗歌尤其是早期诗歌如《黑岩中的对话》（"Colloquy in Black Rock"）等也同样充满了节奏和乐感。而普拉斯的诗歌看似即兴随意，不受韵律、

---

① John Haffenden, *The Life of John Berryman*, London: Routledge and Kegan Paul, 1982, p. 88.

② John Plotz, et. al., "An Interview with John Berryman", in Harry Thomas, ed. *Berryman's Understanding: Reflections on the Poetry of John Berryman*, Boston: Northeastern University Press, 1988, p. 12.

③ Barbara Kevles and Anne Sexton, "The Art of Poetry: Anne Sexton", in J. D. McClatchy, ed. *Anne Sexton: The Artist and Her Critics*, Bloomington: Indiana University Press, 1978, p. 27.

④ John Berryman, *The Freedom of the Poet*, New York: Farrar, Straus, and Giroux, 1976, p. 291.

韵脚等的束缚和限制，但其诗歌仍然具有强烈的音乐性和节奏感。实际上，其节奏和乐感多是通过非规则的头韵、内韵、尾韵及词语与诗节的重复回应得以体现，如《晨歌》（"Morning Song"）、《挫伤》（"Contusion"）等。整体上看来，她的诗歌"如同现代滚石音乐，旨在传达整体感觉上的旋律，往往时断时续，以至在相隔很远的段落才能短暂地听到，但是每个横向的意绪中，都能达到自身的独立和自足"①。

综上所述，纵然反对严格死板的韵律，美国自白派诗人大都对诗歌之所以为诗歌的节奏与声音有着自觉的意识和把握，并最终使之成为自己鲜明的诗学特征之一。而且，随着对自白诗美学形式的深入挖掘，评论家对美国自白诗中的声音和节奏也充满了兴趣并就此展开了较为系统的分析与研究。与之相对的是，对中国自白诗诗歌美学的探讨仍局限于主题及抒情风格等方面，节奏与音乐之美并未得到学界的重视。但实际上，美国自白诗中既摆脱整齐划一的韵律局限，又可加强诗歌音律之美的内韵、跨行、叠词、叠韵、重复等修辞均在中国自白诗中有着充分的体现，并且其美学效果并不输于美国自白诗中的节奏之美。考虑到中西语系的巨大差异、译介很难兼顾词形、意境、声音、节奏等的如实传达，以及中国1980年代绝大部分诗人对英语原版诗歌的有限接受能力等因素，如果坚持说中国自白诗中的音韵与节奏之美受到美国自白诗的影响，似有牵强之嫌。所以，中美自白诗相通的节奏与音韵之美大可归功于上乘诗歌的共同审美要求，也即"诗歌中的音乐和意义是不可分割的"②的美学共识。

---

① ［美］罗伯特·洛威尔等：《美国自白派诗选》，赵琼、岛子译，漓江出版社1987年版，第48页。

② T. S. Eliot, "The Music of Poetry", in T. S. Eliot, *On Poetry and Poets*, London: Faber and Faber, 1979, p. 29.

下面仅以中美自白诗中均有着突出表现的内韵、跨行、叠句等来说明自白诗节奏与声音的美学呈现。

（一）内韵

内韵（Internal Rhyme）是指诗句中的字、词押韵，通过韵律的重复来加强声音并形成节奏。它比尾韵灵活，可同句、隔行、隔段入韵，也可如贝里曼的《梦歌》（*The Dream Songs*）中那样隔诗入韵，贝里曼的《77 首梦歌》（*77 Dream Songs*）中含有/iəz/的"years""tears""hears""ears"等词汇出现了 35 次之多，[1] 这种跨行、跨节甚至跨诗的内韵重复所达成的效果正如贝里曼所说，"表面看来是无韵的，但听起来韵味十足"。但内韵并不是西方独特的韵律现象，在中国宋末沈义父的《乐府指迷》中对内韵即有说明，"词多有句中韵，人多不晓。不惟读之听，而歌时最要叶韵应拍，不可以为闲字而不押"[2]。从这点来看，中国自白诗中的内韵也可以说是中国古典诗文的传承与发展。而且，翟永明、陆忆敏等对中国古典文学的偏爱和敬重也会自然而然地体现在其诗歌创作中，正如翟永明所说，"事实上，中学时期对古典诗歌中韵和平仄关系的隐秘兴趣，一直缓慢地、含蓄地潜伏在我的写作之中"[3]。

以翟永明的《女人·预感》为例说明：

穿黑裙的女人夤夜而来/她秘密的一瞥使我精疲力竭/我突然

---

① Maria Johnston，"'We Write Verse with Our Ears'：Berryman's Music"，in Philip Coleman and Philip McGowan，eds. "*After Thirty Falls*"：*New Essays on John Berryman*，New York：Rodopi B. V.，Amsterdam，2007，p. 199.

② 马兴荣、吴熊和、曹济平主编：《中国词学大辞典》，浙江教育出版社 1996 年版，第 16 页。

③ 翟永明：《词语与激情共舞——回答周瓒的访谈》，载翟永明《正如你所看到的——翟永明随笔》，广西师范大学出版社 2004 年版，第 47 页。

想起这个季节鱼都会死去/而每条路正在穿越飞鸟的痕迹//貌似尸体的山峦被黑暗拖曳/附近灌木的心跳隐约可闻/那些巨大的鸟从空中向我俯视/带着人类的眼神/在一种秘而不宣的野蛮空气中/冬天起伏着残酷的雄性意识//我一向有着不同寻常的平静/犹如盲者，因此我在白天看见黑夜/婴儿般直率，我的指纹/已没有更多的悲哀可提供/脚步！正在变老的声音/梦显得若有所知，从自己的眼睛里/我看到了忘记开花的时辰/给黄昏施加压力//藓苔含在口中，他们所恳请的意义/把微笑会心地折入怀中/夜晚似有似无地痉挛，像一声咳嗽/憋在喉咙，我已离开这个死洞。

在这首共 254 个汉字的诗篇中，异声同韵（部分同声）的"秘、密、一、疲、力、起……"间断押韵共达 40 次之多。如果在《77 首梦歌》的 77 首诗中共有 35 次押/iəz/韵就让评论界对贝里曼的诗歌节奏赞叹有加的话，那么，《女人·预感》中的 40 次"i"韵所成就的节奏及乐感就真的可以令人叹为观止了。而且，这种间断押韵并不是中国自白诗中的偶然现象或特殊现象，而是一种普遍存在：如《女人》组诗接下来的《女人·臆想》篇"i"韵（共出现 48 次）；《女人·瞬间》篇"i"韵（共出现 41 次）；王小妮的《我看不见自己的光》"亮、床、阳、光……""ang"韵（共出现 13 次），等等。而且，中国自白诗中节奏的形成也并不仅仅依靠一个单一韵律，而可能是多韵共存，如陆忆敏《避暑山庄的红色建筑》中除了控制主旋律的"墙、堂、像、尚"等"ang"韵外，"来、怀"，"井、行"等行间韵也穿插其中，错落有致，形成了动态的情绪节奏，有效地传达了诗人的情思及感情的跌宕起伏。

（二）跨行

"跨行是诗节、诗篇建设中常用的技法，它集中反映了诗句和诗

169

行的关系。严格地说，诗行和跨行都是来自西方的概念。在英语诗歌里，诗行是诗歌的基本结构单位，遵循的是韵律规则（如韵和节奏等）而非语法规则，诗句是从语法的角度而言的，强调的是句子，遵循的是语法规则。在实际运用中，诗行又不可能脱离语法规则，故而从语法上着眼，诗行中也存有诗句。当一行诗正好是一个完整的语句时，就叫结句行（end-stopped line），但有时一行诗在最后并没有在句法和语义上结束，而是要转入下一行甚至于数行才能完成一个句子，这种在语法和语义上没有结束的诗行成为延续诗行（run-on line）或跨行（enjambment）。"① 跨行最明显的功能是语意或词意的凸显或强调，并在此基础上形成似断实联的节奏感，而自白诗强烈的情感宣泄式表达与跨行，特别是跨行过程中独特的抛词法、默行甚至跨节的使用相结合，使诗歌的内容与形式相互补益，从而达到有力地强化诗歌审美及精神内涵的实际效果。

如洛威尔的《夫妻》（"Man and Wife"）：

Now twelve years later, you turn your back.	十二年后的今夜，你转过身去。
Sleepless, you hold	无法入睡，你抱着
your pillow to your hollows like a child;	你的枕头，像孩子一样，去填补空虚；
your old-fashioned tirade ——	你那关爱的、飞快的、无情的
loving, rapid, merciless ——	老一套的长篇大论
breaks like the Atlantic Ocean on my head.	像大西洋在我头顶炸裂。

此诗节的二、三行在及物动词的谓语和宾语之间跨行，给人以陌生感和稍微的突兀感，四、五、六行分别在延长的主语和谓语之间跨行，延长的主语之间的跨行突出妻子唠叨所造成的压迫感，而主谓语的分割形成停顿的节奏，并与"break"（冲击、打破、碎裂）这个本

---

① 聂珍钊：《英语诗歌形式导论》，中国社会科学出版社 2007 年版，第 32—33 页。

身带有声音质地的动词一起构成节奏的紧张感，这样的诗节建构促成文字表述的立体化，夫妻之间心理上的距离及令人悲哀又无奈的隔膜在文字、形式、节奏的共同配合下得以生动显现。

再如贝里曼的《梦歌之十四》（"Song 14"）：

Life, friends, is boring. We must not say so.	生活,朋友,真讨厌。我们绝不能这么说。
After all, the sky flashes, the great sea yearns,	毕竟，天空在闪耀，大海在渴望
We ourselves flash and yearn,	我们自己闪耀着，渴望着，
And moreover my mother told me as a boy	而且小时候妈妈总是
(repeatingly) "Ever to confess you're bored	（一遍遍地）地说，"承认你感到厌烦
Means you have no	说明你
Inner Resources." I conclude now I have no	精神空虚。"我现在承认
Inner resources, becauseI am heavy bored.	我精神空虚，因为我厌烦透了。

在这两个诗节中，第一诗节的四、五、六行跨行，第五行加入默行（括号中的注释 repeatingly），第一节与第二节之间使用了跨节（第一节的最后一行与第二节的第一行是一句话）。默行在视觉上造成一定的停滞，在听觉上造成节奏的断裂，但带来强调感；而跨节造成明断而实续的明暗结构，突出了诗歌的内在节奏，正是贝里曼倾心的爵士乐跳跃错落的一贯风格。

与美国自白诗相似，在中国自白诗中，不管是跨行、跨节、默行还是抛词都有精彩的表现。如李亚伟的《中文系》：

　　　有时，一个树桩般的老太婆

　　　来到河埠头——鲁迅的洗手处

　　　搅起些早已沉滞的肥皂泡

　　　让孩子们吃下，一个老头

　　　在讲桌上爆炒野草的时候

放些失效的味精

《中文系》是跨行写作的典范，全篇绝大多数诗节存在跨行的诗句，或调侃，或叙事，或强调，或抒情，整首诗充满跌宕起伏、铿锵有力的节奏感。所选此节的跨行、默行在听觉中留下停顿，视觉上带来滞留，使叙事拥有了强烈的节奏，在形式上增加了诗节的力度和能量，并为内容增添了暗讽的力量。而多多的《吃肉》更加体现了形式带来的节奏之美：

真要感谢周身的皮肤，在
下油锅的时候作
保护我的
肠衣

再往我胸脯上浇点儿
蒜汁吧，我的床
就是碟儿
怕我

垂到碟外的头发么？

犹如一张脸对着另一张脸
我瞪着您问您
把一片儿
切得

很薄很薄的带咸味儿的

笑话，加进了

您的面包

先生：

芥末让我浑身发痒

在这首《吃肉》中，倒金字塔的外在诗节形体与跨行、跨节、抛词法在诗中交错出现所构成的内在节奏互为表里，诗歌的节奏与诗情、诗意、诗形水乳交融，"垂到碟外的头发""带咸味儿的笑话"等奇崛意象和陌生化表达点缀其中，使整首诗带给人视觉、听觉及感觉的冲击及美学享受，而这首诗也可以作为对他诗歌中"明晰的洞察力、精湛的语言、最吸引人的节奏"① 的精确阐释。

总的看来，突出诗歌内在节奏的跨行法在中美自白诗中均有突出的表现和表达，它不但完善了诗歌的情绪表达、音乐之美，而且增加了诗歌整体的陌生化效果，丰富了诗歌的美学呈现。而且，基本舍弃句末标点的中国自白诗在跨行表达上更趋自由，也似乎更加得心应手。

（三）叠句

叠句（Refrain）是中美文学中共有的修辞现象。在中国的《诗经》中就已经有大量叠句的使用。叠句分为两种：一种是句式相同的句子或短语重复出现；另一种是文字相同的句子或短语重复出现。不管是哪一种，叠句都具有生成韵律的功能，像音乐的副歌一样，叠句在诗歌中的反复咏叹有利于节奏的回旋及生成。在美国自白诗中，洛威尔对叠句的使用虽不是特别热衷，但仍有像《眼与牙》（"Eye and Tooth"）中"什么也赶不走"（Nothing can dislodge）在诗歌中的反复咏叹，既生成了诗歌的节奏，又强调了叙事人的哀叹之情。普拉斯喜

---

① 此句引自多多获得首届安高诗歌奖时的授奖词。

欢用上下两句之间的叠句或诗句中的叠词来生成强烈情绪，强调抒情效果，如《捕兔器》（"The Rabbit Catcher"）中，"I felt…/I felt…"（"我感觉……/我感觉……"）或《申请人》（"The Applicant"）中"It can talk, talk, talk…will you marry it, marry it, marry it"（"它会说话，说话，说话……你可愿意娶它，娶它，娶它"）。贝里曼对叠句和重复的热爱是其诗歌中强烈音乐性形成的原因之一，如《梦歌之二二》（"Song 22"）前两个诗节连用 12 个"I'm…"（"我是……"）来加强节奏，《梦歌之四十》（"Song 40"）第一诗节用首句及末句"我害怕孤独"（Im scared a lonely）的重复营造了封闭并难以逃脱的孤独感，第二诗节起首句又用"I'm scared a lonely…"将这种孤独和恐惧感扩散开来，在听觉和视觉上达到收紧又突然放开的曲折感。塞克斯顿不只在诗中大量运用叠句，而且会直接将音乐的节奏和声音植入诗歌以达到加强诗歌乐感的实际效果，如《快一点吧，是时候了》（"Hurry up Please It's Time"），在多重技巧的渲染下，这首诗堪称文字的交响乐：除了"What is…""I'm …""You…""Say…"等句型在诗节中的连续重复，"Why shouldn't I…"（"我为什么不……"）等句型的间隔重复，塞克斯顿还将"Toot, toot, tootsy…"及"la de dah"等声音直接入诗并重复演奏。拿"la de dah"为例，这组音节在全诗的六个诗节中共出现了八次之多。而且，其在诗节中的分布并不规范，也没有实际的指涉功能，只作为加强听觉的音节复现而存在，是一次将音乐带入诗歌的实验或尝试，为诗歌带来了节奏与音乐性的新体验。

在中国自白诗中，由叠句及重复之美所带来的节奏及音乐感也有充分的体现：如翟永明的《迷途的女人》中"一个迷途的女人"的一再反复，《我策马扬鞭》中"我策马扬鞭"的循环往复。在《我策马扬鞭》中，六个诗节形成三个对称的意群，每个意群的首句均以

"我策马扬鞭"统领诗节的起伏发展，而"我策马扬鞭，在有劲的黑夜里""我策马扬鞭，在痉挛的冻原上"及"我策马扬鞭，在揪心的月光里"的相似结构规范全诗，在马蹄嘚嘚的声响之美中为诗歌平添一份豪气和雄壮之美。内敛的陆忆敏会以"可以死去就死去，一如/可以成功就成功"的工整叠句加强声势，她也会以"山雨欲来风满楼"的诗情来统筹诗歌的音乐性，在《检索》中，词语"以前"以不规则的形式出现在第一节第一句及第二节的一、三两句之后，突然以排山倒海之势密集地出现在第三节，"以前的怯意仍是光明的前途/以前的牺牲仍是随身的闲食/以前的休息仍照耀我/以前的声音仍亮着光点"，这样的叠句为"以前"创设了新的语境并使声音的强度突然加大，带给读者疾徐错落的感官享受。在中国自白诗人中，最善于利用叠句或重复来加强诗歌节奏及表达情感的应该是伊蕾了，《独身女人的卧室》14 首诗歌中 14 句"你不来与我同居"的呐喊，以及《被围困者》12 首诗歌中 11 句"我无边无沿"的宣言犹如田纳西山巅的"坛子"①，使组诗具有了秩序感，而重复又为诗节创设了新的语境，引导读者在反复回荡的气韵中感受情感及诗意的回旋变化。

三 "陌生化"的"声音"

之所以把"声音"二字加引号，是因为本节要谈的声音并非塞克斯顿《快一点吧，是时候了》（"Hurry up Please It's Time"）中"la de dah"那样用来增强诗歌节奏的声音，而是指带有声音质地的动词的奇异搭配或异于常态的声音搭配带来的异于寻常的听觉效果，以及其所带来的奇特的美学体验。

---

① 在华莱士·斯蒂文森的《坛子轶事》（"Anecdote of the Jar"）中，被置于山顶的坛子"统领四面八方"，为杂乱的荒野带来秩序。

声音及动词的陌生化使用在塞克斯顿的诗歌中表现得异常丰富，以至于她曾因此受到批评。一些评论家认为，塞克斯顿"使用动词总不符合语法规则，经常扭曲它们的本意，有时甚至十分残暴"①。批评本身恰恰说明了塞克斯顿的动词运用特色，如《与天使同行》（"Consorting with Angels"）中，"有个天使**嚼**着星星并记录着它的轨迹"（One **chewing** a star and recording its orbit），《穿越大西洋》（"Crossing the Atlantic"）中，"每个时刻从它身上**锯**过"（Each hour **ripping** it）等。"嚼""锯"等本是普通的动词，但与"星星""时刻"的搭配却带给人强烈的陌生感及非凡的听觉体验，使人在惊诧的同时不得不折服于诗人超常的想象力及表达力。这样"扭曲"的用法在普拉斯的诗歌中也非常普遍，如《巨人像》（"The Colossus"）中"从你肥厚的嘴唇间发出的/驴嘶，猪叫还有猥琐的咯咯声"（Mule-bray, pig-grunt and bawdy cackles/ Proceed from your great lips），《美杜莎》（"Medusa"）中"你的祝福/冲着我的罪恶嘶鸣（your wishes/Hiss at my sins），人被物化为"驴""猪"，及其发出的"嘶叫"皆为言说者怨愤情绪的表达，而"祝福"的"嘶鸣"是美杜莎带来的不祥之感，这些看似悖论的表达及异样的声音直取语言的核心，陌生化的表达背后体现的是诗人敏锐的洞察力及对语言娴熟的操控能力。

这种异样的声音出现在中国自白诗人的笔下，有动词所带来的陌生化的声音处理，如"动物的名称/也随我而跳上书桌"或"音乐在关闭的橱门里/喧嚣的奔窜"（陆忆敏：《室内的一九九八·六月十二日》），"浪涛的声音/像抽水马桶哗哗地响着，使一整个上午/萎缩成一张白纸"（张曙光：《尤利西斯》）；也有本不会发声的却发出真切

---

① Jeanne H. Kammer, "The Witch's Life: Confession and Control in the Early Poetry of Anne Sexton", in Linda Wagner-Martin, ed. *Critical Essays on Anne Sexton*, Boston, Mass.: G. K. Hall, 1989, p. 118.

的声音，如植物的呼救声（王小妮：《许许多多的梨子》），中子在原子里的抽泣声（陆忆敏：《对了，吉特力治》）等，这样的处理突出的是物与人的置换，情感与声音的互动。而在语言的操控及动词、声音的处理等方面，翟永明可以说是中国自白诗人中的典范。

　　翟永明操控着多重的、异样的"声音"从《女人》一直"走"到《静安庄》："蟋蟀的抱怨声、青铜马的咳嗽声"（《女人·臆想》），"黄昏的咯血声"（《女人·瞬间》），"一棵楝子树对另一棵发出的警告声"（《女人·夜境》），"天空的冷笑声"（《女人·憧憬》）；"双鱼星的噪叫声"（《静安庄·第一月》），"圆锥形树的哭泣声"（《静安庄·第四月》），"很怪的树的冷笑声"（《静安庄·第五月》）；"猫头鹰吓人的笑声、水车的呻吟声"（《静安庄·第七月》），"我的噪叫声"（《静安庄·第九月》），"土地嘶嘶的挣扎声"（《静安庄·第十月》），等等，这些"声音"不但触动了听者（读者）的听觉系统，而且，情与思的扭曲、人与物的错位、动与静的置换所弄出的响动还带给读者强烈的、惶恐不安的感觉体验，这些体验最终指向对主题最直接、最有效的感知和把握。

　　综上所述，在相似的美学领域，中国上乘的自白诗文本不但能与美国自白诗齐头并进，而且，在诗艺之美上，它们也毫不逊色于美国自白诗中的优秀文本，在某些方面还有超越之势。因此，可以这样说，中国自白诗以"自白"的多重艺术优势为契机，在诗艺锤炼、文本策略、美学建构等方面均展现了非凡的诗学品质，自证了被遮蔽的、被误解的文学真实，并以自身独特的美学魅力为中国诗歌史增添了浓墨重彩的一笔。

第五章

艺术分野：中国自白诗对美国自白诗的创新

中国自白诗的产生和发展曾受到美国自白诗的影响，这在学界是个不争的事实，也在多多、翟永明、伊蕾、苏历铭等的自述和他述中得到确认。但也正因此，中国自白诗的模仿性成为评论界诟病的对象。特别是在老一代诗人和评论家那里，批评的声音异常严厉，"由于本身的知识架构所限，并不能掌握当代西方诗派的精髓，唯有照猫画虎，追逐于自白派、垮掉派甚至语言派之后"①。而且，这样的声音在学界还有较强的回响和共鸣。

但是，从世界范围来看，民族内部的文学变革都会或多或少地受到外国文学译介的影响。奥克泰维欧·派茨（Octavio Paz）曾说过："西方诗

---

① 郑敏：《诗歌与哲学是近邻》，北京大学出版社 1999 年版，第 299 页。

歌最伟大的创作时期总是先有或伴有各个诗歌传统之间的交织。有时，这种交织采取仿效的形式，有时又采取翻译的形式。"① 在中国诗歌界，这样的现象同样存在：朱偰在《再论继承诗词歌赋的传统问题》（《光明日报》1956 年 10 月 20 日）中指出，"五四"以后的白话诗是"移植而来"的形式。之后不久，朱光潜也在《新诗能从旧诗学习得些什么》（《光明日报》1956 年 11 月 24 日）中提出了相似的看法，他认为，"我们的新诗在五四时代基本上是从外国诗（特别是英国诗）借来音律形式的，这种形式在我们人们中间就没有'根'"。同样，在中国自白诗中也确实存在对美国自白诗的"移植"现象。但正如郑敏所说："一个民族的作家在任何时候都不可能脱离他自己思想意识中的文化基因，他永远会以自己的民族文化为中轴，放射地联系外民族的文化，除非他的民族被完全地吞蚀了，即使是那样也可能要几十个世纪的消化，才能磨去他本民族文化的轮廓。"② 而且，作为不同话语体系的文学之间的深层影响毕竟是有限的，正如郭沫若所言，"翻译事业只在能满足人占用冲动，或诱发人创造冲动，其自身别无若何积极的价值"③。这番言论在话语表达上可能有些过激或武断，但也道出了译介在文学交流与传播中的局限性。

因此，可以这样说，虽然中国诗人在 1980 年代邂逅美国自白诗，并被其表达策略、方式及内容所吸引，但仅凭吸引和模仿并不能成就中国自白诗的这一方天地。在中国本土文化和本土诗学的观照下，其诗歌特别是上乘诗歌文本中必然包孕着丰富的中国传统美学范畴及文化精髓。本章将从在中美自白诗中皆有突出表现的两性关系叙事、黑暗叙事、死亡叙事三个方面出发，分析中国自白诗对美国自白诗的诗

---

① 转引自王克菲《翻译文化史论》，上海外语教育出版社 1997 年版，第 354 页。
② 郑敏：《诗歌与哲学是近邻》，北京大学出版社 1999 年版，第 227 页。
③ 郭沫若：《文艺论集》，人民文学出版社 1979 年版，第 208 页。

学及美学创新，并由此揭示文化对诗歌美学的介入及干涉。

第一节　中美自白诗两性关系叙事

不可否认的是，中国女性自白诗中最明显的特点是对父权制文化传统的反对，以及女性意识的凸显。她们从女性生活或心理经验出发，关注女性身份、自我、心理、身体，甚至是性意识，在张扬女性主体意识方面超越了以往的任何时代。正如海男所说："我从小积累了太多的女性经验，或者说外在的女性世界，使我负载着许多语言的权利，从而熔炼了我的性别意识，你说得不错，'为女性而写'，为身体中荡漾的人性而写，这就是我的女性主义。"① 在这一点上，她们既继承了中国的"五四"传统，又发扬了普拉斯和塞克斯顿的风格。但是，在男女两性关系的叙述中，中国自白诗却实施了与美国自白诗迥然不同的言说策略。然而，西方女权主义批评中常使用的一些流行词，如对峙、拼杀、决裂、拆解、解构、颠覆、报复、美杜莎等仍然高频出现在论及中国自白诗歌中男女两性关系的批评文本中，这些词语为批评话语营造了极为高亢的氛围，但它们是否符合中国自白诗中关于两性关系的真实表述呢？

一　中美自白诗两性关系叙事的社会文化背景

共同的父权制文化传统是中美女诗人女性意识觉醒的根源，但两者身处的文化集体无意识，以及具体的文化和社会环境却导致两性关系书写走向陌路。

首先，西方二元对立、工具理性的延绵承续及中国天人合一、阴

---

① 林宋瑜：《海男访谈：为女性而写，而非女性主义》，《艺术评论》2007 年第 3 期。

阳和谐的集体潜意识规定了中美女性主义走向的大方向。其次，1950
年代美国及 1980 年代中国对男女角色定位上的官方意识形态，影响
和决定了诗人们的心理接受及自我审视视角。

　　西方文化从《圣经》的"肋骨说"始，就明确规定了两性的主
客体关系。威海姆·瑞奇（Wilhem Reich）把这种两性关系提高到政
治的高度，他认为，家庭是产生权威意识形态和结构的场所，必须把
人从家庭中解放出来才能实现人的解放。所以，仅仅改革生产方式并
不能破坏父权制的根基，只要现有的家庭还在，两性之间的关系就体
现着权力关系。① 而当任的杜鲁门（Harry S. Truman）总统在战后号
召女性回归家庭的公开宣言，更是将这一政治性提高到国家、民族的
高度，他甚至不惜以孩子相要挟，"孩子和狗对这个国家来说和华尔
街、铁路一样重要"②。就这样，大批在战时奋斗在各行各业第一线
的女性被强制回归家庭，而且，主流意识形态还创造出"幸福家庭主
妇"的神话作为诱惑。普拉斯敏锐地触摸到了这一问题的实质，并对
这种暴力规训和道德强制表达了强烈的不满。早在 1951 年，她就在
日记中写道："我最大的问题就是对男人的妒忌，它来自能够主动出
击而不是被动倾听的需要。这种妒忌危险而尖锐，能侵蚀并破坏任何
关系。我妒忌男人可以过双重生活的自由——既可以拥有自己的事
业，又可以拥有性和家庭生活。我想假装忘掉我的妒忌，但没有用，
它就在那，充满恶意地潜伏在我的灵魂深处。"③ 与泰特·休斯结婚
之后，她更加意识到了女人在婚姻中与男人不对等的地位："我要做
一个女商人、女农夫——我必须自己采摘 70 棵苹果树的果子、串起

---

　　① John Charvet, *Feminism*, London：J. M. Dent. & Sons Ltd. 1982, pp. 111 – 113.

　　② Martha May, *Women's Roles in Twentieth-Century America*, London：Greenwood Press,
2009, p. 75.

　　③ Sylvia Plath, *The Journals of Sylvia Plath*, Ted Hughes and Frances McCullough, eds.,
New York：The Dial Press, 1987, p. 35.

所有的洋葱、挖出并洗净所有的土豆、提取所有的蜂蜜并把它们装瓶等——我是个母亲、作家，我还得是个各方面的能手。我感觉在日常生活中我就像一个高效的工具或武器，时时刻刻被孩子们所需要……既然他（泰特）不会付一分钱或计算收入税或清理草坪，所以他对这些根本没有任何概念……"①

　　相对普拉斯来说，塞克斯顿的女性意识觉醒较晚。1948 年时，刚刚新婚的塞克斯顿还没有开始写诗，也没有明显的女权意识，正陷入"幸福的家庭主妇"的神话中自得其乐，"我的厨艺水平稍有提高了。今天早上我们早餐吃了咖啡蛋糕，我们都觉得它很美味。今晚我做了菠萝松饼——是里面塞了少量菠萝的松饼，吃起来也还不错"②。但在 11 年后的 1959 年，当她拥有了自己的诗歌事业时，她意识到了女性的尴尬地位，取得了与普拉斯的共识："这个夏天我会和罗特克（此处指西奥多·罗特克——笔者按）一起学习，因为我刚刚收到了罗伯特·弗罗斯特奖学金。他也许不会喜欢我的作品。到时候我们（你和我）会和我们的卡尔（Cal）、我们的泰特（Ted）待在一起，他们都不喜欢我们的作品（我们只好躲在女人自己的洞穴里哭泣，想要拼命踢开那扇名誉之门，可是那扇门由男人们掌控，他们绝不会给我们密码）。"③ 而且，那些曾经被她拿来向母亲炫耀的、让她忙碌而充实的家务也成为束缚和遏制女性发展的锁链，"有些女人嫁给了房子/……/看她如何一天到晚跪着/忠实地冲洗自己/男人以暴力闯入，像约拿被吸进/母亲的肉体/一个女人就是她的母亲/

---

　　① Linda Wagner-Martin, *Sylvia Plath*, *a Literary Life*, London：Macmillan Press Ltd, 1999, p. 119.

　　② Anne Sexton, *Anne Sexton：A Self-Portrait in Letters*, Linda G. Sexton and Lois Ames, eds., New York and Boston：Houghton Miffli Company, 1977, pp. 19 – 20.

　　③ Anne Sexton, *Anne Sexton：A Self-Portrait in Letters*, Linda Gray Sexton and Lois Ames, eds., New York and Boston：Houghton Miffli Company, 1977, p. 82.

这就是问题所在。"（《家庭主妇》）

与美国"二战"后的情形不同，1980 年代中国的现实是人道主义再次成为全社会的追求。"人道主义潮流所追求的人的解放，既是男人的解放，也是女人的解放，这是一个无性别时代的反叛，曾被取消的不仅是女性也是男性，不仅性别是一片空白，许许多多人性的领域都是空白。对于这样的语境来说，承认我是一个女性主义者是一种公平，宣称我是一个男性主义者也是一种公正。"① 所以，1980 年代中国自白诗产生的语境的核心并不是对父权制文化秩序的反抗。而且，在两性关系的定位上，从新中国成立伊始，主流意识形态就开始了对两性关系和性别话语的重塑过程：制度上，开始了平等性别关系的制度建设和立法；宣传上，发动妇女从家庭走向社会，参与到各行各业的生产活动中去，这为性别平等提供了意识形态的合法性。到1980 年代，社会角色的平等意识已成功地向家庭渗透。虽然从客观上来说，中国两千年的封建传统对女性的歧视和遮蔽比之西方有过之而无不及，但与美国 20 世纪五六十年代相比，1980 年代中国主流意识形态在对性别平等的塑造方面是积极的，这就为 1980 年代的男女两性书写奠定了主基调。而且，在女性的精神追求方面，中美自白诗人所践行的也是不同的路线，与普拉斯和塞克斯顿因为女性的客体地位而对男性世界充满妒忌和不满不同，中国女诗人追求的是："我作为女性最关心的是活出个女性的样子出来。我想占有女人全部的痛苦和幸福。想做好儿女、好妻子、好母亲、好朋友、好公民。像普通人一样过日子，像上帝一样思考。"②

如阿尔都塞（Louis Althusser）所说："无论在任何情况下，主体

---

① 崔卫平：《我的种种自相矛盾的观点和不重要的立场》，转引自荒林《问题意识、批评立场和九十年代女性写作》，《南方文坛》1998 年第 2 期。
② 唐亚平：《谈谈我的生活方式》，《深圳青年报》1986 年 10 月 24 日。

都是构成这一世界的所有意识的承担者，是意识形态的产品并且屈从于意识形态，意识形态决定自我意识，一个人不可能为了观察意识形态的影响而走出意识形态。"① 所以，在没有西方二元对立和女权主义文化根基的中国，尽管"女性意识之于女性作家，或浓或淡，或深或浅，均是一种不以人的意识为转移的客观存在"②，并且，因受到美国自白派的影响，1980 年代的女性意识较之前的舒婷和之后的 90 年代更为强烈，但与美国 20 世纪五六十年代的女权意识并不是一个统一的概念，与颠覆男权、话语霸权、美杜莎等的称谓并不对等。

二 美国自白诗的两性关系叙事

美国自白派两位女诗人也曾有过对美好两性关系的渴望和赞美。普拉斯 1956 年 2 月与休斯在剑桥相识，4 月即以《泰特颂》（"Ode for Ted"）为题写作了一首节奏欢快的诗歌，诗中把休斯赞为统御万物生灵的神祇，把自己称为欢欣无比的"亚当的女人"，表达了女子终于找到"世间唯一能够与我匹配的男子"③ 的欢愉和幸福。同样，塞克斯顿出版于 1969 年的诗集《情诗》（*Love Poems*）中的一些诗歌如《吻》（"The Kiss"）、《我们》（"Us"）、组诗《没有你的 18 日》（"Eighteen Days Without You"）等蔓延全篇的是对爱情的歌颂及对爱人的依恋，如在《没有你的 18 日》（"Eighteen Days Without You"）中，充满了望眼欲穿的情愫，第一天即体现了"一日不见，如隔三秋"之感："你走了，/昨夜，我被你的气息围困/彻夜难眠。"但这些美好在大量冲突、异化、背叛、敌对甚至充满暴力和血腥杀戮的两

---

① Louis Althusser, "Ideology and the State Apparatus", in Louis Althusser, *Lenin and Philosophy*, New York：Monthly Review Press, 1971, p. 173.
② 任一鸣：《女性文学与美学》，新疆人民出版社 1995 年版，第 7 页。
③ Sylvia Plath, *Letters Home Correspondence, 1959–1963*, Aurelia S. Plath, ed., London：Faber, 1975, p. 240.

性关系书写包围中显得异常突兀和怪异，爱情的甜蜜、两性关系的水乳交融更加反衬出两性之间背叛、仇视甚至杀戮的丑陋与龌龊。

（一）爱情的枯萎与背叛

在美国自白诗的两性关系书写中，短暂而炫目的举案齐眉之后，便是爱情的消逝及婚姻背叛所带来的漫长而痛苦的情感宣泄与表达。从 1957 年开始，普拉斯的诗歌中就开始出现不和谐的两性书写，《荒野中的雪人》（"The Snowman on the Moor"）开篇即"他俩的军队陷入僵局，旗帜凌乱：/她冲出房间/侮辱与诅咒仍挂在耳边"；在《另外两个》（"The Other Two"）中，两性之间的争执重演："他心硬似铁。/见她冰冷不语，他转过脸去。/就这样僵持着，伤感如古老的悲剧。"而爱情的消逝也就在这样日复一日的争执中临近了，在这一方面，两位女诗人有着相似的体会。"我点燃火；走近/废纸篓，厌倦了/旧日情书的白色拳头/以及它们死前的哀鸣。"（普拉斯：《烧信》）"我把你的誓言塞回你的嘴里/观察/你怎样把它们吐到我的脸上"（塞克斯顿：《杀死爱情》）并且，女诗人们开始相信"不被爱是人类的普遍状况"（塞克斯顿：《结束、中间、开始》）。更糟糕的是，爱情的褪色与消亡往往伴随有婚姻的背叛，在这个话题上，两位女诗人均着墨较多，如普拉斯《他者》（"The Other"）、《电话上意外听见的》（"Words Heard, by Accident, Over the Phone"）、《侦探》（"The Detective"）、《那可怕的》（"The fearful"）；塞克斯顿的《审问这个三心二意的男人》（"The Interrogation of the Man of Many Hearts"）、《离婚》（"Divorce"）、《婚戒的舞蹈》（"The Wedding Ring Dance"）等。这类书写中有对偷偷摸摸背叛的描绘："硫磺味的奸情使我在梦里悲痛。/冷玻璃。你如何将自己//插入到我自己与我自己之间"[1]

---

[1] 普拉斯曾把丈夫泰特·休斯看作"一个男性的自我"。Sylvia Plath, *Letters Home Correspondence, 1959－1963*, Aurelia S. Plath. ed., London：Faber, 1975, p. 264.

（《他者》），"说话啊，说话！你是谁?"（《电话上意外听见的》）；也有毫不避讳的偷情："她是谁？你怀里的那个?"（塞克斯顿：《审问这个三心二意的男人》），但无论怎样，分崩离析的结局已经注定。

（二）两性关系的异化与物化

当然，爱情的消逝和婚姻的背叛是爱情婚姻中的常客，存在于人类的各个历史时期和各个社会形态，而且是文学的母题之一，所以，普拉斯和塞克斯顿对这一主题一针见血的书写及描绘虽然具有美学意义上的优势，但从内容上来说，并不具有特别震撼人心之处。但是，由对爱情和婚姻的个人性的哀悼、对婚姻异化状态的警觉到对女性客体、他者地位及权力关系的清醒认识，这样的跨越才是其诗歌真正令人惊心动魄之处。

从陌生化的夫妻关系，"如今他们在一起/像双排位活动厕所里的陌生人"（塞克斯顿：《男人和妻子》），到彼此仇视但不得不待在一起的敌对关系，"你干吗赖在这，/像坦克一样庞大，/对着我大半辈子瞄准?"（塞克斯顿：《绝望》），"我被下了药，被强奸"（普拉斯：《狱卒》），再到恶毒的诅咒："她希望他残废、孤独/最好的是，去死。"（塞克斯顿：《农夫的妻子》）两性关系的异化在两位女诗人的笔下逐渐尖锐。但有一点需要说明的是，不只是处于客体地位的女诗人在两性关系上有如此激越的表达，斯诺德格拉斯、贝里曼和洛威尔对两性关系的异化呈现丝毫不输给两位女诗人：斯诺德格拉斯的《心针》（*Heart's Needle*）"主要表现的是两性的背叛、离异及失去父亲的痛苦"[①]；贝里曼在诗中宣称"我们不是情投意合的一对儿"（贝里曼：《关于自杀》）；而罗威尔以男性的口吻述说婚姻的冷漠，"十二年后的今夜，你转过身去。/无法入睡，你抱着/你的枕头，像孩子

---

① Kathleen Spivack, "Poets and Friends", in Steven E. Colburn, ed. *Anne Sexton: Telling the Tale*, Michigan: University of Michigan Press, 1988, p. 28.

一样，去填补空虚"（《夫妻》）。两性关系的异化最终导致女性客体身份及被物化事实的彰显，在这一点上，男诗人有着难得的清醒意识，洛威尔在《述说婚姻的不幸》（"To Speak of Woe That is in Marriage"）中以女性的口吻揭穿了女性作为性工具的实质，"我那靠麻醉剂刺激的丈夫停止了家庭争端，／走上街头去寻找妓娼"，而贝里曼的叙述人则以男性傲慢的口吻表达了对女人的不屑及女性被物化的客体地位，"他的妻子一文不值"（His wife is a complete nothing）（《梦歌之五》）。

当然，在女性的次生性身份及物化表达上，女诗人更有发言权。

婚姻中的女人在塞克斯顿的《结束、中间、开始》（"End, Middle, Beginning"）中自诩为"洋娃娃"，而普拉斯的《申请人》（"The Applicant"）更是形象地再现了女性作为男人消费品的实质。在《申请人》（"The Applicant"）中，男女之间的婚姻关系被定义为商品买卖的关系，在这一买卖关系中，女性被消除了作为"她"甚至作为人的存在，成为一个被动的所指——一个没有生命特征的"它"。它首先是一只能为男人端茶送水的"手"，而后是一套为男人保暖驱寒的"衣服"，而且，为了更好地服务于男人，这个"它"还可以拥有生命体征，成为一个没有自我、没有灵魂、男人可以随意端详把玩的"活玩偶"，这个"活玩偶""会缝纫，会烹调，／还会说话，说话，说话。"在卢卡奇看来，"在物化关系中，关键或基本的东西是建立在被计算和能被计算的合理化原则，即形式合理性或科学理性"①。所以，面对这样结实耐用又不惹麻烦的工具，叙述者在诗歌的最后用"你可愿意娶它，娶它，娶它"使推销的情景合理化、买卖关系逼真化。在这里，女性被彻底物化成为折射男性欲望的一面镜子，这面镜

---

① ［匈］格奥尔格·卢卡奇：《历史和阶级意识》，王伟光、张峰译，华夏出版社1989年版，第98页。

子生动地映射出"工具理性"思维方式下男女两性之间的畸形关系。在《帷幕》（"Purdah"）中，结实耐用的工具、玩偶升格为"性工具"，成为男人多个"女人"中的一个，但这个"女人"仍然是男人的私有财产和附属物，男人对她拥有绝对的使用权和控制权，她并没有因为自身的缘故而占有一个空间，而是为男人固守着那个空间，"我是他的，／即使是在他缺席的时候"。而普拉斯的长诗《三个女人》（"Three Women：A Poem for Three Voices"）体现的是女性身份的再一次"升级"，从"性工具"升格为"生育工具"，但这个"生育者"在生育问题上并没有自主权，在男性神学和法学的控制下，女性的生育权利被男性剥夺和控制。[①] 在本来应由女性占主导的生育问题上，男性仍把女性置于"他者"地位，仅仅作为"生育工具"而已。而且，虽然孕育与生产的过程充满痛苦与危险，但男人可以对此视而不见，男性与女性结合之后就可以缺席孕育的整个过程，孕育的一切痛苦及任何不良后果均由女性负责，如果流产或不孕，这个女人就是"空洞的"，就像"没有雕像的博物馆"（《不孕的女人》）一样失去存在的意义。《三个女人》（"Three Women：A Poem for Three Voices"）生动再现了二元论思想主导下的女性主动地对自身进行精神结扎术，自觉地依附于男性生育观的价值体系中，在男性缺席的语境下，心甘情愿地沦落为男性的生育工具。这种在生育问题上对男权的隐喻同样出现在塞克斯顿的《流产》（"The Abortion"）中，"在宾夕法尼亚，我遇见一个小个子男人，／不是德国的侏儒怪，不是的，不是的……／他取走了那成熟的爱"。与《三个女人》（"Three Women：A Poem for Three Voices"）相似，作为当事人的男性没有现身，但施行流产手术的医生在场，虽然只是"一个小个子男人"，但他却是权力的掌控

---

① 吴琳：《美国生态女性主义批评理论与实践研究》，人民文学出版社 2011 年版，第27 页。

者，与缺席的男人一起实施了播种与谋杀的完整过程。正如菲利普·麦高恩所意识到的那样，"'我'穿行而过的宾夕法尼亚大地，是女性化的象征，它遭遇男性化商业经济的摧毁和钝化，已经变得坑坑洼洼；而'我'自己也是根深蒂固的权力之下的产物，它们造成'我'身体上和精神上的伤痕累累，这一点毫无疑问"①。这种阳物中心观及两性之间统治与被统治，支配与被支配的不平等权利关系及卑贱的、次生性的、边缘性的自我身份特征引起了女性的警觉和"你我互不相干"（普拉斯：《爹地》）式的觉醒，也必将催生女性对首位的、中心的、本质的、本源的男性身份的厌恶与反抗。

（三）女性的复仇与杀戮

针对这种对女性的压抑性对待，凯特·米利安特（Kate Millett）、陶丽·莫依（Toril Moi）、埃莱娜·西苏（Hélène Cixous）、露丝·伊瑞格瑞（Luce Irigaray）、朱莉娅·克里斯蒂娃（Julia Kristeva）、伊莱恩·肖瓦尔特（Elaine Showalter）等从语言、文学批评、文学理论等方面建构起了反男权的文化政治批评，作为诗人，普拉斯及塞克斯顿则从文本内部发动了反男权、反压迫的政变。

普拉斯的蜜蜂组诗被称为"普拉斯和休斯男女两性战争的间接排练"②，表达了"当代女性的受害意识和她们对权利和满足感的需求"③。在这些诗歌中，男性的主体地位和女性的客体地位被完全颠覆。作为女性的蜂王对雄蜂拥有绝对的选择权和控制权，蜂王的丈夫们——那些从无数雄蜂中选出的优秀选手，他们一无是处，唯一的任

---

① Philip McGowan, *Anne Sexton and Middle Generation Poetry: The Geography of Grief*, Santa Barbara: Greenwood Publishing Group, 2014, p. 37.

② Linda Wagner-Martin, *Sylvia Plath, a Literary Life*, London: Macmillan Press Ltd, 1999, p. 128.

③ Steven G. Axelorod, "The Poetry of Sylvia Plath", in Jo Gill, ed. *The Cambridge Companion to Sylvia Plath*, Cambridge: Cambridge University Press, 2006, p. 85.

务就是为蜂王传宗接代。而且，一旦被选中，那就是"他的冬天"，因为和蜂王交尾之后，他们就会因腹部破裂，内脏被拖出而倒地身亡。

如果说蜜蜂组诗里觉醒后的女性谋求的是男女地位的逆转和颠覆的话，那么，在普拉斯的《爹地》（"Daddy"）、《帷幕》（"Purdah"）和塞克斯顿的《刺刀》（"Bayonet"）等诗歌中，女主人公的行动更加的大胆、激进，她们开始对那些凌驾于她们之上的男人施以血腥的反抗，真正的暴力和杀戮凶悍上演，动人心魄。

《爹地》（"Daddy"）创作于《申请人》（"The Applicant"）写作的次日——1962 年 10 月 12 日。昨日还"温顺、乖巧"的"申请人"今日就变成了杀气腾腾的剑子手："爹地，我早该杀了你。"虽然"我还没动手你就死去——"但这并不影响主人公的决心，因为她要杀死的不只是父亲，还有丈夫。在这首诗歌里，"诗人将童年丧父的经历与她生育第二个孩子后，丈夫将她抛弃的灾难性经历结合起来"①，父亲和丈夫的形象相互交织，共同构成了男权压抑、暴力的法西斯形象，"要是我杀一个人，就等于杀两个人——／那吸血鬼，他就是你，／他吸我的血已有一年，／说明确些，已有七年"。这样，父亲的真死亡与丈夫的假死亡使女主人公的谋杀行为从心理上得以实现。如果说《爹地》（"Daddy"）中发生的谋杀只是一种假想的杀戮，不足以表明女主人公决心的话，那么，《刺刀》（"Bayonet"）和《帷幕》（"Purdah"）中的女主人公开始将复仇付诸实践，"我手里握着把刀／直对你的胸部"（《刺刀》），或者"我应该松开……母狮的链子，／浴室里的惨叫，／斗篷上的几个窟窿"（《帷幕》），母狮代表女性的力量，

---

① Diane W. Middlebrook, "What was Confessional Poetry?" in Jay Parini and Brett C. Millier, eds. *The Columbia History of American Poetry*, Beijing: Foreign Language Teaching and Research Press, 2005, p. 644.

暗合克吕泰涅斯特拉谋杀从特洛伊征战归来的丈夫阿伽门农的典故，而"惨叫"声和"窟窿"是用法国大革命时革命党领袖马拉洗浴时被夏洛特·科戴刺死的历史故事影射谋杀行动的成功，她们终于干掉了那个把女性看作玩物、让女性失去尊严和独立身份的男人。①

正如伊格尔顿（Terry Eagleton）所说："今天之所以流行女性主义和种族问题，是因为它们确实是我们眼下看到的最有活力的政治斗争。"② 在二元对立的集体无意识中，在主流意识形态的塑造下，在遭遇了现实的种种不公之后，女诗人以诗歌文本为武器，祭起了反"性的对象"、反"可欲的商品"等大旗，与男性彻底决裂，并开启了颠覆与复仇的书写模式。虽然勇猛而激烈，但其"暴力、渎神及猥亵"③ 的激进立场和态度却最终隔断了两性和解的可能之路。

三 中国自白诗的两性关系叙事

虽然深受美国自白诗的影响，中国自白诗对男女两性关系的考量却是温和的。一方面，这与中国阴阳和谐的集体无意识文化底蕴不可分割；另一方面，虽然没有形成诗学上的自觉，但从诗歌的美学实践来看，中国自白诗对两性关系的描摹符合西方女性主义浪潮第三阶段——女性身份的凸显和独特性——的特征。也就是说，虽然因为1980 年代写作自白诗的女诗人对普拉斯等人的公开致敬，以及普拉斯和塞克斯顿作品中明显的女权意识，"性别对抗"成为评论话语中称谓翟永明、伊蕾、陆忆敏、唐亚平、海男等人诗歌的代名词，但如果不先入为主地考虑美国自白派的附加影响，而是详细地梳理中美自

---

① 此节摘引了笔者 2012 年发表于《长春工业大学学报》（社会科学版）第 3 期的文章《西尔维亚·普拉斯诗歌中的"女英雄"》的部分内容。

② Terry Eagleton, *The Illusions of Postmodernism*, Oxford：Blackwell, 1996, p. 25.

③ Deborah Nelson, *Pursuing Privacy in Cold War America*, New York：Columbia University Press, 2002, p. 196.

白诗关于两性关系书写的诗歌文本并对之进行对比的话，我们就能鲜明地分辨出中国自白诗中的两性关系叙事不同于美国自白诗中激烈的男女对抗模式。诚然，西方女性主义的影响、女性自我主体意识的发掘、本土文化的浸淫三者的共同作用使中国自白诗歌中充满鲜明的女性意识、女性对自身主体地位的关注及对社会不公的反感，但诗歌中并没有反男性的激烈表达。即使有翟永明对"冬天起伏着残酷的雄性意识"（《女人·预感》）的描述，也是对形而上的社会传统性别歧视的警觉，对"女性在精神上的独立位置"的自觉寻找，以及"对女性诗人不可取代的精神和情感的源泉"的努力发现。① 因为她接下来的诗句即"我一向有着不同寻常的平静/犹如盲者，因此我在白天看见黑夜"。

（一）反思与批判

在谈到男诗人与女诗人的区别时，陆忆敏的认识颇为深刻，她认为，男女诗人的区别就在于"男性诗人充分意识到自己的性别以及这个性别在传统意义上的优越地位，在诗中的言谈举止也无不显示这种优势"②。同时期诗人于坚的《我的女人是沉默的女人》中"我的女人是沉默的女人/她像炊烟忠实于天空 /一辈子忠实着一个男人……任我打 任我骂 她低着头……"从诗歌实践上对陆忆敏这一观点进行了充分的证明及阐释。在陆忆敏看来，男性有如此的优越之感已属不公，但如果"女性作者也全盘接受了自己传统的附属地位，没有对此感到委屈和疑虑"③ 却更可悲。陆忆敏关注的焦点正是沉积了几千年

---

① 崔卫平：《当代女性主义诗歌》，载张清华主编《中国新时期女性文学研究资料》，山东文艺出版社 2006 年版，第 66 页。
② 陆忆敏：《谁能理解弗吉尼亚·伍尔芙》（序二），载陆忆敏《出梅入夏：陆忆敏诗集（1981—2010）》，北岳文艺出版社 2015 年版，第 7 页。
③ 陆忆敏：《谁能理解弗吉尼亚·伍尔芙》（序二），载陆忆敏《出梅入夏：陆忆敏诗集（1981—2010）》，北岳文艺出版社 2015 年版，第 7 页。

的"男尊女卑"文化心理在人类心灵世界的反映。而从舒婷到第三代女诗人，她们在两性关系上反对的即性别的不公及女性自我的"贬抑"，争取的重点也即彼此"并立"的平等模式。但她们争取平等权的努力从一开始就不同于西方女权主义的决绝姿态，正如伊蕾所说：

> 诗引导我一步步走向思想的深渊，我看清了自己的处境，看清了同时代人的处境，民族的处境。我的年龄和经历使我感受到的首先是道德的压迫，而受道德压迫最深的是爱。①

这些诗学观念在诗歌文本叙述上得以一一体现。针对女性的自我降格，翟永明对保持缄默的女性提出了强烈的质疑，"岁月把我放在磨子里，让我亲眼看见自己被碾碎/呵，母亲，当我终于变得沉默，你是否为之欣喜"（《女人·母亲》）。对于男性性别在文化传统中的优越感及对女性的意识操控，唐亚平用夸张的修辞将"残酷的雄性意识"阐释得淋漓尽致："那只手瘦骨嶙峋/要把阳光聚于五指/在女人的乳房上烙下烧焦过的指纹/在女人的洞穴里浇铸钟乳石/转手为乾扭手为坤。"（唐亚平《黑色洞穴》）而伊蕾用《主体意识》《我要到哪里去》《我是谁》《我不明白我自己》《被缚的苦恼》《墙外是谁》《堕入黑暗世界》《巴拿马封锁线》《一个金字塔》《我的意义不确定》《生孩子问题》《我把我丢失了》12 首诗歌组成了对女性"被围困者"（《被围困者》）境遇的详细说明，所有的诗篇直指"我被围困/就要疯狂地死去"（《被围困者·主体意识》）的残酷事实。在女性与男性的地位归属方面，伊蕾借用了圣经故事（"我们被侥幸地放逐在伊甸园"）的隐喻重新启用了西方文化中亚当与夏娃"肋骨说"的概

---

① 伊蕾：《选择和语言》，《诗刊》1989 年第 6 期。

念，并用"我真的要成为/一个虚构么"（《山顶夜歌》）的诗性陈述表达了对这根"肋骨"命运的担心，以及对男性姿态的委婉控诉。

不但对男女两性关系的社会现实有着清醒的认识，女诗人们对在这种现实中改善自己地位可能要面临的尴尬境遇也有着充分的认知。因为在没有西方女权主义根基的中国，虽然女性已经意识到社会文化体系中存在的问题，但传统文化根深蒂固的意识形态使女性处于一种不能完全接受现实，但又不能完全否定现实的尴尬境遇中："我渴望独立自主地生活，渴望生活得真实些、自在些、完美些。我时常感到生活沉重爱情沉重愤世嫉俗的仇恨沉重。沉重压抑得想逃脱又不能逃脱，实在是无处可逃。"[1] 这是唐亚平对这种两难生活的感受与表达，而这种思想意识的惯性与追求平等的心声掺杂在一起，以诗歌美学的形式展现出来，即形成"执意的飞行"却"永远无法接近鸟类"的"蝙蝠"的无奈，他"孤零零的流浪/他执意的飞行永远无法接近鸟类"，即使看起来有鸟类的样子，但也只是"一个畸形的伪装的鸟/高贵的心难以着陆"（翟永明：《我的蝙蝠》）。

（二）尊重与坚守

在对两性关系进行反思与批判的进程中，有委屈和纠结，有对传统男尊女卑思想的反抗与抵制，但不管是在诗学上还是在美学表达上，女诗人们都没有放任自己的情绪滑入男女对抗的深渊，而是坚定地表达了对美好爱情的向往与尊重，对阴阳和谐思想的继承和固守。而且，在对中国文化精髓的坚持方面，与对其糟粕的反对一样坚决而醒目。

在对爱情的尊重和追求方面，中国自白诗人虽风格各异，但对美好爱情的向往与讴歌的基本基调却是一样的。从诗歌抒情表达上来

---

[1] 唐亚平：《谈谈我的生活方式》，《诗歌报》1986 年 10 月 21 日。

看，伊蕾是位爱憎分明的诗人，对"被围困"的深恶痛绝与对美好爱情的不懈追求在她的诗歌中并行不悖，同样热烈而充满激情。她坚信的是"爱情并不比任何伟大的事业更低贱"①，所以，在《叛逆的手》组诗中，有"当我认真地看你的手/我的整个的灵魂化在你手上/手/充满了温柔与暴力/只能属于我"的柔情万丈，也有"我产生了香烟的欲望/要在大庭广众下占有你的手"的刁蛮任性。海男对爱情的追求是相对含蓄的，但感情却不无热烈，"我喜欢看他/抽烟的姿势、感动片片羽毛/什么时候要走你就继续走/因为步履蹒跚，因为大病一场"（《归来》）。而在王小妮的笔下，爱情具有"只愿君心似我心，定不负相思意"的古典之美，"我想/我变成一块/暖和又生满青苔的白石头。/石头安静/体验随你变绿以后的/湿润生活"。

在对中国文化精髓的坚持方面，中国自白诗人对男女两性关系的摹写在潜意识上秉承的是中国传统文化中"和而不同"的原则，追求的是圆融及阴阳和谐的完美两性关系。

在对男性的阳刚之气和女性的外柔内韧的肯定方面，有对"我接受力的安慰"（唐亚平：《在你的怀抱里》）的男性阳刚之气的推崇；也有对女性"水善利万物而不争"的阴柔之美的颂扬，如唐亚平《在你的怀抱里》，伊蕾《把你野性的风暴摔在我身上》《这一天我中了巫术》《我就是水》等。在《我就是水》中，伊蕾不但将"柔情似水"的女人演绎得惟妙惟肖，而且"我的柔弱胜过刚强"的结语虽略显直白，但指明了男女较为有效的相处之道与和解策略，这种"以柔克刚"的隐喻在《女人眼中的水柳》等诗歌中再次得以彰显与深化。

在男女平等基础上建构阴阳和谐的两性关系方面，女诗人们秉承

---

① 伊蕾：《自序》，载伊蕾《叛逆的手》，北方文艺出版社 1990 年版。

的是男性、女性相互依存并无法分割的存在哲学理念。翟永明的《我们》以创世的神话切入，以"在男性和女性的位置中/找到完整的幸福"来强调男女和合的重要。伊蕾的姿态平静而自信，"你我原本是一体/被宙斯一分两半/亿万年来渴望着融合"（伊蕾：《情舞·疯狂的探戈》），这样的情愫和表达在"你是半径/我是半径/这是一颗肉体的星星"（《没有心就没有圆》），"你是带生殖器的男神/我是带生殖器的女神"（《三月的永生》）等诗性陈述中得以贯彻和坚守。而且，不管是无意识还是有意识，"你是带生殖器的男神/我是带生殖器的女神"之喻不但完成了对菲勒斯中心主义的消解，而且形成了对中国古代女性生殖崇拜的重构，重构的重心既强调了女性的生殖能力及不可颠覆的地位，又解除了先古时代"地母崇拜"的心理暗示，以诗歌美学的形式诠释了"独阴不生，独阳不生，独天不生，三合然后生"① 的天地人合思想。

（三）发扬与重建

对女性身份和处境有着充分认识的中国 1980 年代女性自白诗人，虽然意识到两性关系中根深蒂固的文化痼疾，虽然聆听到了美国自白派女诗人高亢的反男权的呼喊，但她们并没有因为文化的偏见而转向女权，也没有因为对普拉斯和塞克斯顿的崇拜和热爱而放弃本土文化的根基，放弃追求和谐美满两性关系的权利。在保持对爱情的尊重和对和谐两性关系的追求之余，她们从诗学和诗歌文本两方面开始了对两性关系的重建。在诗学形态上，翟永明早在 1986 年《黑夜的意识》② 中就发表了自己的诗学主张，在这篇宣言里，翟永明表达了对女子气及女权冷静、理性的分析与判断，并宣布了自己诗歌美学的努力方

---

① 《谷梁传》，庄公三年。转引自车广锦《中国传统文化论——关于生殖崇拜和祖先崇拜的考古学研究》，《东南文化》1992 年第 5 期。

② 翟永明：《黑夜的意识》，《诗歌报》1986 年 8 月 12 日。

向，即对"女性意识"的发掘和呈现。所以，可以这样说，虽然翟永明以"女权意识的引导者"而驰名 1980 年代的中国诗坛，但实际上，她的女性写作一开始就是非"女权"的，正如她自己所表明的那样："我不认为自己是女权主义者，但我的朋友们往往认为我有强烈的女权思想，那么，也许我是那种不想与男性为敌的女权主义者。"① 既然是"不想与男性为敌"，那么，美国自白诗中的"美杜莎"就失去了在中国诗歌土壤中生根发芽的基本条件和保障，诗歌审美上"矮化男人""性别大战"这些对抗性极强的词汇也就失去了其现实意义。不但如此，翟永明们还将西方女性强烈的主体意识及中国本土文化的精华创造性地结合在一起，构筑了中国可实践性两性关系发展的基石。

　　虽然意识到"在你的面前我的姿态就是一种惨败"（《女人·独白》），但翟永明并没有放弃自己重建两性关系的决心，建立在"我是最温柔懂事的女人，看穿一切却愿分担一切"（翟永明：《女人·独白》）的基础上，翟永明以东方女性宽容和婉的姿态展开与男性的交流："我对你说/又简单，又暧昧，又是事实/我采取管用的表情"（《你听我说》）。相对于翟永明"曲径通幽"的表达策略，伊蕾、王小妮等在两性关系重构的设想和表达上要直接得多，伊蕾的"独身女人的卧室"、王小妮的"狭隘房间"均具有伍尔芙"一间自己的屋子"（a room of her own）的同构色彩。但伊蕾在精心经营"独身女人的卧室"的同时，用"你不来与我同居"的重复呼喊表明这间"屋子"并不是对男性的"封杀"与"阻碍"，而是男性可以进入但不可占有的"屋子"。而王小妮在意图表达上与伊蕾同质，但对女性独立地位包括女性事业的强调更为突出，在《应该做一个制造者》中，她写道：

---

　　① 沈苇、武红：《中国作家访谈录》，新疆青少年出版社 1997 年版，第 328 页。

> 我写世界
> 世界才肯垂着头显现。
> 我写你
> 你才摘下眼镜看我。
> 我写自己时
> 看见头发阴郁，
> 应该剪了。剪刀能制作
> 那才是真正了不起。
>
> 请你眯一下眼
> 然后别回头地远远走开。
> 我要写诗了
> 我是
> 我狭隘房间里
> 固执的制作者。

　　这种既保持女性的独立，又愿与男性为善的建构与翟永明的路径殊途同归，共同彰显了"既对抗自身命运的暴戾，又服从内心召唤的真实"[1] 的两性关系重构策略。这种合作和交流的姿态在表达策略上少了几分凌厉，却多了几分温婉，这种温婉相对于美国自白诗中形而上的对抗和杀戮，在男女关系的处理和解决上反而更具有实际的操作价值和积极意义。

　　四　中美自白诗两性关系书写差异之辨

　　儒学的互补、调停与中和作用，以及庄子"和合而生万物"的阴

---

① 翟永明：《黑夜的意识》，《诗歌报》1986 年 8 月 12 日。

阳和谐思想的潜意识存在成就了中国自白诗既尊重男性阳刚之气，又固守女性阴柔之美的内在气韵；而新中国成立后官方意识形态对女性地位的重视又给予了女性特别是知识女性在审视两性关系时较为客观的视角和态度。中国自白诗在女性主体意识的觉醒、本土文化的浸润及西方女性主义的影响下对两性关系的中国式改写，成就了诗歌独特的抒情和叙述方式，既继承了美国自白诗的艺术特征，又形成了中国特色的美学表达及诗学气韵。

　　虽然两性关系书写是中美自白诗中的共有主题，但纵观中美自白诗人在两性关系上的表达策略及言说方式，差异立显：美国自白诗两性关系叙述与现实中各自不堪的婚姻相纠缠，诗歌书写路径虽始于对爱情的讴歌，但在整个两性关系场域中，爱的甜蜜与和谐只是昙花一现，很快即被爱情与婚姻的背叛、两性关系的异化及女性的被物化所吞噬，而最终的结果即男性对女性的不屑，以及女性醒目的复仇与杀戮，女性们通过颠覆和消解男权甚至男性达到了解构男权的目的，但也最终消解了男女和解的可能。而中国自白诗关于两性关系的叙述始于女性对宗法社会"男尊女卑"顽固思想的批判与反思，但面对自己的窘境，女诗人们并没有陷入歇斯底里的抱怨或组织激越的反抗，而是以主流意识形态为依托，一方面固守对爱情的信仰，另一方面将互补与和谐的中国文化纳入对两性关系的重构蓝图中，从诗学和文本上构建了在交流与合作基础上的两性关系的重建路径。中国自白诗的这种书写方式，一方面可以说是基于美国自白诗基础上的创新，另一方面又是中国阴阳和谐潜意识思维的不自觉表达。

　　当然，不管是美国自白诗中形而上的杀戮，还是中国自白诗中两性关系的调停与互补，都是诗歌建构策略，在美学上并无高下优劣之分。但这些不同的表达策略却能集中地展现西方重差异性、矛盾性，中国重整体性、统一性的文化，或文化无意识在民族精神、价值观念、思想方法等方面所产生的根深蒂固的影响。而且，也只有在与"他者"的对比中，方能更清楚地了解自身文化所带来的美学表达上的独特性及绰约风姿。

第二节　中美自白诗的黑暗叙事

墨西哥作家埃乌拉里奥·费雷尔（Eulalio Ferrer）曾说过："很多时候，单纯的文字是不足以表达我们的感受的，而色彩也没有统一的鉴定和诠释的方式，色彩对文字有着很好的辅助作用，能使文字具有更大的力量和表达空间，因为它能表现的内容大大超过了语言本身所表达的内容。"[1] 在这一点上，"黑色"表现得尤为突出。以"黑"为底色的黑暗及黑夜书写因"黑色"的加入，以及其与"白""白昼""光明"等的并行对立成为诗人青睐的书写主题。

从一般意义上来说，黑暗较集中地与紧张、阴冷、惨痛、恐惧、荒谬等负面美学（negative aesthetics）及其所带来的负面愉悦（negative pleasure）的审美情绪相关，正如俄罗斯艺术家康定斯基（Wassily Kandinsky）所说："黑色的基调是毫无希望的沉寂。在音乐中，它被表现为深沉的结束性的停顿。在这之后继续的旋律，仿佛是另一个世界的诞生。因为这一乐章已经结束了。黑色像是余烬，仿佛是尸体火化后的骨灰。因此，黑色犹如死亡的寂静。"[2] 而美国自白诗强烈的抒情性风格及其对"负面情绪"的特别关注使这种仿佛"余烬""骨灰""死亡的寂静"般的黑色书写自然而然地为美国自白诗人所钟

---

[1] ［墨］埃乌拉里奥·费雷尔：《色彩的语言》，归溢等译，译林出版社2004年版，第5页。

[2] ［俄］瓦西里·康定斯基：《康定斯基文论与作品》，查立译，中国社会科学出版社2003年版，第37页。

爱。同样，黑暗叙事也是中国自白诗突出的叙事主题之一，但其黑暗书写虽有与美国自白诗相似情感表现的一面，但更多的则既是对中国1980年代"寻根文学"的暗合，又是对美国自白诗及中国诗学的创新表达。

一　美国自白诗的黑暗叙事

在美国自白诗人的诗歌中，以"黑"为主色调的黑、黑夜、黑色等黑暗意识绵延不绝，是其诗歌的共享主题之一。普拉斯对黑暗有过这样的解释："一个黑暗、绝望、幻想破灭的时期，黑暗如同人类心灵的地狱。"① 而罗特克也在《黑暗的时刻》（"In a Dark Time"）中大声呼叫："比这黑暗更黑的是我的欲望。我的灵魂像热昏了头的苍蝇，在窗格上嗡鸣。"所以，总的看来，这些以黑为底色的表达多与困顿、阻塞的境况及阴郁、怨恨、恐惧、绝望等情绪相关。

（一）黑暗的"困顿"之意及"怨愤"之情

在美国自白派诗人中，最钟情于"黑暗"的是普拉斯，虽然她1960年之前的作品色彩还不算十分暗淡，但"黑暗"的影子已经依稀可见：1956年的作品如《冬日风景，秃鼻鸦》（"Winter Landscape, with Rooks"）中"漆黑的水潭"，《浴缸的故事》（"Tale of a Tub"）中"遮蔽我们前途的黑暗"，《穿越海峡》（"Channel Crossing"）中的"一个黑衣难民"；1957年的作品如《五月花》（"Mayflower"）中的"黑色冬季"，《永恒的周一》（"The Everlasting Monday"）中的"黑色霜冻"，《另外两个》（"The Other Two"）中的"幽暗的房间"等，"黑暗"色调已经开始为其作品笼罩上一层阴郁的面纱。随着作者生活的变故和诗歌技巧及艺术的日臻成熟，其后期

---

① Lois Ames, "Sylvia Plath: A Biographical Note", in Lois Ames, *The Bell Jar*, New York: Bantam Windston, 1981, p. 208.

作品中，黑暗叙事大范围入侵，开始与诗歌书写如影随形。

在普拉斯的笔下，无论男人（父亲）还是女人（母亲）的形象，都常与黑色纠缠在一起。在《穿黑衣的人》（"Man in Black"）中，男人"黑色"的、给人压迫感的形象以第二人称"你"的面目出现，"你，从这些白色的石头／之间，迈步走出，穿着／无光泽的黑大衣，黑鞋，／黑头发"。在《爹地》（"Daddy"）中，父亲的早逝带给孩子的是痛苦、憋屈、绝望："你再不能这么做，再不能，／你是黑色鞋子／我像只脚，关在里面／苍白、可怜，受三十年苦／不敢打喷嚏，气不敢出。"在随后的诗节里，和父亲相关的黑色反复出现，"黑板""黑鞋""一身黑的男人""黑色电话机""黑色心脏"等，这许多的"黑"淋漓尽致地烘托了叙述者对父亲（男人）的离去（背弃）产生的难以排遣的怨恨、仇视等负面情绪。在《边缘》（"Edge"）中，尽管说话人已能正视自己的状况、正视死亡，但她仍然对母亲的冷酷无情、无动于衷耿耿于怀，并把母亲比喻成穿黑裙的阴冷月亮："月亮已无哀可悲／从她的骨缝射出凝视。／／它也习惯于这种事情。／黑色的长裙缓缓拖曳，沙沙作响。"相对来说，普拉斯的《爱丽尔》（"Ariel"）色彩运用比较繁杂，蓝、红、黑、白在诗行之间跳跃穿行，但黑色意象仍是全篇的主导：晨昏之交中黑暗与天蓝之光的鏖战是生死抉择的痛苦，"黑人眼珠般的浆果"用"满口黑甜"投下的"黑暗的钩子"隐喻的是生的羁绊与困境，而"我是那只箭"暗喻的是挣脱生之困顿重获精神再生的勇气和决心。

"黑鞋"的意象也出现在塞克斯顿的《太阳》（"The Sun"）中，只是此时的"黑鞋"从"父亲"（男性）压迫性的窒息演变为女性因毫无保留和防备地迎合"太阳"（男性），却被"太阳""暴晒"、压榨，从而失去鲜活的自我身份及特征，陷入"干瘪如一双小小的黑鞋"的困顿境况。这种令人窒息的体验在洛威尔的早期诗歌《黑岩中的对话》（"Colloquy in Black Rock"）中有着相似的情感表达，"黑岩"（Black Rock）为双关语，既是洛威尔因拒服兵役被监禁一年零一天的地名，又有压迫、窒息之意。在整首诗歌中，黑岩、黑泥、黑水等由黑色组成的黑暗隐喻贯穿了诗歌的首末，在这整整"一年零一天的风雨潮汐"中，说话人被"黑色污泥"紧紧包围，动弹不得，对此，"上帝"也只能"从这黑水上走过"，无能为力。虽然前者面对的是女性在男人面前丧失自身主体身份所带来的窒息感，而后者面对的是好战而武断的政府所带来的愤怒感和压迫感，但由压抑滋生的无法挣脱的情感体验却是一致的。

（二）黑暗的"不安"之喻及"暗恐"色彩

暗恐（uncanny）最初指一种心理现象，即某种熟悉环境中的陌生感，或者陌生环境中的似曾相识感。① 弗洛伊德曾经指出，文学作品营造暗恐的手段比现实生活多很多，值得我们专门探讨。②在用黑暗营造暗恐方面，善谈生死的美国自白诗可以说是精于此道。

在普拉斯的《雾中羊》（"Sheep in Fog"）中，"他们威胁我，／要我穿过，去一片没有／星辰、没有父亲的天空，一泓黑水"，这里的"黑水"与洛威尔《黑岩中的对话》（"Colloquy in Black Rock"）中上帝走过的"黑水"③译法相同但意义却不同：前者指代的是不可知的恐惧，而后者却与政府穷兵黩武的"黑暗"政治相关，而"黑"作为"不可知恐惧"的隐喻与普拉斯《渡湖》（"Crossing the Water"）中的黑色一脉相承。

---

① 杨国静：《西尔维亚·普拉斯诗歌中的暗恐》，《国外文学》2014 年第 1 期。

② Sigmund Freud, "The Uncanny", in Sigmund Freud, *Writings on Art and Literature*, trans. James Strachey, Stanford：Stanford University Press, 1997, p. 226.

③ 在洛威尔的《黑岩中的对话》中，"黑水"的原文为"black water"，而在普拉斯的《雾中羊》中，"黑水"的原文为"dark water"，所以虽然都被翻译成"黑水"，但实际上只是一个相近但并非相同的概念。

黑湖，黑船，两个黑纸剪出的人。/在这里饮水的往哪里
去？/他们的黑影想必一直延伸到加拿大。/荷花丛中漏过来一星
点光线，/莲叶不让我们匆忙穿过：/扁平的圆叶，老在作阴险的
劝告。//从浆上摇下一片片冰冷的世界，/我们怀着黑色的精神，
鱼也如此。/一个断树桩举起苍白的手告别。（《渡湖》）

诗歌开篇即"黑湖，黑船，两个黑纸剪出的人"，三个"黑"字
烘托出了一副全黑的底色，在这"黑"的神秘里，黑色的"湖"依
赖湖上的事物赋予它身份，但"船"与"人"也是黑色模糊的。黑
色渲染的景色有效解读了忐忑的灵魂去往它世的不归之旅——通过黑
色的冥河去往地狱①的不安与恐惧。这正如阿恩海姆（Rudolf Arn-
heim）所说："色彩的效果非常直接并且具有自发性，不会只是由知
识附加给它的某一解释所引起的。"② 这样的论断在《渡湖》中得以
很好的证实，"黑色"带给读者的有黑暗的感觉，但更多的是神秘，
是不可知，是恐惧，更是诗人不安、寂寥心境的写照。

"黑"与恐惧的关联在塞克斯顿和贝里曼的诗歌中也有着多重显
现。而且，塞克斯顿倾向于将"黑"与"星星""天空"相连，不管
是《蚯蚓》（"Earthworm"）中"黑色星星"的陌生化表达，还是
《她那一类》（"Her Kind"）中较平常的"黑色夜空"，都是作为渲染
气氛而存在，带给人的只是少许的紧张感。但以梵高（Vincent W. van
Gogh）写给弟弟的信中语"那并不能阻止我对宗教的渴求，于是我
在夜晚出去，去画星星"作为题记，以梵高的自杀作为隐线的《星
夜》（"The Starry Night"），其中的"黑"却直接与死亡相关，引发的

---

① David J. Wood, *A Critical Study of the Birth Imagery of Sylvia Plath*, *American Poet 1932 –
1963*, Lewiston: The Edwin Mellen Press, 1992, p. 83.

② ［德］鲁道夫·阿恩海姆：《色彩论》，常又明译，云南人民出版社 1982 年版，第 6 页。

是强烈的负面审美体验："城镇并不存在/除了那黑发之树/如溺亡女人般滑入热情的天空"，"不存在"的"城镇"已铺垫下惊惧之感，而"黑发之树"和"溺亡女人"并置的恐怖意象将死亡的可视感表现得淋漓尽致，给读者的心灵带来巨大的冲击。而贝里曼的"黑夜"所带来的恐惧因"移动"而更为赤裸可怖，"那有只眼睛，曾经是条裂缝。黑夜会走。施加恐惧给他……黑夜会跑。奇异的眼睛盯着我不放……"（《梦歌之十二》）

总的看来，美国自白诗中的黑色、黑暗意识及由其营造的黑暗氛围与人类的负面情绪和困顿境遇相关，在这一点上，中国自白诗黑暗的美学表达与之具有相似与共通性，也有逆反和超越。

二　中国自白诗的黑暗叙事

在中国自白诗中，黑暗书写与美国自白诗中的黑暗书写相比，有过之而无不及。多多曾将"死亡、哲学/黑色花丛中萎谢的诗"（《日瓦格医生》）并置，也曾以"毛茸茸的村庄在黑暗中卧伏已久"（《我记得》）来渲染恐怖的氛围。而写作自白诗的女诗人尤善此道。对于女诗人诗歌中的黑暗叙事，李振声认为，"'黑夜'以及与'黑色'相关的语象在他们手里被作了集束性的、刻骨铭心的、有时近于夸张程度的使用"[1]。翟永明《女人》组诗序言《黑夜的意识》被认为是"'黑夜'及其与'黑色'相关语象"的理论性先导。[2] 不可否认的是，黑色的所指包含部分与美国自白诗及中国传统诗歌中相似的阴郁气质，如翟永明《女人·预感》中"穿黑裙的女人夤夜而来"仍有普拉斯《边缘》中穿"黑色长裙"女人的冷漠之感，而"貌似尸体

---

　　① 李振声：《季节轮换"第三代"诗叙论》（修订版），复旦大学出版社 2008 年版，第 185 页。

　　② 田中阳、赵树勤：《中国当代文学史》，湖南师范大学出版社 1998 年版，第 283 页。

的山峦被黑暗拖曳"中的"黑暗",《夜境》中"黑猫跑过去使光破碎"中的"黑猫"等也似有美国自白诗中的暗恐色彩。其《黑房间》中"我们是黑色房间里的圈套""炮制很黑,很专心的圈套"中,黑色"圈套"的意象与普拉斯《申请人》("The Applicant")中"这套西服如何——黑色,硬挺,倒也合身。你愿意娶它吗?"有异曲同工之效,皆彰显了爱情和婚姻的异化状态。而伊蕾"我堕入了黑暗世界像瞎子寸步难行"(《堕入黑暗世界》)中的"黑暗世界",《跳舞的猪》中"黑靴子摇摇摆摆痛苦地挣扎/我受困于所有的人"中的"黑靴子"与普拉斯《爹地》("Daddy")中的"黑鞋"压迫性的窒息和围困的表达几乎同质同构。但中国自白诗中的"黑暗"叙事并未止步于此。

(一) 黑暗与女性主体意识的互为置换

在《女人·预感》的第三节,翟永明就推出了"犹如盲者,因此我在白天看见黑夜"的宣言,乍一看颇有塞克斯顿"我活在夜里,/我死在清晨"的神韵,但塞克斯顿的"我"并不是一个能够重获新生的"我",而是真的衰弱不堪,"我是一艘古老的船,油已燃尽。/苍凉黯淡,萧瑟无骨"(塞克斯顿:《月亮之歌,女人之歌》)。翟永明的"黑夜"却不是能被"清晨"之光击败的黑夜,而是"'人类的一半'的丰富生命和精神的象征"[①],即女性被遮蔽的自我主体意识,它与白天一起建构了世界的完整。而且,女诗人们强调的正是黑暗非同白天的异质风景、充满张力的黑暗经验,以及以此经验构筑的女性独立自主的精神世界。对女性自身而言,"黑夜"是"一个个人与宇宙的内在意识","只属于女性的世界"并"体现出整个世界的女性美",是"人类最初同时也是最后的本性"。对此,翟永明有

---

① 周瓒:《女性诗歌:自由的期待与可能的飞翔》,《江汉大学学报》2005年第2期。

着详细的解释，"女性的真正力量就在于既对抗自身命运的暴戾，又服从内心召唤的真实，并在充满矛盾的二者之间建立起黑夜的意识……保持内心黑夜的真实是你对自己的清醒认识，而透过被本性所包容的痛苦启示去发掘黑夜的意识，才是对自身怯懦的真正的摧毁"①。具体来看，以翟永明为代表的自白诗歌中由黑色意象所营造的黑暗及黑夜意识表现为将视线深入到女性自身——"一点灵犀使我倾心注视黑夜的方向"（《结束》）——并基于女性自身独特的生命体验来完成对女性世界的发现和认知，最终建立起自主独立的女性意识。正如她在《黑夜的意识》中所言，"我们（女人）从一生下来就与黑夜维系着一种神秘的关系，一种从身体到精神都贯穿着的包容在感觉之内和感觉之外的隐形语言"②。所以，"我已习惯在夜里学习月亮的微笑方式"（翟永明：《女人·憧憬》），或者"我策马扬鞭 在有劲的黑夜里"（翟永明：《我策马扬鞭》）。而且，翟永明对"黑夜"隐喻内涵的建构性发挥影响了一批同时代诗人，使"黑夜"审美成为席卷1980年代诗坛的一股强烈的诗学风暴。正如西渡所指出的那样："陆忆敏、伊蕾、张真、唐亚平、海男、虹影等女性诗人的写作都弥漫着浓重的黑暗意识。一场黑色风暴席卷了这一时期整个女性诗歌写作。"③

　　世界不能缺少黑夜而存在，因此，翟永明们关注的是女性独立存在的依据和可能性，即女性主体地位的构建。首先，建构始于对女性身体的发现。张真对女性自己的身体充满惊奇："发现就是我们的身体/她是自己的女性/黑夜将她化为精灵/满屋里便是黯蓝色的星云。"（《新发现》）而翟永明对女性自我之美及自由灵魂的发现也始于夜

① 翟永明：《黑夜的意识》，《诗歌报》1986年8月12日。
② 翟永明：《黑夜的意识》，《诗歌报》1986年8月12日。
③ 西渡：《黑暗诗学的嬗变，或化蝶的美丽》，《江汉大学学报》2010年第4期。

里，"漆黑的夜晚我站在梦里/有着人的形状 我自己的身体/一个野生的灵魂与我会合/显示了久已保留的魅力/我年轻窈窕的四肢富有弹性/在天空下的房间游行"（《称之为一切·星期六下午》），这种自我审视、自我欣赏的姿态扭转了女性一直处于"被看"因而"被规训"的地位。其次，女性欲望的揭示是建构女性主体地位的第二步。唐亚平的《黑色沙漠》组诗中的《黑色沼泽》《黑色睡裙》可以说代表了女性欲望的最强烈的表达，如"我披散长发飞扬黑夜的征服欲望/我的欲望是无边无际的漆黑/我长久地抚摸那最黑暗的地方/看那里成为黑色的漩涡/并且以漩涡的力量诱惑太阳和月亮"（《黑色沼泽》），以及"我在深不可测的瓶子里灌满洗脚水/下雨的夜晚最有意味/约一个男人来吹牛/他到来之前我什么也没有想/我放下紫色的窗帘开一盏发红的壁灯/黑裙子在屋里荡了一圈"（《黑色睡裙》），这种用黑色意象对本应属于女性隐秘身体及欲望的坦然揭露在 1980 年代的中国有些惊世骇俗，但是女性认识"自我"，建构自我主体地位的必经之路。最后，建构成熟并完成于对女性存在的重要性及不可替代性的发现，"为那些原始的岩层种下黑色梦想的根。/它们靠我的血液生长/我目睹了世界/因此，我创造黑夜使人类幸免于难"，而女性特有的繁衍能力使其成为当仁不让创造世界的实体，"海浪拍打我/好像产婆在拍打我的脊背，就这样/世界闯进了我的身体使我惊慌，使我迷惑，使我感到某种程度的狂喜"（翟永明：《女人·世界》）。

（二）黑暗与阴阳和谐的同质并构

在沃尔夫冈·顾彬（Wolfgang Kubin）看来，在中国，"黑暗事实上仅是自然运转的一部分，中国人将其放在阴阳不断转换——即日与夜、光明与黑暗、男与女的相互转换的背景下来理解。直到基督教进入中国，中国的社会发展和文化发展受到西方的影响，黑暗才开始带来宗教和政治的色调，变成道德教化的一部分"①。而翟永明"黑夜"
叙事的新视野及新阐发正是基于中国阴阳转换的原理，不仅超越了对
她影响至深的美国自白诗中的黑色、黑暗、黑夜的本质含义，而且回
归了中国"日出而作，日落而息，逍遥于天地之间而心意自得"②的
古老文化传统，这种诗学理念在"夜还是白昼？全都一样/孵出卵石
之眼和雌雄之躯"（《女人·旋转》）及"黑与白/我聆听什么样的智
慧？/黑与白/开出强劲的花朵"（《颜色中的颜色之变奏之三》）等诗
意的陈述中得以贯彻。

　　虽然一直在着力建构并强调自己的主体地位，但女诗人们并没有
以"黑夜"取代"白天"的设想，她们深知，虽然女性的"他者"
地位由来已久，"在你的面前我的姿态就是一种惨败"（《女人·独
白》），但"我披着一头红发/从灰烬中升起/像吞吃空气一样吞食男
人"（普拉斯：《拉撒路夫人》）的决绝与惨烈并不能改善男女关系，
将男性生硬地拉下，将女性祭上神坛的行动本身或许能实现男女权力
的反转，但不是男女两性关系有效的解决之道。因为在中国文化的潜
意识中，"对立元素是一个范畴中可以相互转化的两个方面，仅仅是
不同角度的问题"③。而且，从一定程度上来说，男性和女性一样，
同是扭曲的社会意识形态的受害者。所以，对抗男权文化的利刃不是
女权文化，而是阴阳相携，生生不息。因此，阴阳和谐的哲学之光常
常在她们由诗歌美学所建构而成的文字中闪闪发亮，如翟永明在《女
人·独白》中真诚的倾诉，"渴望一个冬天，一个巨大的黑夜/以心
为界，我想握住你的手"，以及伊蕾对男女互相包容并存的渴望，

---

① ［德］沃尔夫冈·顾彬：《黑夜意识和女性的（自我）毁灭——评现代中国的黑暗
理论》，赵洁译，《清华大学学报》（哲学社会科学版）2005 年第 4 期。
② 杨柳桥：《庄子译注》，上海古籍出版社 2006 年版，第 478 页。
③ 安乐哲：《自我的圆成》，河北人民出版社 2006 年版，第 79 页。

"我痛悔这残忍的命运/幻想着回归完整/你是一体/我是一体/不不,你我原本只是一体/被宙斯一分两半/忆万年来渴望着融合"（《情舞·疯狂的探戈》）。而在翟永明的《颜色中的颜色·6》中,"我看见的白色远离尘嚣——招呼我/我看见冬天的否认者/我的颜色流入你的眼睛中/去把那最后的时间覆盖",翟永明以"黑""白"的男女隐喻构建了抛弃世俗与偏见（"远离尘嚣"）的"白"（男性）对"我"（"黑"）的接纳（"招呼"）,以及"我"对男性的扶持与应和（"我的颜色流入你的眼睛中"）,这种以诗歌审美形式建构的两性关系理想表达了诗人对超越二元割裂、达到互融互补状态的"冲气以为和"及"知雄而守弱,见白而守黑"① 男女相处之道的追求及心理体现。

三　中美自白诗"黑暗叙事"不同之辨

在罗森瑟尔看来,美国自白诗是"一种痛苦的诗"②。可以这样说,其诗歌中的黑暗书写正是渲染或表达痛苦的手段之一。不管是将诗人逼入"绝望、疯狂的角落"③,还是"对治疗精神分裂和恢复完整的自我起一定的作用"④,这些黑暗带来的困顿、窘迫、怨恨、不安、恐惧、死亡等多与负面情绪相关,是一种"压抑的复现"。而中国自白诗中的黑暗书写确实来自西方,而且来自西方的阴郁的"黑暗"。"黑色风暴"的发起者翟永明曾在《阅读、写作与我的回忆》⑤

---

① 周山:《逍遥·齐物·和谐——庄子三题新解》,《学术月刊》2005 年第 6 期。

② Macha. L. Rosenthal, *The New Poets: American and British Poetry Since World War Two*, New York: Oxford University Press, 1967, p. 79.

③ A. Alvarez, *The Savage God: a Study of Suicide*, New York: Random House, 1972, p. 110.

④ Theodor Reik, *The Compulsion to Confess*, New York: Farrar, Straus and Cudahy, 1959, p. 347.（美国自白诗人洛威尔、贝里曼、普拉斯及塞克斯顿等均患有不同程度的精神疾病。）

⑤ 翟永明:《阅读、写作与我的回忆》,载翟永明《纸上建筑》,东方出版中心 1997 年版,第 217 页。

中仔细回顾了充满"黑夜"意识的《女人》组诗的创作背景和过程：在糟糕的生活氛围、"绝望、自怜、自悯"的状态中，普拉斯及罗宾森·杰佛斯（Robinson Jeffers）的诗歌对她产生了至关重要的影响，她把普拉斯的"你的身体伤害我／就像世界伤害着上帝"及杰佛斯的"至关重要／在我的身上必须有一个黑夜"作为《女人》的篇首引言放置于诗歌中，并为此写作了著名的《黑夜的意识》一文。不管此文的辞藻和观念如何，正如翟永明所说，在当时，黑夜的意识的确唤起了她"内心秘藏的激情、异教徒式的叛逆心理、来自黑夜又昭示黑夜的基本本能"①。这正是问题的关键之所在，翟永明受到西方影响而被激发起的黑暗意识虽有与之相似的部分，但她却没有将这份沉重和阴郁一味地延续下去，而是自发地将之延展到"来自黑夜又昭示黑夜的基本本能"，也即女性主体意识的创新性发掘，这不但难能可贵，而且更令人惊叹其内化外来影响的能力。从诗学上来说，这种能力来自伊格尔顿所坚信的文学"就是一种意识形态"②的造就；从具体的文学本身来说，这种能力来自翟永明所坚信的写作与时代及历史的关系，"个人的人生经验总是包含在时代与历史中，而时代与历史又是人类个人经验的总和。我相信，只要我在写，我的写作就与时代和历史有关"③。也正因此，虽然受到美国自白诗的影响，但中国自白诗以"黑"为主基调营造的黑暗及黑夜意识以中国的阴阳思想为媒介，以黑暗连接着创生和开始的特质创造性地革新了"黑夜"在中美文学中的较为固定的象征意义，改变了"黑夜"的能指与所指，丰富

---

① 翟永明：《阅读、写作与我的回忆》，载翟永明《纸上建筑》，东方出版中心 1997 年版，第 229 页。

② ［英］特里·伊格尔顿：《二十世纪西方文学理论》，伍晓明译，陕西师范大学出版社 1987 年版，第 25 页。

③ 翟永明、周瓒：《词语与激情共舞——翟永明书面访谈录》，《作家》2003 年第 4 期。

了文学的表达。正如燎原对中国自白诗人黑暗书写的诗化评价："七
窍洞开的感官，向着女性隐秘生命经验的渊底扶摇直上，遇障解穴、
心与灵通，神驰语随、一路开花，直至在黑暗的最深处而满天星
光。"① 所以，单就从这一点来看，中国自白诗中的"黑夜"表达不
只是对美国自白诗的超越，而且也可称为中国诗歌史上的创举。

第三节　中美自白诗的死亡叙事

对死亡本质的追问是西方死亡哲学的基础和主体。"赫拉克利特
说：'死亡就是我们醒时所看见的一切。'毕达哥拉斯说：'死亡是灵
魂暂时的解脱。'德谟克利特说：'死亡是自然之身的解体。'柏拉图
说：'死亡是灵魂从身体的开释。'伊壁鸠鲁说：'死亡是一件与我们
毫不相干的事'。"② 相对来说，中国哲学则比较注重死亡的社会性及
其伦理意义。孔子讲"杀身成仁""舍生取义"；孟子讲"尽其道而
死者，正命也"；荀子讲"人苟生之为见，若者必死"；老子讲"死
而不亡"；庄子讲"圣人将游于物之所不得遁而皆存"③。所以，"强
调死亡的为他性、社会性和伦理意义是包括中国传统死亡哲学在内的
整个东方死亡哲学的一个重要特征，而强调死亡的个体性、属我性和
不可替代性是包括中世纪基督宗教死亡哲学在内的西方死亡哲学诸多
形态的一项共同特征"④。但就中美自白诗而言，两者的死亡表达都
体现为既保留传统又兼具异质的美学色彩：美国自白诗中的死亡叙事
少了追问，多了形而下的渴望和实践；而中国自白诗中的死亡叙事却

---

① 燎原：《当代诗人点评（二）》，《星星》2005 年第 4 期。
② 段德智：《西方死亡哲学》，北京大学出版社 2006 年版，第 28 页。
③ 段德智：《西方死亡哲学》，北京大学出版社 2006 年版，第 10 页。
④ 段德智：《西方死亡哲学》，北京大学出版社 2006 年版，第 31 页。

少了"舍生取义"的实用价值，多了对死亡本质的终极追求。

无论在中国或西方，死亡似乎特别地青睐诗人：美国自白派诗人渴望死亡，书写死亡，最重要的四个诗人中的普拉斯、贝里曼和塞克斯顿先后以自杀这种惨烈的方式向世界告别。洛威尔虽然没有实践自杀，但他的一生似乎都在死亡的阴影中度过，他的妻子卡罗琳曾把他的死称为"他所希望的自杀"。20 世纪 80 年代声名显赫的中国诗人海子、顾城、徐迟、戈麦等也相继以决绝的方式离世，但同期的中国自白诗人思考死亡、书写死亡，穿过那些危险、黑暗的地域，体验它的恐怖、荒凉，但安然地回归。这种超脱与坦然显然脱离了美国自白诗死亡书写的既定轨道，并具有了中国自白诗鲜明的个性特征，实现了中国达观面世精神与西方死亡本质追求的完美结合，在这一点上，中国自白诗的"死亡"书写拥有了难得的智性光芒。

一　对死亡的渴望及重生的梦想——美国自白诗的死亡美学

美国自白诗的死亡美学具有两个重要的特征：一是死亡叙事与诗人本身对死的关注及渴望紧密纠缠，不分彼此；二是死亡与重生相辅相成，唇齿相依（这种现象在两位女诗人的诗歌中更为显著）。

（一）对死亡的关注及渴望

美国自白诗对死亡的关注及渴望在四位代表性诗人身上均有着鲜明的呈现。从早期诗歌起，洛威尔就开始关注死亡并在诗歌中谈论死亡，如《欧洲死者》（"The Dead in Europe"）（出自《威利爵爷的城堡》，1946）、《她的亡兄》（"Her Dead Brother"）（出自《卡瓦纳家族的磨坊》，1951）等。而《生活研究》（Life Studies）中更是充满坟墓、墓地、殡葬人、灵柩、死亡的脚印、地狱等意象。所以，在玛丽·戴蒙（Marie Damon）看来，《生活研究》（Life Studies）其实也是"死亡研究"，因为其诗歌中总有一个渴望死去的孩子。而"联邦死难者"也不只是指那些死在美国内战中的北方士兵，它还指称民族、婚姻、亲密关系、完整性等的死亡及完整自我的破碎。① 洛威尔自己也在《夜汗》（"Night Sweat"）中证实了这一点，"我心中总有个死亡的孩子，我心中总有他想去死的渴望——"。而在《家》（"Home"）中，叙述人再一次重申了这个愿望，"我希望我能去死"（I wish I could die）。尽管洛威尔认为"怎样去死其实很无趣，很恐怖"（《历史》），他还是不由自主地设计自杀的方式及其可能产生的后果，如在《自杀的噩梦》（"A Suicidal Nightmare"）中，他设想"我发动借来的车/进入沼泽。/我偏离可走的路/坠入泥沼/那就是为什么/抽象的羊毛般的泥浆/埋葬了我记忆的肿胀之袋"。但处于基督教传统浓郁的文化氛围中，洛威尔也如同普拉斯的《雾中羊》（"Sheep in Fog"）及哈姆雷特（Hamlet）著名的独白中所表达的那样，充满了对死后特别是自杀而亡之后的迷茫和担心，"如果我没有试着自杀/我可值得称颂——/或者我恐怕/这种不寻常的行为/会使我酿成大错"（《自杀》）。也许正是对自杀后不可知情形的恐惧和担心使洛威尔躲过一劫，成为四位主要自白派诗人中唯一没有实施自杀的幸存者。②

把贝里曼的《梦歌》（*The Dream Songs*）称为自杀笔记也不为过。从"先生，他希望自己能，去死/一旦受到凌辱 他就梦想能够飞走"（《梦歌之十一》），"死在半途，从他年青时起，都没有成功"（《梦歌之一六零》）到"痛苦的亨利最想要的：/只是保持/地狱淬炼时的沉着"（《梦歌之二八六》，死的欲望一直萦绕在《梦

---

① Marie Damon, "The Child Who Writes/ The Child Who Died", in Steven G. Axelrod, ed. *Critical Response to Robert Lowell*, Westport: Greenwood Press, 1999, p. 255.

② 洛威尔于1977年因心脏病突发于纽约的一辆计程车上离世。其时，普拉斯、贝里曼、塞克斯顿已分别于1963年、1972年、1974年自杀身亡。

歌》（*The Dream Songs*）之中，挥之不去。其中又掺杂着对朋友们的自杀或离世的描写或哀悼，如《梦歌之一二七》（"Song 127"）、《梦歌之一五三》（"Song 153"）、《梦歌之一五六》（"Song 156"）、《梦歌之一九一》（"Song 191"）等。这些不但带给他生离死别的痛苦，也带给他越来越强烈的赴死的欲望。而父亲在贝里曼 12 岁时自杀身亡，更是使其一生都笼罩在死亡的阴影里，不得解脱。因此，《梦歌之七六》（"Song 76"）、《梦歌之一四三》（"Song 143"）等均执着于通过死亡回到父亲的身边。不仅如此，收录在其他诗集中的诗歌也多次表述其对死的渴望和自杀的冲动。在《关于自杀》（"Of Suicide"）中，他承认"我无法驱散自杀的念头"。此后不久，贝里曼就在《亨利的理解》（"Henry's Understanding"）中设计了溺水而亡的自杀方案，"我突然想到/某天晚上，不是穿着暖和的睡衣/而是/脱光我所有的衣服/穿过潮湿冰冷的草坪 爬下断崖/跳进可怕的海水 永远地走/在它之下 朝着海岛的方向"。在自杀前两天的 1972 年 1 月 5 日，他又重新修改了方案，"锋利的西班牙刀锋/划开我的喉咙，在我爬上那座桥高高的栏杆之后/我向外倾，右手拿着那把刀/一削而过，我惊呆或昏厥 直到降落/我无法保证头朝下但我毫不惧怕"①。虽然亨利在诗歌中曾戏剧性地摆脱了死亡的冲动，"他们的死亡是他们的，我等待我自己的"（《梦歌之一四六》），但在现实中，贝里曼还是在死亡方案修改后的 1 月 7 日将这首诗付诸实践，唯一的不同是从桥上纵身一跳而放弃了"锋利的西班牙刀锋"的"一削而过"。

相对于两位男诗人，普拉斯和塞克斯顿对死亡更为迷恋，诗歌中的死亡叙事更加动人心魄。斯诺德格拉斯就此发表过自己的看法，他

---

① 这是贝里曼生前写作的最后一首诗。

认为："女人和死亡是同一种东西：我们都倾向于把死亡看成母亲，把坟墓看成子宫。"① 普拉斯一直以来被赋予"死亡艺术家""自杀专家"② 等称号，她诗歌中浓郁的死亡意识曾一度成为评论家关注的焦点，并由此衍生出诸多的质疑与论证。塞克斯顿对于自己诗歌中的死亡主题颇为自信："我敢肯定任何作家、任何艺术家都对死亡着迷，这是生命的先决条件。可能我一直重复着死亡主题，但我没觉得有什么不好。没必要写各种各样的主题。"③ 而普拉斯和塞克斯顿本人对死亡的渴望在访谈中得以证实："我们狂热地谈论着死亡，我俩都被它吸引，像扑向灯泡的飞蛾，吮吸着它。"④ 普拉斯的《渡水》（"Crossing the Water"）、《伯克海滨》（"Berck-Plage"）、《爱丽尔》（"Ariel"）、《死亡公司》（"Death & Co."）、《雾中羊》（"Sheep in Fog"）、《边缘》（"Edge"）等诗歌中布满死亡意象及死亡镜像，但相对于其他三位自白派诗人，普拉斯的死亡叙事节制而又充满神性的色彩和维度。她渴望的死平静而具有哲学意味，正如《爱丽尔》（"Ariel"）所述的那样，"双脚似乎在说：我们已经走了这么远，该结束了"。而塞克斯顿对死的渴望似乎更强烈些，她的诗集《生或死》（*Live or Die*）充满死亡的渴望和对其不厌其烦的叙述，在《西尔维亚之死》（"Sylvia's Death"）中，她喊道："小偷！——/你是怎么爬进，/独自爬进/我渴望已久的死亡的?" 在《渴望死亡》（"Wanting to Die"）中，塞克斯顿用看似平静但令人不寒而栗的语气表达了从容赴死的决心："然而自杀有一种特制的语言。/像木匠，他们只关

---

① Richard Howard, *Alone with America*, New York：Atheneum, 1971, p. 471.

② 转引自吕进主编《外国名诗鉴赏辞典》，河北人民出版社 1989 年版，第 1079 页。

③ Barbara Kevles and Anne Sexton, "The Art of Poetry：Anne Sexton", in J. D. McClatchy, e-d. *Anne Sexton：The Artist and Her Critics*, Bloomington：Indiana University Press, 1978, pp. 41 –42.

④ Barbara Kevles, "Anne Sexton：An Interview", in George Plimpton, ed. *Poets at Work：The Paris Review Interviews*, New York：Viking Penguin, 1989, p. 263.

心用什么工具。/他们从来不问为什么建造。"在《绝命书》（"Sui-cide Note"）中，诗人谈论死亡的语气更加平静和轻松，如同聊天般的娓娓道来："我的朋友，/我将和成百上千的人一起/坐上升降机进入地狱。/我会轻若无物。/我将进入死/就像某人丢失的透镜。"这种克制的陈述反而使陌生化效果更加明显。而且，在其后期诗歌中，死亡叙事几乎成为其唯一主题，吉尔伯特曾一针见血地指出这一事实，"她正踏进那口属于她的、无法逃脱的棺材中"①。

根据卡罗琳·霍尔（Caroline K. B. Hall）的说法，"当与生活的和解没有实现的可能时，挫败感本身需要以死亡达成对问题的解决。死亡既真实又性感，既是结束又是开始，这种不可避免的死亡不但被诗接受，而且还是他们所渴望的。"② 一方面，社会的异化、生活的失落、婚姻的挫败、疾病的折磨等成为自白派诗人关注死亡、书写死亡甚至渴望死亡的诱因，正如洛威尔在《逃亡》（"Runaway"）中所宣称的那样，"在患病的时代，我们决定逃亡"；另一方面，主动掌控自身命运的决心也是美国自白派诗人书写死亡、实践死亡的深层原因所在。正如塞克斯顿所阐明的那样：

> 我认为，杀人极其可怕。不管他们抱着什么目的或者具体做了什么，希特勒也一样。另外，被杀害也极其可怕，即便在睡眠中温柔地死去。但是，当你同时做这两件事时，你就掌握了某种权力，什么样的权力？应该是对生的权力……也是对死的权力。③

---

① Sandra M. Gilbert, "Jubilate Anne", in J. D. McClatchy, ed. *Anne Sexton*: *The Artist and Her Critics*, Bloomington: Indiana University Press, 1978, pp. 41－42.

② Caroline K. B. Hall, *Sylvia Plath*, revised, New York: Twayne Publishers, 1998. p. 96.

③ Anne Sexton, *Anne Sexton*: *A Self-Portrait in Letters*, Linda Gray Sexton and Lois Ames, eds., New York and Boston: Houghton Mifflin Company, 1977, p. 231.

（二）重生：回归母体与凤凰涅槃

回归母体和重生的仪式书写在普拉斯和塞克斯顿的诗歌中较为突出，她们频繁地把死亡与洞穴①、子宫、婴儿等意象交织在一起，以诗歌美学的形式及回归母体的仪式实现精神上的涅槃。

在英国广播公司介绍《拉撒路夫人》（"Lady Lazarus"）时，普拉斯曾说过："抒情主人公是一个女人，她有伟大的、可怕的再生天赋，唯一的麻烦是，她必须先死。她是不死鸟，是解放精神。"② 在普拉斯和塞克斯顿的诗歌中，重生通过两种仪式获得，一是回归母体，二是凤凰涅槃。回归母体是人类文化的恋母情结，是保存于某些古老文明中的人类精神传统："它或许是公元前四千到三千年之间从东地中海和美索不达米亚到印度的非洲——亚细亚这个大文化留下的遗迹之一。"③ 它根植于人类的记忆深处，属于荣格（Carl G. Jung）所说的"集体潜意识"。在大多数情况下，这种渴望被压抑在潜意识层面中，当个人在现实社会中遭遇痛苦、迷茫和伤害，感到无奈和无助的时候，避开现实，回归母体这一单纯、洁净、幸福和温暖之地以求新生就成为一种最原始的冲动和情绪。在塞克斯顿的《失去大地》（"To Lose the Earth"）中，诗人把埃及洞穴的意象暗喻为子宫，把吹笛人暗喻为助产士，进入洞穴的过程既是死亡的过程，又是回归母体重获新生的开始。相对于塞克斯顿，普拉斯回归母体重获新生的情绪更为强烈，早在 1959 年的组诗《生日之诗》（"Poem for a Birthday"）的《石头》（"The Stones"）中，她就开始演绎回归子宫重获新生的神话：在

---

① "洞穴"是人类最初的寓所；是潜藏在人类心灵深处的原始精神家园；是社会回归母体的情结表现；代表大地母亲的子宫，喻示着救赎与重生。荣格曾经指出："石洞可能是大地母亲子宫的象征，成为转变和再生可以出现的神秘地方。"（荣格：《人类及其象征》，张举文、荣文库译，辽宁教育出版社 1988 年版，第 277 页）

② Susan Bessnett, *Sylvia Plath*, London: MacMillan Education, Ltd., 1987, p. 115.

③ Mircea Eliade, *Rites and Symbols of Initiation: The Mystery of Birth and Rebirth*, trans. Willard R. Trask, New York: Harper & Row, Publishers, 1958, p. 57.

"离开那片光芒"之后，"我就变成了一块安静的卵石"，这块卵石，待在温暖的石头之腹中，直到"地狱过后，我看见光"。1962 年婚变后，回归母体的仪式在诗歌中更加频繁地出现，如《他者》（"The Other"）中由"细胞、脐带、子宫、血"等构筑的再生场景成就了一个遭遇欺凌女人的逆转，并使她拥有了反击的能力；《烧信》（"Burning the Letter"）中"像婴儿般卷曲的德国卷心菜""红色的爆发和一声哭喊"将新生的场景现实化，这个从"死亡之眼"得以重生的"新我"最终获得了"不朽"。同样，《生日礼物》（"A Birthday Present"）中"婴儿的啼哭"，《骤停》（"Stopped Dead"）中"初生的哭喊"，《到达》（"Getting There"）中"从忘川的黑色轿车走向你，/纯洁如婴儿"等均以回归母体重新孕育的婴儿意象表达新生。

相对来说，这种通过回归母体达到的精神性再生表达叙事性较强，态度也颇为冷静、沉着。而凤凰涅槃式的精神再生却具有强烈的抒情色彩及激越的表达方式。"'涅槃'一词的梵语为'nivana'，有寂灭、圆寂、灭、寂静、灭度等意。在佛教中，它的主要意思是指烦恼的灭除或熄灭，引申出的主要含义是指达到无烦恼的境界"①，而"凤凰涅槃"源自阿拉伯神话，郭沫若曾在他的《凤凰涅槃》前言中写道："天方国古有神鸟名'菲尼克司'（Phoenix），满五百岁后，集香木自焚，复从死灰中更生，鲜美异常，不再死。"② 塞克斯顿曾用"凤凰涅槃"的隐喻来阐述写作对自己造成的影响，"这个过程的本质在于自我的重生，每一次都剥离一个死去的自我"③。在《吻》（"The Kiss"）中，她继续启用这一仪式来表现爱情给一个女人带来

---

① 单正齐：《论部派佛教一切有部的实有涅槃说》，《宗教学研究》2007 年第 3 期。

② 郭沫若：《凤凰涅槃·序》，载郭沫若《郭沫若全集》（文学编第一卷），人民文学出版社 1982 年版，第 34 页。

③ Barbara Kevles and Anne Sexton, "The Art of Poetry: Anne Sexton", in J. D. McClatchy, ed. *Anne Sexton: The Artist and Her Critics*, Bloomington: Indiana University Press, 1978, p. 6.

的质的转变，"在今天之前我的身体毫无用处。/现在它正撕开方形的地域/用力扯掉老圣母玛利亚的衣饰，一缕一缕地/并且看见——/它成为充满带电之箭的炮弹——/一声尖啸！重生"。如果说塞克斯顿在诗歌表达上较为忠实地采用了"凤凰涅槃"的原生态神话表达的话，普拉斯的诗歌却对它进行了有效的改造：在《蜂蜇》（"Stings"）、《到达》（"Getting There"）、《高烧 103 度》（"Fever 103°"）、《爱丽尔》（"Ariel"）等诗歌中，骇人的"飞升"形象是其固定标签，复仇的"红色"是其基本色彩，"转化"是其统一主题，在三者的相互渲染下，凤凰涅槃般热烈的重生仪式得以高调完成。而且，在普拉斯的改造下，"涅槃"不但具有重生的意境，而且拥有了强烈的复仇功能，挣脱身形牢笼之后的自由之子，开始对压迫者施以决绝的反攻："我披着一头红发/从灰烬中升起/像呼吸空气一样吞食男人。"（《拉撒路女士》）

二 对死亡的正视及哲思——中国自白诗的死亡美学

美国自白诗强烈的死亡意识、死亡主题及诗人的自杀离世对中国自白诗人造成了深重的影响。翟永明对此有过详细的叙述和回顾：

> 夜半三更时，隔壁病房中传来的惊心动魄的哭声吓坏了我，白天已重复了多遍的普拉斯的诗句再次打动了我，并在我年轻的心灵中过早地埋下死亡的伏笔。那几年里，我看了太多的死别、灵堂以及身体的消亡，死亡像一个水瓮向我的内心倾倒着恐惧和悲哀，我被医院的气息感染了，我的诗中不断出现这样的句子：
> 你是一个不被理解的季节
> 只有我在死亡的怀中发现隐秘
> 或

我生来是一只鸟

只死于天空①

　　而且，翟永明还在《沉默》中表达了对普拉斯"死，是一门艺术/像其他事情一样/我要使之分外精彩"（《拉撒路夫人》）的回应："她怎样学会这门艺术？她死/但不留痕迹，像十月愉快的一瞥。"多多也在《1988年2月11日——纪念普拉斯》中表达了对普拉斯之死的惋惜与哀恸，"她沉重的臀部，让以后的天空/有了被坐弯的屋顶的形状/一个没有了她的世界存有两个孩子/脖子上坠着奶瓶"。

　　不只是翟永明、多多，其他如陆忆敏、沈睿、张曙光、唐亚平、海男等诗人对"死"的书写兴趣并不亚于美国自白诗人，但他们笔下之"死"在精神走向上却与美国自白诗中的"死"有着质的区别。

　　（一）对死亡的关注及正视

　　同美国自白诗人一样，死亡书写是中国自白诗人的诗歌主题之一。不同的是，中国自白诗人的死亡书写中有死亡带来的恐惧和悲伤，但少了对死亡的过度迷恋和倾情投入。也就是说，他们谈"死"、写"死"、正视"死"，但并不"渴望死"。

　　张曙光《给女儿的信》以平静的语气揭穿了生与死共生共存的本质："我给了你生命，同时带给你/死亡的恐惧。"而且，在张曙光看来，虽然通常情况下不能被真切地感知，但死亡却一直在场，"人死了，亲人们像海狸一样/悲伤，并痛苦地哭泣——/多少年来我一直在想，他们其实是在哭着自己/死亡环绕着每一个人如同空气/如同瓶子里的福尔马林溶液"。

　　翟永明的《死亡图案》则以"七天七夜"为限，亲历濒死者对

---

　　①　翟永明：《阅读、写作与我的回忆》，载翟永明《纸上建筑》，东方出版中心1997年版，第227—228页。

生的留恋、不舍、呼救，对死的怨恨、恐惧及"眼中的凄厉"；亲尝死亡在亲人身上一日日"生长"带给自己的恐惧、悲怆、痛彻心扉却又无能为力的"踏空"感，无法施以援手、与死"同谋"的犯罪感，以及对亲人离世后缥缈归宿的恐慌感，这一切累加凝聚成为"洞悉死亡真相"之后彻骨的疲惫与绝望。

同样是对亲人离世的哀悼，善谈"死"并具有"自杀"情结①的海男用镇静的口吻在《细小的脉搏》中谈及对热爱"劳动"并能吹出"十全十美的音符"的"父亲"的崇拜、眷恋，谈隔着"棺材"的生与死，以及对父亲离世的悲哀和无奈，"然后我长大，父亲却死在一个棺材中"，"噢，父亲"的结尾叹息直入人心，道尽无法言说的悲凉与思念。从艺术手法上来看，这首诗的哀怨犹如普拉斯的《爹地》（"Daddy"）。但是，虽然在失去亲人的情感表达上具有共同的悲情色调和苦痛情感的抒发，海男却坚决地摒弃了普拉斯"我二十岁时想死/回到，回到，回到你的身边/哪怕变成一堆骸骨也行"的冲动和臆想。

并不丰产的陆忆敏，却在许多作品中想象死、研究死。在《死亡》中，她难得地直抒胸臆，谈论死亡带给人的惊惧及万物面对它时的无奈，"惊恐之外/我还将承受死亡的年纪/它已沉默并斑斓/带着呆呆的幻想混迹人群//当它衰老/万物中尚有什么不与它结伴而苍茫"。但惊惧和无奈的情绪平稳之后更多的则是对死亡勇敢地正视，"我们不时地倒向尘埃或奔来奔去/夹着词典，翻到死亡这一页/我们剪贴这

---

① 虽然海男曾在访谈中说："我的自杀情结就像一位美国诗人（海男此处所涉及的是普拉斯及她的《拉撒路女士》中'死亡/是一门艺术'的诗句）所说的那样，完完全全是一种艺术。"但从她随后的解释——"我不愿意自然而死，也不愿意出什么事故呀车祸呀死去，我把我需要做的事做完，我厌倦了的时候，也就是说我一旦觉得活着不再有任何意义了的时候我就去死"（张钧：《穿越死亡，把握生命——海男访谈录》，《花城》1998年第2期）——来看，她的"自杀"情结与普拉斯对"死的渴望"并不是一回事。

个词，刺绣这个字眼/拆开它的九个笔画又装上"（《美国妇女杂志》），以及"我不再醒来，如你所见、温柔地死在本城"（《温柔地死在本城》）。而且，陆忆敏的诗歌不但可以直面生死，对于死后的安排也充满了诗意的美，在《梦》《身后事》等诗歌中不求重生，不惧死后的孤单，只想"在阳光灿烂的墓园/枕着四季花木的静幽"（《身后事》），而且"死后能够独处/那儿土地干燥/常年都有阳光/没有飞虫/干扰我灵魂的呼吸/也没有人/到我的死亡之中来死亡"（《梦》），这些死亡想象中没有恐惧、没有怨恨，携裹其中的只是平静的思考及理性的正视。

（二）对死亡本质的求索与追问

对于中国自白诗人中的死亡意识，罗振亚有着深刻的洞见："好在不论是心怀恐惧，还是意欲征服，不论是视为本能享受，还是希求拯救方式，哪一种死亡观都和悲观厌世无缘，都指向生命的自觉和生命意义的探求。"①

即使是因亲人的离世而经受过撕心裂肺般痛苦和折磨的翟永明，最终也将痛苦上升为对死亡本质的洞察，在她的眼里，死亡不但是"我们的遗产"（《死亡的图案·第六夜》），而且还是"一袭珍贵的衣裳/为我们遮体"（《死亡的图案·第二夜》）。

陆忆敏不但直面死亡，而且对其进行了形而上的思考，她的思考既有庄子"乐死"②的品质，如"可以死去就死去，一如/可以成功就成

---

① 罗振亚：《解构传统的 80 年代女性主义诗歌》，《文史哲》2003 年第 4 期。

② 庄子的"乐死"哲学与美国自白诗中由基督教文化内化而来的对死亡的渴望并非同质，它是以中国天地阴阳更替不息的哲学理念为基础，以审美的超脱感来消解死亡带来的悲伤与恐惧。正如《庄子·外篇·至乐》中所言："不然。是其始死也，我独何能无慨！然察其始而本无生，非徒无生也，而本无形；非徒无形也，而本无气。杂乎芒芴之间，变而有气，气变而有形，形变而有生；今又变而之死，是相与为春秋冬夏四时行也。人且偃然寝于巨室，而我噭噭然随而哭之，自以为不通乎命，故止也。"如果说相似的话，这一哲学思想则与德谟克利特"死亡是自然之身的解体"更为接近。

功"(《可以死去就死去》),又涵括西方哲学对死亡本质的追问,"死亡肯定是一种食品/球形糖果 圆满而幸福",而她的"人的一生是有穷尽的,这种相对性使我们宽心"(陆忆敏:《谁能理解弗吉尼亚·伍尔芙》)更是充满了淡淡的哲思。所以,正如胡亮所说:"她(陆忆敏)试图在被割断的中国传统和不断带来兴奋点的西洋传统之间,通过个人机杼,在画龙点睛的有限的异化中保全那固执而优越的汉语之心。"①

在将形而下的死亡转化为形而上的本质追问方面,学哲学出身的唐亚平享有得天独厚的优势,她一方面在诗歌中将柏拉图"死亡是灵魂从身体的开释"付诸美学实践,"神没有死的福气,一直活着多累/我们比神优越,我们会死"(《我要一个儿子》);另一方面又将美国自白诗中死的"欲望说"裁剪进自己的诗歌文本,"死是一种欲望一种享受/我摊开躯体,睡姿僵化/合上眼睛像合上一本旧书/发亮的窗口醒成墓碑/各种铭文读音嘈杂"(《死亡表演》)。但幸运的是,唐亚平"享受"的仅是死的姿态,而非死亡的真实,这种姿态剔除了死带给人的恐惧,也剔除了美国自白诗中的不祥之感。

在死亡的表达中,伊蕾是较为特殊的一位,她畅谈人生的困顿与惬意,但不太谈死。但在《黄果树大瀑布》中,她却用诗意的表达隐喻了生死的转化:

> 把我砸得粉碎吧
>
> 我灵魂不散
>
> 要去寻找那一片永恒的土壤
>
> 强盗一样去占领、占领
>
> 哪怕像这瀑布

---

① 胡亮:《出梅入夏:陆忆敏的诗》(序一),载陆忆敏《出梅入夏:陆忆敏诗集(1981—2010)》,北岳文艺出版社 2015 年版,第 2 页。

千年万年被钉在

悬

崖

上

　　其"灵魂不散"的隐喻虽借助了西方哲学中的灵魂说及"重生"意象，但表达的重点却颇具孔子"杀身成仁""舍生取义"的精神实质。

三　形而下和形而上——中美自白诗死亡美学不同之辨

　　在亚当和夏娃被逐出伊甸园的"原罪"说及基督教今生在世"赎罪"却将希望放在死后进入天堂的伦理教化下，美国自白诗中的死亡意识表现了美国文化中对强烈自我意识的肯定和对外在肉体的否定，他们并不把死亡看作生命的终结而是看成新的希望或开始，通过肉体的死亡达成自我的解放或与世界的融合。正如塞克斯顿在《无知的诗人》（"The Poet of Ignorance"）中所表达的那样："大概我什么都不是。／是的，我有一副躯壳／无法摆脱。／我渴望飞出我的大脑，／但那是不可能的。／命运之书已经写就／我注定被囚于这人形之中。"所以，美国自白派的诗人之死与诗歌中的死亡叙事呈现彼此交织，相依共存的状态。这种死亡意识引发了中国诗人对死亡的正视和思考，但在中国异质的文化环境中，死亡书写却脱却了阴郁与暴戾之气，虽然可能会遭遇美国自白诗人相似的困境和磨难，如"晦暗的路灯滋养了我的晦暗心理，病房内外弥漫着的死的气息和药物的气味也滋养了我体内死亡的意识"[①]，以及自杀情结的困顿，诗人们却能在本土文化

---

　　① 翟永明：《面向心灵的写作》，载翟永明《纸上建筑》，东方出版中心1997年版，第197页。

的滋养中找到解脱之道。翟永明有意通过写作完成对"死亡"的清洗：

> 《死亡的图案》再次涉及的主题是时间，7 夜的时间和一生的时间不断冲突，无法平衡，于是我"洞悉了死亡的真相"。7 夜与诞生之初的 7 天相对，一方面是悲剧的暗示，另一方面也是现实中的契合，有 7 个夜晚我和一个垂危的病人与一个精神病患者待在一起，我与死亡接触，我亲眼目睹生死交织的生命图案，死亡把我推到了恐惧的极致，在《死亡的图案》中我又把死亡推到了经验的极致，我感觉我急于清洗那停留在我体内的太多的死亡气息，我通过写作清洗，彻底地清洗，《死亡的图案》就像一个倾倒死亡的水瓮。最后我成功了，我通过写作《死亡的图案》超越了"死亡"主题。①

同样，在找到"一种欢快的节奏将生命激活"② 的同时，"让小说中许许多多的人物死去，让他们承担我对死亡的恐惧，让他们代替我去死"③ 是海男通过艺术美学穿越死亡的方式。总体看来，中国自白诗的死亡叙事秉承的是陆忆敏的写作原则："即使在涉及死亡问题的时候，我也并不处于消沉之中，我不过是在飞快地转着各种念头，思考着，与朋友们担心的正相反，我心里非常充实，尽管状态有些紧张。"④

---

① 翟永明：《面向心灵的写作》，载翟永明《纸上建筑》，东方出版中心 1997 年版，第 197 页。
② 张钧：《穿越死亡，把握生命——海男访谈录》，《花城》1998 年第 2 期。
③ 张钧：《穿越死亡，把握生命——海男访谈录》，《花城》1998 年第 2 期。
④ 陆忆敏：《作者的话》，载唐晓渡、王家新选编《中国当代实验诗选》，春风文艺出版社 1987 年版，第 74 页。

　　所以，可以这样说，美国自白诗中大量的死亡书写吸引了中国诗人的目光并诱发了他们对死亡的关注，难能可贵的是，虽然有短暂的迷恋，但中国诗人们能清醒地意识到这一问题并积极地寻求有效的解决之道，最终使吸引止于吸引本身。而且，更重要的是，在大部分中国自白诗人身上，对死亡的思考大都表现为形而上的探求和考量，而非形而下的迷恋和投入，这就为中国自白诗中的死亡叙事增添了一份智性的色彩。基督教观照下的西方文化向来关注生死两重世界的关系及转化，但在"未知生，焉知死"的文化潜意识中，汉民族并不太热衷于对终极问题的追问，我们习惯于在"生"这一个单项的世界里上下求索，而将"死"作为一个确定而又缥缈的外部事件抛弃性地搁置。翟永明对这一点看得十分清楚，她认为，中国人观照世界的方式与西方人极其不同，体现的是"中国道教神与物游和禅家心与境寂的境界"①。

　　由此可见，虽然中国自白诗受到美国自白诗的影响并吸纳了其独特的叙事策略和言说方式，但与此同时，它又将中国传统文化的精髓及现实不动声色地移植入诗歌的灵魂深处，并在中西文化的交相呼应中剔其糟粕、守其精华，形成了直面死、思考死但不畏死、不求死的达观精神及哲学观。这种对外来诗歌中国化的改造"为现代诗的民族化开辟了一条有效途径，这种处理外来影响与民族传统关系的风范与原则即便在今天仍是可取的"②。有一点需要说明的是，虽然美国自白诗人自身的命运令人嗟叹，但值得欣慰的是，虽遭遇肉体的磨难和死亡，但他们的艺术之美却永远留存，得以永生。

---

　　①　翟永明：《外眺与内眺》，载翟永明《纸上建筑》，东方出版中心 1997 年版，第 29 页。

　　②　罗振亚：《开放的"缪斯"——论中国现代主义诗歌对古典诗歌、西方现代派诗歌的接受》，《社会科学辑刊》1996 年第 5 期。

王家新曾说过,"只要中国诗人用他们的母语写诗,而又更加深入他们自己的现实和传统,中国现代诗最终就不至于成为西方诗的一个变种:它加入了整个文学的精神循环,但又会获得它自身不容取代的意义,在好的情况下,它很可能还会从它自身的角度照亮我们这个世纪和下个世纪的诗歌"①。不管是被众人瞩目和热议的女性主义及两性关系叙事,还是黑暗及死亡叙事,中国自白诗人虽承袭西方,但并不拘泥于西方,他们深入到中国本土的"现实和传统"中,最终获得了"自身不容取代的意义",也为中国现代诗学建构增添了一道亮丽的风景。

---

① 王家新:《回答四十个问题(节选)》,载王家新《夜莺在它自己的时代》,东方出版中心 1997 年版,第 55 页。

第六章　中国自白诗艺术创新之路上的畸变与不足

以美国自白诗为外部框架、以中国本土文化和诗学为精神内核，一批有着相似诗学理念的中国 1980 年代诗人创作了大批兼具美国自白表征和本土诗学特征的优秀诗歌文本。他们以"自我"为抒情主体，"自白"为抒情手段，在大胆革新诗学传统的同时，不但将叙事化写作及口语式表达引入诗歌，而且以"自白"表达为契机，成功地将戏剧美学、声音美学等融入诗歌的建构中。不但如此，在 1980 年代"反意象"的诗歌大潮中，他们能坚持自己的诗美选择且在诗歌书写中完善了对意象的坚守，谱写了一代诗歌传奇。而且，在两性关系叙事、黑暗叙事及死亡叙事方面，中国自白诗人们将中国优秀的文化观念及美学观念内置于诗歌文本中，并以此为基础完成了对美国自白诗有效的移植、改造及重建，既坚持了共同的文学规律，又发扬了本国优秀的文学传统，并为世界文学园地增添了一抹醒目的新绿。从这些方面来说，中国自白诗无愧于"中国当代最好的女性诗歌都是自白诗"① 的赞誉。

在充分肯定中国自白诗在诗学、美学上的建树的同时，我们也不得不充分考虑中国自白诗这么多年遭受诟病的深层原因，虽有因跨国界、跨文化传播所造成的误读或误解而导致的"批评的误区"，但其自身存在的问题和不足也应该得以正视。总体看来，中国自白诗在其艺术创新之路上存在两个较为明显的问题及不足。

第一节　丰富中的贫乏与苍白

能将世界精简、化约到字、词、诗句中的诗人，应该拥有非同一般的精神独立性及建立在深广文化背景上的精神高度，他们本应直入人类生存处境和精神处境的中心，以"人与世界的相遇"② 为核心对他自己的时代做出呼应和承担，③ 但一些自白诗在高扬"自我"的同时却忽视了社会的温度，从而造成了诗歌"丰富中的贫乏"。

艺术与现实的关系一直是学界争论的焦点之一。康德（Immanuel Kant）和席勒（Johann C. F. von Schiller）的美学原则是"艺术的真实是通过与理性达成和解而获得的感觉的解放"，为了达成和解，艺术必须是一种"升华"，拥有"与现实的距离"，关注的是"表现"而不是"承担义务"，并且"不参与生活中的琐碎"。总之，艺术就是

---

① 臧棣：《自白的误区》，《诗探索》1995 年第 3 期。
② 《人与世界的相遇》是王家新一本评论集的名字。
③ 王家新：《回答四十个问题（节选）》，载王家新《夜莺在它自己的时代》，东方出版中心 1997 年版，第 42 页。

"虚构和幻想"①。而马尔库塞（Herbert Marcuse）对于艺术与现实的关系经历了思考与转变的过程，在《爱欲与文明》（*Eros and Civilization*）时期，马尔库塞坚持认为，艺术是最明显的"压抑的回现""美学和解意味着反理性压迫的或者就直接是反理性的感觉的强化""美学经验将围捕使人异化为劳动工具的暴力和剥削行为"②。而在《反革命和叛乱》（*Counter-Revolution and Revolt*）中，马尔库塞已经不再对反文化美学抱有幻想，他开始修正自己的观点，"不是把政治介入艺术"，而是要"在美学形式中把政治内容演化为政治隐喻"③。所以，无论美学家们的美学原则存在多大的分歧，艺术是生活的"升华"，且"表现"生活是大部分艺术家们秉承的共同观点。

从自白诗本身来看，罗森瑟尔认为成功的自白诗必须是个人经验和文化象征的融合，必须比其他类型的诗有更大的容量。④ 罗森瑟尔的论断在美国自白诗歌中得以充分地贯彻。因为正如布莱克（David H. Blake）所说："冷战、核时代、大屠杀——这些都是自白派诗歌中明确回应的丑陋且令人注目的事件。"⑤

作为自白派领军人物的洛威尔又被称为公共叙事的先驱者。作为最坚决的美国对外战争的反对者，他拒绝了发动越南战争的林登·约翰逊总统邀请他在白宫艺术节上朗诵诗歌的邀请，而且把拒绝函寄给了纽约《时代》（*Time*）的编辑。这封出现在《时代》（*Time*）头版

---

① Herbert Marcuse, *Eros and Civilization：A Philosophical Inquiry into Freud*, Boston：Beacon Press, 1955, pp. 168, 171, 169.

② Herbert Marcuse, *Eros and Civilization：A Philosophical Inquiry into Freud*, Boston：Beacon Press, 1955, pp. 130, 164, 173.

③ Paul Breslin, *The Psycho-Political Muse：American Poetry Since the Fifties*, Chicago：The University of Chicago Press, 1987, p. 15.

④ Macha L. Rosenthal, *The New Poets：American and British Poetry Since World War Ⅱ*, New York：Oxford University Press, 1967, p. 80.

⑤ David H. Blake, "Public Dreams：Berryman, Celebrity, and the Culture of Confession", *American Literary History*, Vol. 13, No. 4, Winter 2001, p. 719.

的信令总统颜面无存、勃然大怒。在诗歌艺术上，洛威尔不想只成为批评家笔下的诗人，他更想成为美国人民寻找的为自由而战的诗人，这一目标对他的诗歌创作产生了巨大的影响：《回忆西大街监狱和勒普克》（"Memories of West Street and Lepke"）中一直萦绕在言说者和读者脑海中的"电椅"对卢森堡夫妇被处以电刑的影射，《臭鼬的时光》（"Skunk Hour"）中"我自己就是地狱"带来的自我身份丧失的痛楚，《致阵亡的联邦军烈士》（"For the Union Dead"）中鱼和爬行动物被现代化技术的影像"挖土机"代替的残酷现实，这些公共叙事与"自白"式表达的结合抹杀了诗歌与读者之间的距离，使读者如感同身受般加入语者的情绪中，同叙述者一起体味外部世界对内在心灵的蹂躏及摧残。

从 1930 年代开始，贝里曼就开始思考诗歌与政治的关系，大屠杀在其早期诗歌《共产主义者》（"Communist"）、《新年前夜》（"New Year's Eve"）、《被剥夺者》（"The Dispossessed"）中均有体现。1948 年 3 月，贝里曼开始写作《向布雷兹特里特夫人致敬》（*Homage to Mistress Bradstreet*），其中强烈的宗教意识一直被认为是个人的、内部的，但实际上，贝里曼此时已对宗教被编码于政治及冷战实践中的事实洞若观火，所以，《向布雷兹特里特夫人致敬》（*Homage to Mistress Bradstreet*）中突出的宗教叙事中充满了对美国冷战时期以上帝之名进行的核竞争的影射与嘲讽。《梦歌》（*The Dream Songs*）延续了《向布雷兹特里特夫人致敬》（*Homage to Mistress Bradstreet*）的神学特征，但当有人把《梦歌》（*The Dream Songs*）称为"神正论"的典范时，贝里曼毫不客气地指出，"上帝之神正是政治之神，'神正论'是没有神的权力的'神正论'"①。所以，可以这样说，

---

① John Berryman, *The Freedom of the Poet*, New York: Farrar Straus & Giroux, 1976, p. 233.

《梦歌》（*The Dream Songs*）在社会批判和政治批判方面更加大胆和尖锐，《梦歌之二三》（"Song 23"）、《梦歌之一零五》（"Song 105"）、《梦歌之二一六》（"Song 216"）等直指艾森豪威尔政府的"假民主"，《梦歌之二四五》（"Song 245"）用肯尼迪之死暗喻在他统治之下美国民主的死亡，《梦歌之一六二》（"Song 162"）不但对越战进行了抨击，而且用"我们"一词对自杜鲁门到艾森豪威尔再到肯尼迪统一连贯的战争侵略行为进行了反讽式的控诉。而且，同其他自白派诗人一样，《梦歌之二一》（"Song 21"）、《梦歌之四一》（"Song 41"）、《梦歌之二二七》（"Song 227"）等再次将目光聚焦于大屠杀的暴行，而《梦歌之一九二》（"Song 192"）、《梦歌之一九七》（"Song 197"）、《梦歌之二二六》（"Song 226"）、《梦歌之三零零》（"Song 300"）等延续了《向布雷兹特里特夫人致敬》（*Homage to Mistress Bradstreet*）中反冷战的主题。

除了对性别政治倾注了极大的热情，普拉斯的诗歌在社会、现实与历史的纵深处与个体生命相结合方面丝毫不逊色于男诗人。她在一次采访中曾直言对历史、战争等的兴趣："我目前对拿破仑很感兴趣，我对打仗、战争、加力波利半岛、第一次世界大战等很感兴趣，我想随着年龄的增长我会变得越来越关注历史。"[1] 不但如是说，普拉斯在作品中成功实践了自己对现实的介入及对历史、现实的关注。在《爱丽尔》（*Ariel*）中，普拉斯对"大屠杀"进行了频繁的文化挪用及形象再现，使其成为诗歌中身份政治的一个普适性隐喻，实现了身份政治的文化批判与诗歌审美的共谋。《拉撒路夫人》（"Lady Lazarus"）、《莱斯博斯岛》（"Lesbos"）、《到达》（"Getting There"）、《玛丽之歌》（"Mary's Song"）、《爹地》（"Daddy"）、《蜂群》（"The

---

① Sylvia Plath, "BBC Interview with Peter Orr", in Peter Orr, ed. *The Poet Speaks*, London: Routedge and Kegan Paul, 1966, p. 167.

Swarm")、《割伤》（"Cut"）等作品中均有大量的"大屠杀"叙述，这些描写一方面强调了法西斯的暴力与"作为女性所面临的急迫的个体斗争"之间的相似性；另一方面，它实施了对权力关系的探索，不管是独裁者、种族压迫者，还是对子女施行控制的父亲，他们的行为本身都是一样令人震惊的残忍，"这不只表现了法西斯主义与父权制的关系，也强调了在自我内部寻求权力来解除暴力和统治时所产生的暴力本身"①。另外，极权与技术统治的共谋在普拉斯的叙述人"我"的视野中的呈现更凸显了战后身份的安全这一突出问题。普拉斯在《他者》（"The Other"）、《一个秘密》（"A Secret"）、《偷听者》（"Eavesdropper"）中将冷战期间以"国家安全"名义实施的监视同个体或私人化的窥视扭结在一起，不但扩大了窥视的语用范围，而且扩大了诗歌的现实意义。

美国自白诗写作中"最私人化"的塞克斯顿也宣称，"我们都在书写关于我们这个时代的诗歌"②。而且，在访谈中她正式回应了社会事件及政治对其诗歌的影响："此刻我正密切关注的问题是原子尘所带来的无数的、可怕的遗传性影响及弗瑞德·库克（Fred Cook）在最近一期的《民族》杂志上发表的一篇名为《世界主宰，军国主义》的纪实文章，这篇文章记述的是美国大财团与美国军事令人恐怖的、疯狂的、全能的联姻问题。这些对我的诗歌有影响吗？当然有，只不过不是以一种直接方式施加影响。"③ 对于大屠杀，塞克斯顿不

---

① Edward Shannon, "Shameful, Impure Art: Robert Crumb's Autobiographical Comics and the Confessional Poets", *Biography*, Vol. 35, No. 4, Fall 2012, p. 640.

② Gregory F. Gerald, "With Gregory Fitz Gerald", in Steven E. Colburn, ed. *No Evil Star: Selected Essays, Interviews and Prose*, Michigan and Rexdale: University of Michigan Press, 1985, p. 187.

③ Lynda K. Bundtzen, *Plath's Incarnations: Woman and the Creative Process*, Ann Arbor: University of Michigan Press, 1983, p. 157.

但直接用"奥斯维辛"（《奥斯维辛之后》）作为诗歌的标题，而且以"每一个纳粹／在早晨八点抓来一个婴儿／用炒锅／／煎得嫩嫩地作为早餐"等惊悚的描绘直指纳粹的暴行本身。在对冷战的态度方面，当尼克松 1959 年信心满满地与赫鲁晓夫进行"厨房辩论"①，并暗指美国生活方式的优越性时，塞克斯顿用《她那一类》（"Her Kind"）做出了自己的回应，美国"家庭主妇"兼具巫婆／家庭主妇／荡妇的三重"优越"身份的神话式反讽颠覆性地揭穿了尼克松所谓"优越"的美国家庭生活的本质。

　　从中国大的现实来看，中国自白诗发展壮大的 1980 年代正是将"审美与政治相背离"② 的关键时刻。具体的文学语境正如卞之琳所说，"当时由于方向不明，小处敏感，大处茫然，面对历史事件、时代风云，我总不知要表达或如何表达自己的悲喜反应"③。而出于对过去诗学形态的反拨，韩东干脆提出作家应该从"政治动物""文化动物""历史动物"中逃脱④的论断。在这样的文学语境下，大部分中国自白诗歌并没有承袭美国自白诗对现实的切入、对政治的敏锐性等特征，而是从一开始就选择了"去政治化"的抒情模式。从情感上来说，经过大的社会动荡和心灵的折磨之后，这种对为中心话语"立言""代言"的摒弃是合乎常情的，但从诗歌美学的建构和文学史的意义来看，这种真正进入心理内部抒情，既不表现现实本身又不承担"义务"的艺术具有对政治抒情矫枉过正的嫌疑，而且造成了

---

　　① 1959 年 7 月 24 日，作为对苏联官员访问纽约的"回拜"，美国副总统尼克松在莫斯科索科尔尼基公园为美国国家展览会揭幕，苏共中央第一书记赫鲁晓夫到会参观并在展厅内与尼克松就共产主义与资本主义的一些问题进行辩论。因辩论是在厨房用具展台前进行的，故称"厨房辩论"。

　　② 姚文放：《文化政治与文学理论的后现代转折》，《文学评论》2011 年第 3 期。

　　③ 卞之琳：《自序》，载卞之琳《雕虫纪历》，人民文学出版社 1979 年版，第 3 页。

　　④ 韩东：《三个世俗角色之后》，载谢冕、唐晓渡主编《磁场与魔方——新潮诗论卷》，北京师范大学出版社 1993 年版，第 202—207 页。

美学表达的单一和扁平。正如谢冕所说："诗歌表现了对历史的隔膜和对现世的疏离，诗在与过去的惯性决裂方面投入了巨大的热情，诗歌却也因而陷入了丰富之中的贫乏，这也是不争的事实。"① 但幸运的是，并不是所有的中国自白诗都抛弃了历史、现实与政治，虽然肖开愚曾以男女诗人对比的方式对翟永明的"同自己打交道""同女人打交道"提出了尖锐的批评："翟永明的问题是一个上好的诗人还是一个上好的女诗人。男性诗人在同时间、回忆、空气、存在、人民或人类、事物、死亡、言辞打交道的时候，翟永明始终在同自己打交道，同女人打交道，《女人》、《静安庄》、《人生在世》，皆如此。"② 但实际上，翟永明从《静安庄》起，已开始将公共事件及沉重的文化、历史嫁接于个人叙事中，只是痕迹不是很明显罢了。

在《静安庄》中，翟永明以"插队"这一公共事件为背景，将"暗恐"——"受压抑者的复现"③ 引进诗歌，在读者熟悉异常的村庄、狗吠、公鸡打鸣、轱辘打水的叙事场景中，传递出大量如"溺婴尸体""服毒新娘""生病的皮肤""男孩子们练习杀人"等"陌生"化信息，将历史、文化、现实及个人叙事隐喻性地杂糅在一起。在《称之为一切》中，家庭私人叙事与公共话语的衔接更为明显，不管是对"历史上的罪行""掠夺者""厉兵秣马""被害者的继承人""嚼着观音土"的先辈的立体呈现，还是"历史名城"与"着魔的建筑 恶贯满盈的大楼"的对比抒情，都体现了作者日渐显露的历史感和反思意识。陆忆敏的《对了，吉特力治》对"教条"的讽刺；《避

---

① 谢冕：《丰富又贫乏的年代——关于当前诗歌的随想》，《文学评论》1998 年第 1 期。

② 肖开愚：《中国第二诗界·引言》，载谢冕、唐晓渡主编《磁场与魔方——新潮诗论卷》，北京师范大学出版社 1993 年版，第 276 页。

③ Sigmund Freud, "The Uncanny", in Sigmund Freud, *Writings on Art and Literature*, trans. James Strachey, Stanford：Stanford University Press, 1997, p. 233.

暑山庄的红色建筑》《墨马》《周庄》等对中国"古风"的赞美与仰慕；《沙堡》"走过山岗的/鱼/怎么度过一生呢"对人生的诘问等，都使她的个人抒情拓展了视觉的宽度和美学的深度。在男诗人方面，多多将诗人的使命定义为"保持/整理老虎背上斑纹的/疯狂"（《冬夜女人》）。经历过红卫兵、插队等生活的多多，其独白总是与"血、战争、农民、牲口"等紧密联系在一起，"直取政治的核心"①。并且，他的作品"不从黑白对立的视角来观察理解周遭的事物，而更多的是冷静——甚至冷漠冷峻地——探讨压迫者和被压迫者、迫害者与受害者之间暧昧的关系。"② 到了 1980 年代，多多将诗歌敏锐的触角深入当下的社会"市场"，以"还不知道善良/是一种最不经久的商品"（《鳄鱼市场》）的叹息揭示市场经济社会中的消极因素及弊端。从这一点看，多多的诗歌更接近美国自白诗的精髓部分，也体现了诗人对人类生存处境和精神处境的浓重关怀。

第二节　轰动中的凡庸及其负面影响

1980 年代的文学几乎处于社会生活、文化活动的中心位置，所以，在众声喧哗的文学语境中，一些自白诗为追求"自白"的轰动效应而忽略美学关注，从而产生"写作远远大于诗歌"现象，并最终导致其诗歌走向市井，走向凡庸甚至低俗。

可以这样说，在现代主义诗歌大放异彩的 1980 年代，诗歌派别及为数众多的诗人们一夜崛起，令人眼花缭乱、目不暇接。在这种看似人人都能写诗的时代，自白诗中也出现了良莠不齐的现象。有些只

---

① 林贤治：《中国新诗五十年》，漓江出版社 2011 年版，第 140 页。
② 奚密：《"狂风狂暴灵魂的独白"：多多早期的诗与诗学》，《文艺争鸣》2014 年第 10 期。

追求"自白"轰动效应而忽略美学关注的诗歌也进入"自白诗"群中，从而引起学者对整个群体诗歌美学表达的质疑。写作自白诗的诗人本身对这种乱象也深有感触。翟永明曾就此提出严厉的批评，"女性诗歌正在形成新的模式，固定重复的题材，歇斯底里的直白语言，生硬粗糙的词语组合，不讲究内在联系的意向堆砌，毫无美感、做作外在的'性意识'倡导，已越来越形成'女性诗歌'的媚俗倾向"①。对于女性自白诗写作中存在的问题，陆忆敏也有着深刻的见解："出现在（女性）诗里的，是无穷无尽的表白、解释，以及私下里的推断和怨言。很多人持有苦衷，一吐为快。在形式上，因其单纯、简陋和直率，多半抛却形骸，不刻意追求形式，除了铺叙、引申和冲淡，往往将眼泪、乳汁、血和其他汁液直接注入诗歌。"②

而被学界诟病最多的，当属翟永明所说的"做作外在的'性意识'倡导"，也即诗歌中过于直白外露的"情色"书写了。

实际上，情色书写并不是中国文学的禁区，也不是中国自白诗人的首创。唐代李善注《昭明文选》卷十九《赋癸·情》中即有对"情""色"关系的具体阐释："《易》曰：利贞者，性情也。性者，本质也；情者，外染也，色之别名，事于最末，故居于癸。"③到了明末，冯梦龙的《警世通言》对此又有进一步的解释："单说这情色二字。此二字，乃一体一用也。故色绚于目，情感于心，情色相生，心目相视，虽亘古迄今，仁人君子，弗能忘之。"④当历史进入到20世纪80年代，随着女性主体意识的加强及普拉斯、塞克斯顿诗歌的

---

① 翟永明：《阅读、写作与我的回忆》，载翟永明《纸上建筑》，东方出版中心1997年版，第232页。

② 陆忆敏：《谁能理解弗吉尼亚·伍尔芙》（序二），载陆忆敏《出梅入夏：陆忆敏诗集（1981—2010）》，北岳文艺出版社2015年版，第8页。

③ （南朝）萧统编：《昭明文选》，李善注，吉林人民出版社1998年版，第348页。

④ （明）冯梦龙：《警世通言》（下），钟仁校注，陕西人民出版社1985年版，第561页。

引进，女性在发现自我的同时也发现了自我的身体及身体的欲望，而情色书写随着对自我的发掘进入诗歌也在所难免。但是，1980 年代自白诗中大部分的两性书写或身体叙事虽然超越了舒婷《致橡树》《双桅船》中的纯情，增添了"色"的成分，但其"色"的表达仍然节制有度，身体或者性的摹写能和心灵相互扶持，并未脱离诗歌的诗意和审美的范畴。不管是翟永明《年轻的褐色植物》中"你铺排的手臂环绕我的脖子/青幽幽的血时涨时落/使我摆脱肉体重量"隐晦的男欢女爱，还是伊蕾《独身女人的卧室》中"四肢很长，身材窈窕/臀部紧凑，肩膀斜削/碗状的乳房轻轻颤动"以白描的手法对女性胴体美的展示，都在灵与肉的铺陈中达到了某种微妙的平衡，既丰富了生命的内涵、扩展了经验的宽度，也增加了审美的张力。但是，进一步放大躯体的力量，放纵生理之欲的渲染，为"性"而性的直白性欲望书写就逐渐使诗歌滑入"做作外在的'性意识'倡导"的泥潭，而最终失却对诗歌审美本质的关注及尊重。

在自白诗的"性意识"倡导及直白表达方面，塞克斯顿应该是始作俑者，她突破性欲、乱伦、手淫等禁忌的书写如《众父之死》（"The Death of Fathers"）、《孤独的手淫者之歌》（"The Ballad of the lonely Masturbator"）、《抚摸》（"The Touch"）等一出场就惊世骇俗，引起了评论界的动荡不安，并与伊莱恩·肖瓦尔特"不论是基于女性器官如阴蒂、阴道或子宫，还是集中研究记号学中的脉动、分娩或女性愉悦，都是对菲勒斯话语进行令人振奋的挑战"① 的诗学理论相互补益。伊蕾以《黄果树大瀑布》《情舞》《独身女人的卧室》《被围困者》等一批情感热烈、意象饱满且凸显女性独立意识、追求两性和

---

① ［美］伊莱恩·肖瓦尔特：《我们自己的批评：美国黑人和女性主义文学理论中的自主与同化现象》，载张京媛《当代女性主义文学批评》，北京大学出版社 1992 年版，第258 页。

谐的诗篇赢得诗名，奠定了其在自白诗人群中的重要地位。深受塞克斯顿影响的她，对于女性身体及两性性爱描写也着墨较多，但如果说同样以"卡普里岛"切入叙事，与塞克斯顿《裸泳》同"曲"同"工"的《我就是水》及《天经地义的败类》中隐晦的"性"表达表现了被禁锢人性的解放及对道貌岸然的"卫道士"的蔑视的话，那么《我的禁区荒芜一片》《我的肉体》《裸体》等诗歌在性"欲望"书写方面的浓墨重彩及直白表达却是对社会道德禁忌与审美禁忌的双重挑衅。虽然"冒犯文化习俗特别是性别习俗的裸露或半裸露的身体具有潜在的颠覆性"①，但这种过度的阐释不但消解了其诗歌追求性别平等、追求自我的女性主题，而且使女性再次降格为"被看"的客体地位，并造成了对其诗歌整体艺术品质的伤害。同样，唐亚平的《黑色沙漠》组诗以全黑的底色与翟永明的黑暗意识遥相呼应，成就了女性诗歌的"黑色"经典。但从《黑色沼泽》发展到《黑色子夜》之后，女性主体意识的追求逐渐狭隘地浓缩为女性性欲望赤裸裸的表达和渲染，这种本能欲望的非诗意呈现反而成为对女性努力追寻和建构的独立、自主、自爱、自重的黑夜意识的围堵与拆除，这样"性而上"的诗歌不但为组诗带来极不和谐的刺耳音符，而且造成了对自白诗美学品质的严重损害。正如翟永明一针见血指出的那样，虽然性与爱一直是古典艺术家创作的重要原动力，在当代艺术家的创作中，也很重要。但是，"这种重要，已经变质了。某种程度上，变成了一种符号。艺术家利用它，但并不善待它"②。随之而来的一些如《艳阳天》《暗伤》《为什么不再舒服一点》等以"性"为卖点的诗

---

① ［英］乔安尼·恩特维斯特尔：《时髦的身体：时尚、衣着和现代社会理论》，郜元宝译，广西师范大学出版社 2005 年版，第 3 页。

② 翟永明：《与马铃薯兄弟的访谈》，载翟永明《最委婉的词》，东方出版社 2008 年版，第 204 页。

歌令女性诗歌蒙羞，在一定程度上遮蔽了人们对整体女性自白诗的正确认知和评价。正如罗振亚所说："女性主义诗人性隐私、性欲望、性行为的尽情挥洒，在一定程度上动摇了禁欲主义的传统观念，超越了道德批判的固有模式，那种热情奔放的情思涌动对每个人的艺术和道德良知都构成了一种严肃的拷问。但是过分的肉体化渲染、沉醉和挑逗，'性而上'地一味自我抚摸，则使情欲性欲成了魔鬼，在造成爱的感觉错位的同时，又重新落入了男性窥视目光的圈套。"① 最重要的是，这种从爱欲到情欲到性欲的一再突破，使诗歌失却对"美"的固守和追求，并最终沦落为 21 世纪"下半身"写作的急先锋，这一点恐怕是写作自白诗的伊蕾、唐亚平们始料未及的，也应该是她们最不愿看到的。

在塞克斯顿诗全集的前言中，她的好友玛克辛·库明曾为她赤裸的性书写开脱，库明认为："（尤其是）女诗人要对安妮·塞克斯顿心怀感激，她开垦了新的领地，打破了禁忌，并因为诗歌主题的刺激性而长期忍受炮火的攻击，这种刺激性在 20 年后会淡化很多。"② 库明完成这个论断之后的 20 年，就中国文学界而言，她的话确实应验了，即从 1990 年代的"身体写作"开始，到 2000 年 7 月以沈浩波为首领的"下半身诗歌运动"风起云涌，再到 2003 年 3 月以皮蛋为盟主的"垃圾派"在《北京评论》诗歌论坛上的揭竿而起，诗歌性描写、性描摹的刺激性大大超越了塞克斯顿的各类禁忌书写。但有一点库明也许没有料到，那就是迄今为止，虽然塞克斯顿在美国文学史上获得了常人难以企及的地位，但她的"性"禁忌书写仍未获得大部分评论家及读者的接受和认可，这不能不说明一些问题。但这些并未

① 罗振亚:《解构传统的 80 年代女性主义诗歌》,《文史哲》2003 年第 4 期。

② Anne Sexton, *The Complete Poems*, Maxine Kumin and Linda G. Sexton, eds. , Boston: Houghton Mifflin, 1981, p. xxxiv.

能阻挡中国诗歌界在塞克斯顿所开辟的"新领域内"进行如火如荼的实验和"革新"。

"下半身诗歌运动"的发刊词名为《下半身写作及反对上半身》，在这篇宣言中，沈浩波认为："'下半身'写作追求的是一种肉体的在场感。注意，甚至是肉体而不是身体，是下半身而不是整个身体……而回到肉体……意味着让我们的体验返回到本质、原初的、动物性的肉体体验中去。我们是一具具在场的肉体，肉体在进行，所以诗歌在进行，肉体在场，所以诗歌在场。仅此而已。而我们更将提出：诗歌从肉体开始，到肉体为止……只有肉体本身，只有下半身，才能给予诗歌乃至所有艺术以第一次的推动……我们亮出了自己的下半身，男的亮出了自己的把柄，女的亮出了自己的漏洞。"① 至于"垃圾派"，徐乡愁的说法颇能总结他们的主张，"如果说下半身还只是跨到了裆部或者肚脐眼附近就不走了的话，到了'垃圾派'，中国诗歌终于彻底地掉到了地上。大家会发现，从'朦胧诗'到'第三代'到'民间写作'到'下半身'再到'垃圾派'，中国诗歌是一个不断向下的过程，如果说'朦胧诗'是开一代诗风，具有划时代的意义，那么'垃圾派'却将向下之路走到了最底线，所以垃圾派也就比其他流派和写法更加彻底，更加义无反顾"②。

不管是先锋也好，哗众取宠也罢，从"下半身诗歌运动"到"垃圾派"甚至到以"审丑"为宗旨的《低诗歌运动》，确实实现了"要让诗意死得很难看"③ 的伪诗学目的。当然，这种结果的最终形

---

① 沈浩波：《下半身写作及反对上半身》，载杨克主编《2000 中国新诗年鉴》，广州出版社 2001 年版，第 544—547 页。

② 转引自 陈大为《暗巷肉搏：大陆"下半身"的败德写作及其余烬》，《华文文学》2013 年第 5 期。

③ 沈浩波：《下半身写作及反对上半身》，载杨克主编《2000 中国新诗年鉴》，广州出版社 2001 年版，第 545 页。

成是由多重外力和内力所决定，与消费化、欲望化、感官化的现代诗学环境有关，与第三代其他诗人如于坚、伊沙等的助推也有关。所以，单单把它归因于 1980 年代部分自白诗中"性意识"的张扬和书写并不公平也不十分客观，但从源头上来看，始于 20 世纪 80 年代某些诗歌中的"性而上"确实对 20 世纪 90 年代及 21 世纪文学中"生殖器大游行"① 的形成负有不可推卸的责任。

---

① 朱大可：《流氓的盛宴：当代中国的流氓叙事》，新星出版社 2006 年版，第286 页。

结语

　　在回顾"自白诗"这一命名时，罗森瑟尔曾有过担心，担心"自白"二字会抹杀了洛威尔诗歌的其他特征。"'自白诗'这一名词很自然地来到我的脑海中……但不管这个词是谁发明的，这个术语本身却既有其实际意义又有其局限性。很可能到现在为止它已经产生了一些负面作用。"①但在菲利普斯看来，这样的担心是没有道理的，"一是'自白派'这一概念涵盖的意义要远远大于罗森瑟尔脑中涌现的全部概念；二是正如洛威尔自己承认的那样，他并不是自白诗的开创者"②。如前所述，自白诗的历史甚至可以追溯至

---

① Macha L. Rosenthal, *The New Poets*: *American and British Poetry Since World War* Ⅱ, New York: Oxford University Press, 1967, p. 25.

② Robert Philips, *The Confessional Poets*, Carbondale: Southern Illinois University Press, 1973, p. 2.

希腊时期的萨福。而且，自白式的表达艺术不只出现在诗歌里，也大量出现在小说等其他文体中。这样看来，"自白"文学一直都在，只是到了 1959 年洛威尔时期才得以命名而已，它的再次大规模出现只是顺应了人们"不再相信有关人性的客观真理，而只相信我们自己的主观判断"① 的时代要求。但从美国自白诗半个多世纪以来的批评实践来看，罗森瑟尔的担心确实在一定程度上应验了，"自白"二字多次将美国自白诗推向评论大潮的风口浪尖，而自白派诗人洛威尔、贝里曼、普拉斯、塞克斯顿甚至斯诺德格拉斯、金斯堡等都因此遭受到了无数的诟病和诋毁。即使到了 21 世纪的晚近时期，在大部分的评论家趋向于接受和承认"自白"既是内容又是形式的美学价值，并向着自白诗的诗学价值及社会意义的纵深挖掘时，在美国的大学课堂上，仍然有学者宣称："'自白'是对禁忌、苦难的赤裸裸的暴露，我们不应该被'自白诗'这个引人注目的名字所愚弄，因为它其实就是'怠惰'的同义词，是智性的粗糙简化。"② 尽管遭到其学生维克多·阿尔辛多的有力批驳，但这也足以证明了"自白"这半个世纪以来"在刀尖上行走的艰辛历程"③。

　　自白诗中的"自白"在美国本土的命运尚且如此，作为一个几乎是"外来的物种"，在以"含章，可贞"④ 为美学要义的中国，虽然有前现代"自白"文学的涓涓细流、"五四"的呐喊及 1980 年代"个体"的苏醒、"小我"的凸显，自白诗在中国还是命运多舛。

---

　　① Robert Philips, *The Confessional Poets*, Carbondale：Southern Illinois University Press，1973，p. xi.

　　② Victor Alcindor, Stand Mute：A Book of Poetry, Ph. D. dissertation, Madison：Drew University，2013，p. 3.

　　③ Robert Phillips, *The Confessional Poets*, Carbondale：Southern Illinois University Press，1973，p. 18.

　　④ 出自《易经》（坤·六三）。意为内含美质而不显露，可以保持住美好的品质。

　　一方面，自 1980 年代初进入中国，因翟永明、沈睿、陆忆敏等女性诗人对美国自白诗人及自白诗的公开致敬，以及自白诗自身在表达情感、思想、情绪时不再刻意地压制真实的、痛苦的甚至创伤的经验的诗学特征，评论界即把其与女性诗歌捆绑在一起，"这种内心独白、神秘的女性自传现象适合于女性的天性，和中国女性诗人躯体、生命深处的黑色情绪存在着天然的契合，所以被中国女性诗歌所采用"①。但中国评论界似乎忽略了两个事实，一是"自白"并不是女性的专利或只符合女性气质，美国自白诗的先行者金斯堡、罗特克、斯诺德格拉斯，发起者洛威尔、同时期诗人贝里曼等均为男性，严格来说，女诗人普拉斯和塞克斯顿只能算自白派的第三代诗人。二是受到美国自白诗影响并写作自白诗的中国诗人并不只是女诗人，而是包括多多、芒克、张曙光、王家新、苏历铭、冯俊等一批男性诗人。而且，这些诗人对美国自白诗对自己的影响及自身诗歌的"自白"特征并没有回避或否定。这种对男性自白诗人的"遮蔽"似乎与对"自白"的蔑视有关，也似乎与对脱离了"温柔敦厚"范式的女性诗歌的"蔑视"有关。

　　另外，与美国自白诗中"自白"的美学品质虽经历了跌宕起伏，但最终得到学界大部分学者认可和肯定的命运不同，自白诗自进入中国与中国诗人结合一直到 21 世纪的今天，"'偏执'的自白"② 一直是评论界批判的焦点问题。"Confession"这个词在中国被翻译成"自白"后因"望文生义"而引起的误解和猜疑比起它在美国的遭遇有过之而无不及。实际上，正如本书第三章所具体分析和论述的那样，"自白"首先是"五四"个人传统的回归及反主流"政治"话语的诗学创新。其次，"自白"并非直白，而是诗人们拉近与读者的距离、

----

　　① 罗振亚：《当代女性主义诗歌论》，《文学与文化》2010 年第 3 期。
　　② 罗振亚：《当代女性主义诗歌论》，《文学与文化》2010 年第 3 期。

激起接受者相似情感体验的"被倾听的艺术"，如詹姆斯·麦利尔所言，自白诗像任何其他文学一样，问题是要让人听起来像真的，诗人是否表现的是他真实的经验无关紧要，重要的是他必须制造"真自白的假象"①。而且，"自白"和反讽、悖论、含混、转喻、陌生化等一样，目的是完成自己的诗意想象，并将自己的思想用审美艺术的形式传递给读者。

同美国评论界相似，虽然对"自白"颇有微词，但在对自白诗整体艺术的评价上，中国评论界还是比较公允的，与女性诗歌相关方面，洪子诚在《中国当代新诗史》（修订版）中把翟永明的《女人》（组诗）及其序言《黑夜的意识》，陆忆敏的《美国妇女杂志》等看作中国当代"女性诗歌"开端的"标志性"作品。② 诗评家谢冕也说过："在'文革'结束之后的诗歌成就中，除去'朦胧诗'在反思历史和艺术革新方面的贡献是别的成就无可替代之外，唯一可与之相比的艺术成就，则是女性诗歌创作。这是仅次于'朦胧诗'（当然，女性诗人中有些人如王小妮等也是'朦胧诗'的参与者）而加入了中国新时期诗歌实绩的一支不可忽视的创作力量。"③ 对于男性诗人的自白诗，评论界的评价也颇高，如芒克的《阳光中的向日葵》、李亚伟的《中文系》、张曙光的《西游记》、王家新的《帕斯捷尔纳克》等。相对来说，域外学者对多多诗歌的兴趣要比国内早得多，当国内掀起北岛、舒婷等朦胧诗人研究的热潮时，海外却选择将多多奉为中国当代朦胧诗的先驱。1990 年代初，多多诗歌的专译本如 1991 年的荷兰语专译本、1994 年的德语专译本、1998 年的加拿大专译本等相

---

① Donald Sheehan, "An Interview with James Mcrrill", *Contemporary Literature*, Winter 1968, p. 1.

② 洪子诚:《中国当代文学史》（修订版），北京大学出版社 2007 年版，第 243 页。

③ 谢冕:《丰富又贫乏的年代——关于当前诗歌的随想》，《文学评论》1998 年第 1 期。

继出版，2010 年，多多又力挫日本作家村上春树、加拿大作家玛格丽特·阿特伍德等人，成为纽斯塔特国际文学奖第一位获奖华人。近几年，多多在国内声名鹊起，他的《鳄鱼市场》《吃肉》《当春天的灵车穿过开采硫磺的流放地》等带有明显自白色彩的诗歌也得到国内外学者的盛赞。

虽然中国自白诗人的整体诗歌艺术得到学界的肯定，但学界关注的焦点是诗歌的先锋性质及其在中国诗歌史中不可取代的位置，对自白诗人诗艺及诗技的挖掘方面却稍显欠缺。实际上，中国自白诗不仅具有风格独特的"自白"特征，而且，它同美国自白诗一样，拥有高超的诗艺和技巧，而正是这些诗艺及诗技有效地扩展了读者情感体验和审美体验的边界。首先，在诗歌的戏剧性美学表现方面，虽然对美国自白诗中"戏剧独白"的运用并不十分热衷，但在戏剧悬念的预设、戏剧冲突的建构及戏剧面具的使用方面，中国自白诗均有上乘的表现，在某些方面，对美国自白诗中的戏剧性表现有超越之势。其次，在 1980 年代"意象与象征艺术遁入历史终结"[①] 甚嚣尘上的诗歌氛围中，他们不但坚持意象"是诗歌核心中的一部分，它永远是存在的"[②] 诗学理念，而且将这一理念融入诗歌创作实践中，完成了对意象的坚守及对诗歌尊严的呵护。镜子、水及其相关意象不仅与美国自白诗一起完善了"镜子"作为文学母题之一的多项审美功能，而且在后现代的语境下扩展了其"入侵"和"规训"的功能隐喻。在月亮及其相关意象的使用上，中国自白诗在西方诗学及美国自白诗的映射下，突破了月亮隐喻的滥觞并为其增添了"暗恐"色彩，极大地丰富了诗歌的内涵和容量。在乌鸦、蝙蝠、猫头鹰等动物意象的选

---

① 罗振亚：《近二十年先锋诗歌的历史流程与艺术取向》，《诗探索》2005 年第 1 期。
② 多多，凌越：《我的大学就是田野——多多访谈录》，载多多《多多诗选》，花城出版社 2005 年版，第 270 页。

择上，中美自白诗表现出了中西文化隐喻的兼容性及精神气质血脉相连的一面。而中国诗人特别是女性自白诗人将女性与蝙蝠象征性互为置换的诗学创新，以及对中国传统和美国自白诗的双重超越，凸显了中国自白诗难能可贵的诗美选择及别致新颖的审美眼光。而且，"自白"独有的呼喊式特征使自白诗在声音美学的建构上具有得天独厚的优势，而诗歌中多重"声音"的互动也使自白诗成为将语言的创造性发挥到极致的典范。虽然中国自白诗中的"声音"并没有引起学界足够的重视，但不管是在"呼语法"的应用，以内韵、跨行、叠句建构而成的节奏与音乐之美，还是在以词汇的奇异搭配生产出"陌生化"的声音美学方面，中国自白诗的上乘诗歌文本与美国自白诗的优秀诗歌文本之间可以说势均力敌、不分伯仲。只单从这一点来看，自白诗就不是"几乎排斥了任何技术性的因素"[①] 的诗歌写作，恰恰相反，它充溢着满满的并且高超的"技术性的因素"。其实，优秀诗歌的特质就在于产生轰动效应与保持克制之间微妙的平衡，不管是戏剧性表达、意象的隐喻功能还是诗歌中声音的生成，都指向诗歌字里行间的复杂性，以及其所能达成的"克制"性陈述的实际效果，而"自白"的表象与这些技艺的结合更加凸显了诗歌的复杂性及其张力。

人类共通的审美需求、诗人心灵的契合等使以"自白"为契机的中美自白诗具有了美学上的相通性及一致性。也正是因为自白诗以"自我"为中心，而且"在通往人类自身状况方面，没有比自白更好的路径了"[②]。所以，这个"人类的自身状况"在"最富民族性的文

---

① 臧棣：《自白的误区》，《诗探索》1995 年第 3 期。

② Victor Alcindor, Stand Mute：A Book of Poetry, Ph. D. dissertation, Madison：Drew University, 2013, p. 4.

体"① 的诗歌中的表达，就必然是本民族文化精髓的诗意呈现。对于美国自白诗来说，"自白"在很大程度上袒露的是痛苦和重担而非快乐或开心，表现的是生活的、社会的、道德的、宗教的消极方面或其负面的影响，无论是塞克斯顿"这是一种战争／我在自己身上种下／炸弹"（《瘾君子》）的无奈，还是洛威尔"我自己就是地狱"（《臭鼬的时光》）的哀嚎，都是这种负面情感书写的极端体现。无论是两性关系叙事中的对抗和杀戮、黑暗叙事中的困顿和绝望，还是死亡叙事中对生的厌弃和对死的渴望，美国自白诗基本上表现的是一种"孤绝"的姿态，实施的是对"人类社会实际状况的憎恨"② 的书写模式。虽然受到美国自白诗的影响并具有精神气质上的某些相似性，但在这些相似主题的书写中，中国自白诗人却坚决地采取了不同的姿态及叙说方式。正如比较文学专家叶维廉所言："文化及其产生的美感感受并不因外来'模子'而消失，许多时候，作者们在表面上是接受了外来的形式题材、思想，但下意识中传统的美感范畴仍然左右着他对于外来'模子'的取舍。"③ 在两性关系叙事方面，虽有不平，但中国诗人们采取的是直面困境，以交流的姿态寻求重建男女和谐关系的路径。在黑暗叙事方面，中国诗人们既突破黑暗的传统意蕴又固守"白天为阳，黑夜为阴；男人为阳，女人为阴"的中国传统哲学及宇宙观，赋予女人——黑夜积极的诗学意义。在死亡叙事方面，中国诗人们抛却了"谈死"的中国式禁忌，大方地谈死，但是形而上的思考和正视，而非形而下的投入和迷恋。中国自白诗在这些方面对美国自白诗的"戏剧性"置换，为自白诗的"决绝"和"阴郁"叙

---

① 吕进：《中国现代诗学》，重庆出版社1991年版，第5页。

② David Holbrook, *Sylvia Plath: Poetry and Existence*, London: The Athlone Press, 1976, p. 8.

③ 温儒敏、李佃尧编：《寻求跨中西文化的共同文学规律——叶维廉比较文学论文选》，北京大学出版社1987年版，第17页。

事增添了温婉和暖意，更是中国和合而生万物生存哲学对文学产生的积极诗学指导意义的体现。

在充分肯定中国自白诗在自身诗学、美学上的建树的同时，其对后世文学的影响也应得到关注及充分的重视。虽然没有像美国自白派那样，在其影响下形成了以保罗·齐默（Paul Zimmer）、查尔斯·赖特（Charles Wright）、格雷戈里·奥尔（Gregory Orr）、威廉·马修斯（William Matthews）、卡尔·丹尼斯（Carl Dennis）、菲利普·莱文（Philip Levine）等为代表的"后自白"风潮，但中国自白诗从"我"的视角出发，对生命的探索、对"身体"的关注，以及对中国文化精髓不动声色的吸收和转化为 1990 年代诗歌以及 21 世纪诗歌写作打开了多条通道，这些都不容忽视，而且也将成为中国自白诗纵深研究的切口。

另外，我们也不得不充分考虑中国自白诗这么多年遭受诟病的深层原因，虽有因跨国界、跨文化传播所造成的对文学或文化的误读或误解而导致的"批评的误区"，也与 1980 年代大的诗学环境有着一定的关系，但部分自白诗对社会温度的忽视、对"自白"轰动效应的过分追求等问题和不足还是需要得以正视。只有这样，才能较为客观地还原其样貌特征，并为进一步的研究夯实基础。

参考文献

一　中文文献

艾青:《艾青全集》(第 3 卷),花山文艺出版社
　　1991 年版。

安乐哲:《自我的圆成》,河北人民出版社 2006
　　年版。

白杰:《中美自白诗派私密话语比较研究》,《长
　　沙理工大学学报》2013 年第 3 期。

柏桦:《左边——毛泽东时代的抒情诗人》,牛津
　　大学出版社 2001 年版。

包临轩:《苏历铭的诗事》,《诗刊》(上半月刊)
　　2006 年第 6 期。

卞之琳:《雕虫纪历》,人民文学出版社 1979
　　年版。

车广锦:《中国传统文化论——关于生殖崇拜和

祖先崇拜的考古学研究》,《东南文化》1992年第5期。

陈旭光编:《快餐馆里的冷风景——诗歌诗论选》,北京大学出版社 1994年版。

陈旭光:《诗学:理论与批评》,百花文艺出版社1996年版。

陈仲义:《戏剧性:紧张中的冲突包孕——张力诗语探究之六》,《福建论坛》(人文社会科学版)2012年第8期。

程光炜编选:《岁月的遗照》,社会科学文献出版社1998年版。

程光炜:《中国当代诗歌史》,中国人民大学出版社2003年版。

崔卫平:《文明的女儿》,《当代作家评论》1998年第6期。

崔卫平:《我是女性,但不主义》,《文艺争鸣》1998年第6期。

单正齐:《论部派佛教一切有部的实有涅槃说》,《宗教学研究》2007年第3期。

丁帆等编:《中国新文学史》(下册),高等教育出版社2013年版。

董健:《戏剧性简论》,《戏剧艺术》2003年第6期。

段德智:《西方死亡哲学》,北京大学出版社2006年版。

多多:《多多诗选》,花城出版社2005年版。

范仲淹:《范仲淹全集》,李勇先、王蓉贵校点,四川大学出版社 2002年版。

冯梦龙:《警世通言》(下),钟仁校注,陕西人民出版社1985年版。

傅道彬:《晚唐钟声——中国文化的精神原型》,东方出版社1996年版。

郭沫若:《郭沫若全集》(文学编),人民文学出版社1990年版。

郭沫若:《文艺论集》,人民文学出版社1979年版。

赫琳:《论多多诗歌在英语世界的翻译与选编》,《天中学刊》2015年第1期。

洪子诚、刘登翰:《中国当代新诗史》,北京大学出版社2010年版。

洪子诚:《诗歌的边缘化》,《东方丛刊》2007 年第 2 期。

洪子诚:《中国当代文学史》(修订版),北京大学出版社 2007 年版。

侯明注释:《余冠英推荐古代民歌》,广陵书社 2017 年版。

胡适:《〈红楼梦〉研究论述全编》,上海古籍出版社 1988 年版。

胡兆明:《现代女性诗歌的诗美取向》,《华侨大学学报》1994 年第
   2 期。

荒林:《女性诗歌神话:翟永明诗歌及其意义》,《诗探索》1995 年第
   1 期。

荒林:《问题意识、批评立场和九十年代女性写作》,《南方文坛》
   1998 年第 2 期。

黄子建等:《中国当代新诗发展史》,成都科技大学出版社 1993
   年版。

柯雷:《瘸子跑马拉松》,《诗探索》1994 年第 4 期。

蓝棣之:《现代诗的情感与形式》,人民文学出版社 2002 年版。

老木编:《青年诗人谈诗》,北大五四文学社 1985 年版。

李蓉:《中国现代女性诗歌的文体流变及其文化意味》,《文艺评论》
   2001 年第 6 期。

李新宇:《中国当代诗歌潮流》,山东大学出版社 1993 年版。

李振声:《季节轮换:"第三代"诗叙论》(修订版),复旦大学出版
   社 2008 年版。

梁建东、张晓红:《论柯雷的中国当代诗歌史研究》,《当代文坛》
   2009 年第 4 期。

燎原:《当代诗人点评(二)》,《星星》2005 年第 4 期。

林庚:《新诗格律与语言的诗化》,经济日报出版社 2000 年版。

林宋瑜:《海男访谈:为女性而写,而非女性主义》,《艺术评论》
   2007 年第 3 期。

林贤治：《中国新诗五十年》，漓江出版社 2011 年版。

凌建娥：《论当代中美女性诗歌兴起时期的黑暗意识》，《广州大学学报》2004 年第 3 期。

刘格、荣光启：《1980 年代女性诗歌的"自白"艺术》，《写作》2019 年第 2 期。

刘介民：《中国比较诗学》，广东高等教育出版社 2004 年版。

刘小枫：《拯救与逍遥》，生活·读书·新知三联书店 2001 年版。

刘知幾：《史通通释》，浦起龙释，上海古籍出版社 1978 年版。

陆忆敏：《出梅入夏：陆忆敏诗集（1981—2010）》，胡亮编，北岳文艺出版社 2015 年版。

潞潞主编：《准则与尺度：外国著名诗人文论》，北京出版社 2003 年版。

吕进：《中国现代诗学》，重庆出版社 1991 年版。

吕进主编：《外国名诗鉴赏辞典》，河北人民出版社 1989 年版。

吕周聚：《第三代诗歌与美国自白派关系探源》，《中国现代文学研究丛刊》2014 年第 12 期。

罗振亚：《当代女性主义诗歌论》，《文学与文化》2010 年第 3 期。

罗振亚：《"复调"意象与"交流"诗学：论翟永明的诗》，《当代作家评论》2006 年第 3 期。

罗振亚：《解构传统的 80 年代女性主义诗歌》，《文史哲》2003 年第 4 期。

罗振亚：《近二十年先锋诗歌的历史流程与艺术取向》，《诗探索》2005 年第 1 期。

罗振亚：《开放的"缪斯"——论中国现代主义诗歌对古典诗歌、西方现代派诗歌的接受》，《社会科学辑刊》1996 年第 5 期。

罗振亚、李洁：《翟永明年谱》，《东吴学术》2014 年第 4 期。

马兴荣、吴熊和、曹济平主编：《中国词学大辞典》，浙江教育出版社1996年版。

聂珍钊：《英语诗歌形式导论》，中国社会科学出版社2007年版。

彭予：《美国自白诗探索》，社会科学文献出版社2004年版。

钱锺书：《管锥编》，中华书局1979年版。

乔以钢：《20世纪中国女性文学研究的回顾与思考》，《天津社会科学》1998年第2期。

任一鸣：《女性文学与美学》，新疆人民出版社1995年。

沈苇、武红：《中国作家访谈录》，新疆青少年出版社1997年版。

孙绍振：《新的美学原则在崛起》，《诗刊》1981年第3期。

唐晓渡：《多多：是诗行，就得再次炸开水坝》，《当代作家评论》2004年第6期。

唐晓渡：《芒克：一个人和他的诗》，《诗探索》1995年第3期。

唐晓渡：《谁是翟永明》，《当代作家评论》2005年第6期。

唐晓渡，王家新选编：《中国当代实验诗选》，春风文艺出版社1987年版。

唐晓渡、张清华选编：《当代先锋诗三十年：谱系与典藏》，江苏文艺出版社2012年版。

唐亚平：《黑色沙漠里盛开的玫瑰》，《江南时报》2013年第7期。

唐亚平：《谈谈我的生活方式》，《深圳青年报》1986年10月24日。

田中阳、赵树勤：《中国当代文学史》，湖南师范大学出版社1998年版。

汪剑钊：《女性自白诗歌："黑夜意识"的预感》，《诗探索》1995年第1期。

王家新：《词语》，《上海文学》1994年第1期。

王家新：《独白或旁白》，《扬子江评论》2010年第6期。

王家新：《王家新的诗》，人民文学出版社 2001 年版。

王家新：《夜莺在它自己的时代》，东方出版中心 1997 年版。

王克菲：《翻译文化史论》，上海外语教育出版社 1997 年版。

王小妮：《扑朔如雪的翅膀》，浙江文艺出版社 2016 年版。

王雪松：《论中国现代诗歌节奏单元的层级建构》，《中山大学学报》
（社会科学版）2012 年第 3 期。

温儒敏、李佃尧编：《寻求跨中西文化的共同文学规律——叶维廉比
较文学论文选》，北京大学出版社 1986 年版。

吴波：《翟永明：单翼飞行的"诗妖"》，《广州日报》2007 年 9 月
2 日。

吴琳：《美国生态女性主义批评理论与实践研究》，人民文学出版社
2011 年版。

西渡：《黑暗诗学的嬗变，或化蝶的美丽》，《江汉大学学报》2010 年
第 4 期。

奚密：《"狂风狂暴灵魂的独白"：多多早期的诗与诗学》，《文艺争
鸣》2014 年第 10 期。

萧统：《昭明文选》，李善注，吉林人民出版社 1998 年版。

谢冕：《20 世纪中国新诗：1978—1989》，《诗探索》1995 年第 2 期。

谢冕：《丰富又贫乏的年代——关于当前诗歌的随想》，《文学评论》
1998 年第 1 期。

谢冕、唐晓渡主编：《磁场与魔方——新潮诗论卷》，北京师范大学出
版社 1993 年版。

谢冕、唐晓渡主编：《在黎明的铜镜中——"朦胧诗"卷》，北京师
范大学出版社 1993 年版。

谢冕、杨匡汉、吴思敬主编：《诗探索》（1996 年第 2 辑），中国社会
科学出版社 1996 年版。

徐敬亚等编：《中国现代主义诗群大观 1986—1988》，同济大学出版社 1988 年版。

徐敬亚：《圭臬之死》（下），《鸭绿江》1988 年第 8 期。

严家炎主编：《二十世纪中国文学史》，高等教育出版社 2010 年版。

燕窝、王小妮：《质朴如刀——王小妮访谈》，《文学界》2009 年第 3 期。

杨国静：《西尔维亚·普拉斯诗歌中的暗恐》，《国外文学》2014 年第 1 期。

杨克主编：《1998 中国新诗年鉴》，花城出版社 1999 年版。

杨克主编：《2000 中国新诗年鉴》，广州出版社 2001 年版。

杨柳桥：《庄子译注》，上海古籍出版社 2006 年版。

姚文放：《文化政治与文学理论的后现代转折》，《文学评论》2011 年第 3 期。

叶朗：《现代美学体系》，北京大学出版社 1999 年版。

伊蕾：《叛逆的手》，北方文艺出版社 1990 年版。

伊蕾：《选择和语言》，《诗刊》1989 年第 6 期。

伊蕾：《伊蕾诗选》，百花文艺出版社 2010 年版。

伊沙等：《十诗人批判书》，时代文艺出版社 2001 年版。

尹国均：《先锋实验》，东方出版社 1998 年版。

于坚：《拒绝隐喻》，云南人民出版社 2004 年版。

臧棣：《自白的误区》，《诗探索》1995 年第 3 期。

翟永明：《黑夜的意识》，《诗歌报》1986 年 8 月 12 日。

翟永明：《面对词语本身》，《诗潮》2006 年第 1 期。

翟永明：《翟永明的诗》，人民文学出版社 2012 年版。

翟永明：《正如你所看到的》，广西师范大学出版社 2004 年版。

翟永明：《纸上建筑》，东方出版中心 1997 年版。

翟永明、周瓒：《词语与激情共舞——翟永明书面访谈录》，《作家》
　　2003 年第 4 期。

翟永明：《称之为一切》，唐晓渡编，春风文艺出版社 1997 年版。

翟永明：《最委婉的词》，东方出版社 2008 年版。

张京媛主编：《当代女性主义文学批评》，北京大学出版社 1992
　　年版。

张钧：《穿越死亡，把握生命——海男访谈录》，《花城》1998 年第
　　2 期。

张清华主编：《中国新时期女性文学研究资料》，山东文艺出版社
　　2006 年版。

张曙光：《罗伯特·洛厄尔与自白派诗歌》，《北方文学》2006 年第
　　11 期。

张晓红：《中美自白诗：一个跨文化互文性个案》，《深圳大学学报》
　　（人文社会科学版）2005 年第 4 期。

赵毅衡：《远游的诗神》，四川人民出版社 1985 年版。

郑敏：《诗歌与哲学是近邻》，北京大学出版社 1999 年版。

郑敏：《郑敏文集：文论卷》（中），北京师范大学出版社 2012 年版。

郑敏：《中国新诗八十年反思》，《文学评论》2002 年第 5 期。

钟鸣：《旁观者》，海南出版社 1998 年版。

钟鸣：《钟鸣：旁观者之后》，《诗歌月刊》2011 年第 2 期。

周山：《逍遥·齐物·和谐——庄子三题新解》，《学术月刊》2005 年
　　第 6 期。

周瓒：《翻译与性别视域中的自白诗》，《当代文坛》2009 年第 1 期。

周瓒：《论翟永明诗歌说话的声音与述说方式》，《翼》1998 年第
　　1 期。

周瓒：《女性诗歌：自由的期待与可能的飞翔》，《江汉大学学报》

2005 年第 2 期。

周瓒：《透过诗歌写作的潜望镜》，社会科学出版社 2007 年版。

朱大可：《流氓的盛宴：当代中国的流氓叙事》，新星出版社 2006
　年版。

朱光潜：《朱光潜全集》（第 3 卷），安徽教育出版社 1987 年版。

朱立元：《现代西方美学史》，上海文艺出版社 1993 年版。

朱凌波、苏历铭：《最后一个时代——朱凌波、苏历铭关于诗与生命
　的访谈》，《诗探索》2014 年第 3 期。

　　二　译著文献

［爱］谢默思·希尼：《希尼诗文集》，吴德安等译，作家出版社 2000
　年版。

［奥］西格蒙德·弗洛伊德：《性爱与文明》，刘丛羽译，延边人民出
　版社 1998 年版。

［德］格奥尔格·W. F. 黑格尔：《美学》（第 3 卷下册），朱光潜译，
　商务印书馆 1981 年版。

［德］汉斯·罗伯特·姚斯：《接受美学与接受理论》，周宁、金元浦
　译，辽宁人民出版社 1987 年版。

［德］鲁道夫·阿恩海姆：《色彩论》，常又明译，云南人民出版社
　1982 年版。

［德］沃尔夫冈·顾彬：《黑夜意识和女性的（自我）毁灭——评现
　代中国的黑暗理论》，赵洁译，《清华大学学报》（哲学社会科学
　版）2005 年第 4 期。

［德］沃尔夫冈·伊瑟尔：《虚构与想象：文学人类学疆界》，陈定
　家、汪正龙译，吉林人民出版社 2003 年版。

［俄］瓦西里·康定斯基：《康定斯基文论与作品》，查立译，中国社

会科学出版社 2003 年版。

［法］马歇尔·福柯：《规训与惩罚》，刘北成等译，生活·读书·新知三联书店 2007 年版。

［美］爱德华·赛义德：《赛义德自选集》，谢少波、翰刚等译，中国社会科学出版社 1999 年版。

［美］丹尼尔·贝尔：《资本主义文化矛盾》，严蓓雯译，江苏人民出版社 2012 年版。

［美］哈罗德·布鲁姆：《西方正典》，江宁康译，译林出版社 2011 年版。

［美］勒内·韦勒克、奥斯汀·沃伦：《文学理论》，刘象愚等译，江苏教育出版社 2005 年版。

［美］罗伯特·洛威尔等：《美国自白派诗选》，赵琼、岛子译，漓江出版社 1987 年版。

［美］沃尔特·惠特曼：《草叶集》，李野光译，北京燕山出版社 2003 年版。

［墨］埃乌拉里奥·费雷尔：《色彩的语言》，归溢等译，译林出版社 2004 年版。

［瑞］卡尔·荣格：《人类及其象征》，张举文、荣文库译，辽宁教育出版社 1988 年版。

［苏］M. M. 巴赫金：《巴赫金全集》（第 4 卷），白春仁等译，河北教育出版社 1998 年版。

［匈］格奥尔格·卢卡奇：《历史和阶级意识》，王伟光、张峰译，华夏出版社 1989 年版。

［英］乔安尼·恩特维斯特尔：《时髦的身体：时尚、衣着和现代社会理论》，郜元宝译，广西师范大学出版社 2005 年版。

［英］特雷·伊格尔顿：《二十世纪西方文学理论》，伍晓明译，陕西

师范大学出版社 1987 年版。

［英］约翰·劳埃德:《动物趣谈》，杨红珍译，广西科学技术出版社 2008 年版。

三 外文文献

Abrams, M. H. , *A Glossary of Literary Terms*, Beijing: Foreign Language Teaching and Research Press, 2004.

Alcindor, Victor, Stand Mute: A Book of Poetry, Ph. D. dissertation, Madison: Drew University, 2013.

Alexander, Paul, *Rough Magic: A Biography of Sylvia Plath*, New York: Penguin, 1992.

Althusser, Louis, "Ideology and the State Apparatus", in Louis Althusser, *Lenin and Philosophy*, New York: Monthly Review Press, 1971.

Altieri, Charles, *The Art of the Twentieth-Century American Poetry: Modernism and After*, Malden: Blackwell Publishing, 2006.

Altieri, Charles, *The Particulars of Rapture: An Aesthetics*, Ithaca: Cornell University Press, 2003.

Alvarez, A. , "Robert Lowell in Conversation", in Jerome Mazzaro, ed. *Profile of Robert Lowell*, Columbus, Ohio: C. E. Merrill Co. , 1971.

Alvarez, A. , "Sylvia Plath", *Review*, 9 October 1963.

Alvarez, A. , *Beyond All This Fiddle*, London: Allen Lane, 1968.

Alvarez, A. , *The Savage God: a Study of Suicide*, New York: Random House, 1972.

Ames, Lois, *The Bell Jar*, New York: Bantam Windston, 1981.

Axelorod, Steven G. , "The Poetry of Sylvia Plath", in Jo Gill, ed. *The Cambridge Companion to Sylvia Plath*, Cambridge: Cambridge University

Press, 2006.

Axelrod, Steven G. and Helen Deese, eds. , *Robert Lowell: Essays on the Poetry*, Cambridge: Cambridge University Press, 1986.

Axelrod, Steven G. and Helen Deese, *Robert Lowell: A Reference Guide*, Boston: G. K. Hall & Co. , 1982.

Badia, Janet, Private Detail, Public Spectacle: Sylvia Plath's and Anne Sexton's Confessional Poetics and the Politics of Reception, Ph. D. dissertation, Ohio State University, 2000.

Badia, Janet, *Sylvia Plath and the Mythology of Women Readers*, Massachusetts: University of Massachusetts Press, 2011.

Bennett, Joseph, "Two Americans, a Brahmin and the Bourgeoisie", *Hudson Review*, Vol. 12, No. 3, 1959.

Berryman, John, "An Interview with John Berryman", *Harvard Advocate*, Vol. 103, No. 1, 1969.

Berryman, John, "Despondency and Madness", in Thomas Parkinson, ed. *Robert Lowell: A Collection of Critical Essays*, Englewood Cliffs: Prentice-Hall. Inc. , 1968.

Berryman, John, *The Freedom of the Poet*, New York: Farrar Straus & Giroux, 1976.

Berryman, John, *The Dream Songs.* New York: Farrar, Straus and Giroux, 2007.

Bessnett, Susan, *Sylvia Plath*, London: MacMillan Education, Ltd. , 1987.

Blake, David H. , "Public Dreams: Berryman, Celebrity, and the Culture of Confession", *American Literary History*, Vol. 13, No. 4, Winter 2001.

Bloom, Harold, ed. , *Modern Critical Views*: *Sylvia Plath*, New York: Chelsea House, 1989.

Bloom, James D. , *The Stock of Available Reality*: *R. P. Blackmur and John Berryman*, Lewisburg: Bucknell University Press, 1984.

Bradley, Andrew. C. , *Shakespearean Tragedy*: *Lectures on Hamlet, Othello, King Lear, and Macbeth*, New York: St. Martin's, 1981.

Brain, Tracy, *Sylvia Plath in Context*, Cambridge: Cambridge University Press, 2019.

Breslin, James E. B. , *From Modern to Contemporary*: *American Poetry, 1945 - 1965*, Chicago: The University of Chicago Press, 1984.

Breslin, Paul, "Sylvia Plath: The Mythically Fated Self", in Paul Breslin, *The Psycho-Political Muse*: *American Poetry Since the Fifties*, Chicago: The University of Chicago Press, 1987.

Broe, Mary L. , *Protean Poetic*: *The Poetry of Sylvia Plath*, Columbia: University of Missouri Press, 1980.

Brustein, Robert, "Introduction", in Robert Brustein, ed. *The Old Glory*, New York: Farror, Straus, and Girout, 1968.

Bundtzen, Lynda K. , *Plath's Incarnations*: *Woman and the Creative Process*, Ann Arbor: University of Michigan Press, 1983.

Caleshu, Anthony, " 'Dramatizing the Dreadful': Affective Postures in *The Dream Songs*", in Philip Coleman and Philip McGowan, eds. "*After Thirty Falls*": *New Essays on John Berryman*, New York: Rodopi B. V. , Amsterdam, 2007.

Charvet, John, *Feminism*, London: J. M. Dent. & Sons Ltd. 1982.

Chisholm, Scott, "Interview with Donald Hall", in Scott Chisholm, ed. *Goatfoot Milktongue Twinbird*: *Interviews, Essays, and Notes on Poetry,*

1970 – 1976, Ann Arbor: University of Michigan Press, 1978.

Christy, A. E. , ed. , *The Asian Legacy and American Life*, New York: John Day, 1945.

Colburn, Steven E. , *Anne Sexton: Telling the Tale*, Ann Arbor: University of Michigan Press, 1988.

Coleman, Philip, *John Berryman's Public Vision: Relocating the Scene of Disorder*, Dublin: University College Dublin Press, 2014.

Cooper, Brendan, *Dark Airs: John Berryman and the Spiritual Politics of Cold War*, Pieterlen and Bern: Peter Lang Publishers, 2009.

Crump, David, "Confessional Mirages and Delusion", *Christian Scholar's Review*, Vol. 43, No. 3, 2014.

Cummings, Brain, *The Literary Culture of the Reformation: Grammar and Grace*, Oxford: Oxford University Press, 2002.

Damon, Marie, "The Child Who Writes/ The Child Who Died", in Steven G. Axelrod, ed. *Critical Response to Robert Lowell*, Westport: Greenwood Press, 1999.

Diamond, Suzanne, ed. , *Compelling Confessions: The Politics of Personal Disclosure*, Maryland: Fairleigh Dickinson University Press, 2011.

Dickey, James, "Five First Books", in J. D. McClatchy, ed. *Anne Sexton: The Artist and Her Critics*, Bloomington: Indiana University Press, 1978.

Dickey, James, *Babel to Byzantium*, New York: The Ecco Press, 1981.

Dickey, James, "Dialogues with Themselves", in Steven E. Colburn, ed. *Anne Sexton: Telling the Tale*, Anne Arbor: University of Michigan Press, 1988.

Eagleton, Terry, *The Illusions of Postmodernism*, Oxford: Blackwell, 1996.

Eberhart, Richard, "A Poet's People", *New York Times Book Review*, No. 3, May 1959.

Ehrenpreis, Irvin, "The Age of Lowell", in Thomas Parkinson, ed. *Robert Lowell: A Collection of Critical Essays*, Englewood Cliffs: Prentice-Hall, Inc., 1968.

Eliade, Mircea, *Rites and Symbols of Initiation: The Mystery of Birth and Rebirth*, trans. Willard R. Trask, New York: Harper & Row, Publishers, 1958.

Eliot, T. S., *On Poetry and Poets*, London: Faber and Faber, 1979.

Foucault, Michel, *The History of Sexuality: Volume I : An Introduction*, trans. Robert Hurley, New York: Vintage Books-Random House, 1990.

Freud, Sigmund, "The Uncanny", in Sigmund Freud, *Writings on Art and Literature*, trans. James Strachey, Stanford: Stanford University Press, 1997.

Gerald, Gregory F., "With Gregory Fitz Gerald", in Steven E. Colburn, ed. *No Evil Star: Selected Essays, Interviews and Prose*, Michigan and Rexdale: University of Michigan Press, 1985.

Gilbert, Sandra M., "Jubilate Anne", in J. D. McClatchy, ed. *Anne Sexton: The Artist and Her Critics*, Bloomington: Indiana University Press, 1978.

Gill, Jo, *Anne Sexton's Confessional Poetics*, Florida: University Press of Florida, 2007.

Gray, Richard, *American Poetry of the Twentieth Century*, New York: Longman Inc., 1990.

Gullans, Charles, "Poetry and Subject Matter: From Hart Crane to Tumer Cassity", *The Southern Review*, Spring 1970.

Haffenden, John, *The Life of John Berryman*, London: Routledge and Kegan Paul, 1982.

Hall, Caroline K. B. , *Sylvia Plath*, revised, New York: Twayne Publishers, 1998.

Hamilton, Ian, *Robert Lowell: A Biography*, New York: Vintage Books, 1983.

Hartman, Geoffrey, "Les Belles Dames Sans Merci", *Kenyon Review*, Vol. 22, No. 4, Autumn 1960.

Hofmann, Michael, ed. , *John Berryman: Poems Selected by Michael Hofman*, London: Faber and Faber, 2004.

Holbrook, David, *Sylvia Plath: Poetry and Existence*, London: The Athlone Press, 1976.

Howard, Richard, *Alone with America*, New York: Atheneum, 1971.

Hughes, Frieda, "The Family Business", *Guardian*, October 3, 2001.

Irene, Kancandes, "Narrative Apostrophe: Reading, Rhetoric, Resistance in Michel Butor's 'La Modification' and Julio Cortazar's 'Graffiti' (Second-Person Narrative)", *Style*, Vol. 28, No. 3, Fall 1994.

Jaffe, Dane, " 'An All-American Muse', Review of *Ariel*", *Saturday Review*, October 15, 1966.

Johnston, Maria, " 'We Write Verse with Our Ears': Berryman's Music", in Philip Coleman and Philip McGowan, eds. *"After Thirty Falls": New Essays on John Berryman*, New York: Rodopi B. V. , Amsterdam, 2007.

Jones, A. R. , "Necessity and Freedom: The Poetry of Robert Lowell, Sylvia Plath and Anne Sexton", *Critical Quarterly*, Vol. 7, No. 1, 1965.

Kammer, Jeanne H. , "The Witch's Life: Confession and Control in the Early Poetry of Anne Sexton", in Linda Wagner-Martin, ed. *Critical Es-*

says on Anne Sexton, Boston, Mass. : G. K. Hall, 1989.

Kenner, Hugh, "Sincerity Kills", in Harold Bloom, ed. *Sylvia Plath*, New York: Chelsea House Publishers, 1989.

Kevles, Barbara and Anne Sexton, "The Art of Poetry: Anne Sexton", in J. D. McClatchy, ed. *Anne Sexton: The Artist and Her Critics*, Bloomington: Indiana University Press, 1978.

Kevles, Barbara, "Anne Sexton: An Interview", in George Plimpton, ed. *Poets at Work: The Paris Review Interview*, New York: Viking Penguin, 1989.

King, John N. , *Spenser's Poetry and the Reformation Tradition*, Princeton: Princeton University Press, 1990.

Kirsch, Adam, *The Wounded Surgeon: Confession and Transformation in Six American Poets*, New York: W. W. Norton & Company Inc. , 2005.

Kroll, Judith, *Chapters in a Mythology: The Poetry of Sylvia Plath*, New York: Harper and Row, 1976.

Lacan, Jacques, "The Function and Field of Speech and Language in Psychoanalysis", in Bruce Fink, trans. *Ecrits: A Selection*, New York: W. W. Norton, 2002.

Lane, Gary, *Sylvia Plath: New Views on the Poetry*, Baltimore: Johns Hopkins University Press, 1979.

Lerner, Laurence, "What is Confessional Poetry?" *Critical Quarterly*, Vol. 29, No. 2, June 1987.

Lewis, C. D. , *The Poetic Image*, Los Angeles: Jeremy P. Tarcher, Inc. , 1984.

Lowell, Robert and Frederick Seidel, "Interview with Robert Lowell by Frederick Seidel", in Malcolm Cowley, ed. *Writers at Work: The "Paris*

Review" Interviews, ser. 2, New York: Viking Press, 1963.

Lowell, Robert, "After Enjoying Six or Seven Essays on Me", *Salmagundi*, No. 37, 1977.

Lowell, Robert, *Collected Poems*, Frank Bidart and David Gewanter, eds. , New York: Farrar, Straus and Giroux, 2003.

Marcuse, Herbert, *Eros and Civilization: A Philosophical Inquiry into Freud*, Boston: Beacon Press, 1955.

Martin, Jay, *Robert Lowell*, Minneapolis: The University of Minnesota Press, 1970.

Matterson, Stephen, *Berryman and Lowell: The Art of Losing*, London: Macmillan, 1988.

May, Martha, *Women's Roles in Twentieth-Century America*, London: Greenwood Press, 2009.

Mazzaro, Jerome, *Poetic Themes of Robert Lowell*, Ann Arbor: The University of Michigan Press, 1965.

McClatchy, J. D. , *White Paper: On Contemporary American Poetry*, New York: Columbia University, 1989.

McGowan, Philip, *Anne Sexton and Middle Generation Poetry: The Geography of Grief*, Santa Barbara: Greenwood Publishing Group, 2004.

Middlebrook, Diane W. , "What was Confessional Poetry? in Jay Parini, ed. *The Columbia History of American Poetry*, New York: Columbia University Press, 1993.

Middlebrook, Diane W. , *Anne Sexton: A Biography*, New York: Houghton Mifflin, 1991.

Molesworth, Charles, " 'With Your Own Face On': The Origins and Consequences of Confessional Poetry", *Twentieth Century Literature*, Vol. 22,

No. 2, 1976.

Nelson, Deborah, *Pursuing Privacy in Cold War America*, New York: Columbia University Press, 2002.

Oates, Joyce C. , "Raising Lady Lazarus", *New York Times Book Review*, Vol. 150, No. 51563, 2000.

Olney, James, *Metaphors of Self: The Meaning of Autobiography*, Princeton: Princeton University Press, 1972.

Ozick, Cynthia, "Smoke and Fire", *Yale Review*, Vol. 89, No. 4, 2001.

Parini, Jay, ed. , *The Oxford Encyclopedia of American Literature (Volume 4)*, Oxford: Oxford University Press, 2004.

Parmet, Harriet L. , *The Terror of Our Days: Four American Poets Respond to the Holocaust*, New York: Rosemont Publishing & Printing Corp, 2001.

Passin, Laura E. , The Lyric in the Age of Theory: the Politics and Poetics of Confession in Contemporary American Poetry, Ph. D. dissertation, Northwestern University, 2012.

Peel, Robin, *Writing Back: Sylvia Plath and Cold War Politics*, New Jersey: Fairleigh Dickinson University Press, 2002.

Philips, Robert, *The Confessional Poets*, Carbondale: Southern Illinois University Press, 1973.

Pipos, Christina, "The First Confessional Poets", *Philology and Cultural Studies*, Vol. 5, No. 1, 2012.

Plath, Sylvia, "BBC Interview with Peter Orr", in Peter Orr, ed. *The Poet Speaks*, London: Routedge and Kegan Paul, 1966.

Plath, Sylvia, *Letters Home Correspondence, 1959 – 1963*, Aurelia S. Plath, ed. , London: Faber, 1975.

Plath, Sylvia, *The Collected Poems*, Ted Hughes, ed. , New York: Harper & Row, 1981.

Plath, Sylvia, *The Journals of Sylvia Plath*, Ted Hughes and Frances McCullough, eds. , New York: The Dial Press, 1987.

Plath, Sylvia, *The Unabridged Journals of Sylvia Plath*, Karen V. Kukil, ed. , New York: Vintage Books, 2000.

Plotz, John, et. al. , "An Interview with John Berryman", in Harry Thomas, ed. *Berryman's Understanding*: *Reflections on the Poetry of John Berryman*, Boston: Northeastern University Press, 1988.

Quintilian, Marcus F. , *Institutio Oratoria* (Bilingual edition in four volumes), trans. H. E. Butler, Cambridge: Harvard University Press, 1921, 1953.

Reik, Theodor, *The Compulsion to Confess*, New York: Farrar, Straus and Cudahy, 1959.

Rich, Adrienne, *Of Women Born*, New York: W. W. Norton and Company, 1976.

Rodman, Seldon, " ' Petrified by Gorgon Egos ' . Review of *Delusions*, Etc. , by John Berryman, *Braving the Elements* by James Merrill, *The Book of Folly* by Anne Sexton, and Other Books", *New Leaders*, Vol. 56, No. 1, 1973.

Roethke, Theodore, "On Identity", in Ralph J. Mills, ed. *On the Poet and His Craft*: *Selected Prose of Theodore Roethke*, Jr. Seattle: The University of Washington Press, 1965.

Rogow, Zack, "The Poetry of self-Discovery and Its Limits", *Poets and Writers Magazine*, Vol. 18, No. 1, 1990.

Rosenbaum, Susan B. , *Professing Sincerity*: *Modern Lyric Poetry*, Commercial Culture, and the Crisis in Reading, Charlottesville: University of Virginia Press, 2007.

Rosenblatt, Jon, Sylvia Plath: The Poetry of Imitation, Chapel Hill: University of North Carolina Press, 1979.

Rosenthal, Macha L., "Poetry as Confession", Nation, Vol. 189, No. 8, 1959.

Rosenthal, Macha L., The New Poets: American and British Poetry Since World War II, New York: Oxford University Press, 1967.

" 'Russian Roulette', Review of Ariel, by Sylvia Plath", Newsweek, June 20, 1966.

Saint-Martin, Lori, "Sexuality and Textuality Entwined: Sexual Proclamations in Woman's Confessional Fiction in Quebec", in Irene Gammel, ed. Women's Sexual Self-Representation in Life Writing and Popular Media, Illinois: Southern Illinois University Press, 1999.

Seidel, Frederick, "Robert Lowell", in George Plimpton, ed. Poets at Work: The Paris Review Interviews, New York: Viking Penguin, 1989.

Sexton, Anne, Anne Sexton: A Self-Portrait in Letters, Linda G. Sexton and Lois Ames, eds., New York and Boston: Houghton Miffli Company, 1977.

Sexton, Anne, The Complete Poems, Maxine Kumin and Linda G. Sexton, eds., Boston: Houghton Mifflin, 1981.

Shannon, Edward, "Shameful, Impure Art: Robert Crumb's Autobiographical Comics and the Confessional Poets", Biography, Vol. 35, No. 4, Fall 2012.

Sheehan, Donald, "An Interview with James Mcrrill", Contemporary Literature, Winter 1968.

Sherwin, Miranda, *"Confessional" Writing and the Twentieth-Century Literary Imagination*, London: Palgrave Macmillan, 2011.

Spender, Stephen, "Robert Lowell's Family Album", *New Republic*, Vol. 140, No. 23, 1959.

Spender, Stephen, "Warnings from the Grave", in Charles Newman, ed. *The Art of Sylvia Plath*, Bloomington: Indiana University Press, 1970.

Spivack, Kathleen, "Poets and Friends", in Steven E. Colburn, ed. *Anne Sexton: Telling the Tale*, Michigan: University of Michigan Press, 1988.

Stegner, Paul D., *Confession and Memory in Early Modern English Literature: Penitential Remains*, Hampshire: Palgrave Macmillan, 2016.

Steven, Rosendale, ed., *The Greening of Literary Scholarship*, Jowa City: Jowa University Press, 2000.

Swenson, May, "Poetry of Three Women", *The Nation*, Vol. 196, No. 8, February 1963.

"The Blood Jet is Poetry', Review of *Ariel*", *Time*, June 10, 1966.

Thornbury, Charles, "An Introduction to 'Cleopatra: A Meditation'", in Richard J. Kelly and Alan K. Lathrop, eds. *Recovering Berryman: Essays on a Poet*, Michigan: The University of Michigan Press, 1993.

Vendler, Helen, *The Music of What Happens*, Cambridge: Harvard University Press, 1988.

Wagner-Martin, Linda, *Sylvia Plath, a Literary Life*, London: Macmillan Press Ltd, 1999.

Wesling, Donald, "Rewriting the History of Poetic Form (Since Wordsworth)", in Tak-Wai Wong and M. A. Abbas, eds. *Rewriting Literary History*, Hong Kong: Hong Kong University Press, 1984.

Williams, Lori J., American Confessional Poetry: Autobiographical Fic-

tions and Poetic. Form in Plath, Lowell, Sexton, and Berryman, Ph. D.
dissertation, Indiana University, 1995.

Williamson, Alan, *Pity the Monsters: the Political Vision of Robert Lowell*,
New Haven: Yale University Press, 1974.

Wood, David J. , *A Critical Study of the Birth Imagery of Sylvia Plath*, A-
merican Poet 1932 – 1963, Lewiston: The Edwin Mellen Press, 1992.

Wood, Susan, "Review of Words for Dr. Y: Uncollected Poems by Anne
Sexton", *Washington Post Book World*, October 15, 1978.

Wordsworth, William and Samuel T. Coleridge, *Lyrical Ballads*, New York:
Routledge, 1991.

后记

核完最后一个参考文献，抬起头，看到窗外被高楼隔成块状的天空，回到了现实，知道又完成了一件重要的事情，却也无喜无悲。

细想起来，从一个痴迷于读诗、羞涩地却又不停地写诗的少年，到现在仍旧会为了某句诗而怦然心动或怆然涕下的中年，我似乎在不经意间赶了一把20世纪80年代的时髦，又在不经意间落伍于这个成年人似乎羞于或不屑于谈诗的喧嚣时代。还好，灵魂或精神终归只与自己相关。

大学毕业后就很少写诗了，但读诗却一直在路上，总觉得字字珠玑说的就是真正的诗。读了、感动了、共情了，总想写下来，写着写着，不觉间就走到了诗歌评论这条路上，确切地说，是走到了"自白诗"批评这条艰难的"窄"路上。因为，单纯从学术上来说，诗歌是小众的，而甚至不被自白诗人本人承认的"自白诗"更是小众之中的小众了。

对自白诗的兴趣始于普拉斯，始于对其阴郁气质的迷恋。所以，读硕期间，毅然拒绝了理性且对世界的格局和走向有着敏锐感知的导师许克琪先生让我做"后殖民"的建议，选择了去研究普拉斯诗歌的"生与死"。而写作硕士论文期间，正遭遇父亲的生病与去世，一年间，诗歌的"喑哑"夹杂着生命中无法承受的失去之痛，真真如普拉斯所言，"我记得 一只面目可怖的庞大天鹅//它白色 冰冷的巨大翅膀//从空中 向我砸来/如一座城堡"。虽然痛彻心扉，虽然沉浸在这种情绪中有些危险，但好在诗歌与生活的血肉交融总还是让这种痛有了分担者。

如前言所述，硕士毕业之后，在继续美国自白派研究的同时，中国 1980 年代诗人中有着明显"自白"气质的一批诗人进入我的视野，他们与美国自白诗人的渊源及中西诗歌间的互文、碰撞，尤其是美国自白诗的种子在中国文化土壤中开出的异彩纷呈的"花"，使我又一次"沉醉不知归路"，于是，中美自白诗比较研究便顺理成章地成为我博士阶段的研究重点。而学养深厚、睿智博通的导师姚文放先生，达观且乐观，他的格局、他对待生活的态度直接影响并改变了我对自白诗阴郁气质的迷恋与沉醉，所以，从博士阶段起，我开始以较为客观的眼光重新审视、发掘自白诗积极的诗学意义、美学色彩及入世情怀。

所以，毫不夸张地说，一路走来，无论是茫然、瘀滞还是酣畅淋漓，我都与自白诗同在，在读、在写、在思考。但现实却颇为残酷，做了近二十年的研究，写了几十篇论文，关于自白诗，却连申报市厅级项目也鲜有立项。所以，也迎来了无数次师友们或委婉或直接的提醒："还在做自白诗啊？""可以试试其他的方向啊！"但这是我的初心啊，已深入血肉，无法割舍，只能负重前行。还好还好，2022 年 9

月的某个午后，睡梦中被电话铃声惊醒，学院刘峰院长"国社中了"的喊声确实给我的选择和坚持画了一个大大的惊叹号！对辗转经年，已分不清自白诗研究是学术方向还是生活本身的我来说，项目立项远远大于项目本身的意义，而本书也成了国家社科基金项目"美国自白诗跨学科书写研究"的阶段性成果，感谢自己的坚持！

感谢父亲对我性格的形塑，父亲的豁达、坚毅与不畏世艰使我无论在学术探索上还是日常生活中都受益匪浅。感谢母亲的疼爱及一路以来的鼓励和无私付出。感谢弟弟、弟媳在诸般事务中毫无保留的支持，虽各自成年，但姐弟之情仍如儿时般亲厚无间，这种浓郁的亲情使我在生活中免却了许多的后顾之忧。感谢老公王东照先生对我的包容与宠溺，老公对家事的一力承担为我营造了一方幽静之所，使我可以心无旁骛地读书、写作。感谢我亲爱的儿子王鲁煜，我每一篇论文语法、表达的审阅和订正者、我学术之路的鞭策者、我生活中的阳光和清风！

感谢中国社会科学出版社的刘芳女士，她的专业、细致及耐心使拙作免却了许多的错漏。感谢我的同事亦学生——王成先生为拙稿格式及校对付出的努力和汗水。感谢在我痛并享受着的学术跋涉过程中给予我勇气和力量的所有师友！

感谢生活赐予我的一切，包括苦难与挫折！

魏磊 谨识

2023 年 7 月 20 日